외공 & 내공
Fantastic Oriental Heroes

1

외공&내공 1
김민수 新무협 판타지 소설

초판 1쇄 찍은 날 § 2001년 9월 10일
초판 1쇄 펴낸 날 § 2001년 9월 20일

지은이 § 김민수
펴낸이 § 서경석
펴낸곳 § 도서출판 청어람
편집 § 문혜영 · 허경란 · 박영주 · 김희정 · 권민정 · 장상수
마케팅 § 정필 · 강양원 · 김규진

등록번호 § 제1081-1-89호
등록일자 § 1999. 5. 31
어람번호 § 제1-0145호

주소 § 경기도 부천시 원미구 심곡1동 350-1 남성B/D 3F (우) 420-011
전화 § 032-656-4452 팩스 § 032-656-4453
e-mail § eoram99@chollian.net

ⓒ 김민수, 2001

값 7,500원

※ 잘못된 책은 바꿔드립니다.
※ 저자와 협의하여 인지를 붙이지 않습니다.

ISBN 89-5505-157-3 (SET) / ISBN 89-5505-158-1 04810

김민수 新무협 판타지 소설

외공 & 내공
Fantastic Oriental Heroes

1

제1부 유운행보(流雲行步)

도서출판 청어람

6	작가 서문
9	서一
11	서二
15	**제1장** 장안분타(長安分舵)
29	**제2장** 분타교우(分舵交友)
61	**제3장** 승천풍운(昇天風雲)
81	**제4장** 풍림화산(楓林華山)
113	**제5장** 입관시험(入館試驗)
149	**제6장** 과거지사(過去之事)
171	**제7장** 무공수련(武功修鍊)
205	**제8장** 협인악인(俠人惡人)
235	**제9장** 출호적수(出好敵手)
267	**제10장** 면벽칠일(面壁七日)
283	**제11장** 풍전등화(風前燈火) 上

작가 서문

고등학교 때 수업 시간에 선생님 몰래 무협지를 읽었던 기억이 납니다. 가끔씩 걸려서 혼쭐이 나기는 했어도 마냥 무협이 좋아 빠져들었던 그 시절. 이제는 그런 무협을 쓰는 사람이 되어버렸군요.

이런 생각을 해봅니다. 또 어느 누군가 무협을 좋아하는 학생이 있어 제 소설을 수업 시간에 읽다가 들켜 버리고, 책을 선생님께 빼앗겨 버리는 것입니다. 그리고 그 선생님은 우연히 책의 겉장을 들춰보게 되고, 소설을 쓴 사람이 자신이 고등학교 때 가르쳤던 학생임을 알게 되는 것이죠. '수업 시간에 무협지만 보던 놈이 기어코 무협지를 쓰게 되었구나'. 선생님은 놀라시겠죠? 하지만 전 흐뭇할 것입니다. 어쨌든 어릴 적에 꿈꿔 왔던 꿈을 한 가지 이룬 것이기 때문이죠.

선생님, 부디 그 학생은 용서하시고 압수한 책은 관용있게 돌려주세요. 그 학생도 많이 뉘우쳤을 것입니다. 저의 수많은 경험(수업 시간에 몰래 책을 보았던)으로 미루어볼 때 책을 빼앗기게 된다면 다시는 수업 시간에 보지 말아야겠다는 다짐을 하게 되거든요.

무협을 읽는 이유는 재미를 찾기 위해서라고 생각합니다. 제가 존경하는 무협 작가 분들의 글들을 보면 그 재미 때문에 단숨에 한 권을 다 읽어버리게 되죠. 저의 글에서도 그런 무협만의 재미를 찾으시길 독자 여러분께 진심으로 기원합니다.

끝으로. 후덕한 인상으로 편안한 마음이 들게 해주셨던 서경석 사장님, 일일이 챙기느라 수고가 많으신 경란님, 첫 대면 때 제 글이 재미있으시다고 웃으시던 정필님(이제 이 소설 판매하려면 고생깨나 하시겠네요). 세 분 다 정말 감사드립니다.

저의 부모님들과 대구에 계시는 또 다른 부모님들께 고맙다는 말을 전하고 싶고, 제 책이 언제 나오나 기다리고 있는 친구들(종혁, 태영, 민식, 진영, 정헌, 원동…). 정말 물심양면으로 괴롭히며 조금의 도움조차 주지 않는 너희들에게서 진정한 우정이 무엇인가 다시 한 번 생각할 수 있었다.

제 소설이 책으로 나올 수 있기까지 수고해 주신 모든 분들께 감사의 말을 전하며…….

서―

　난 울고 있었다. 세상천지에 날 아껴주던 단 한 사람이 지금 저 땅속에서 영원히 깨지 않는 잠을 자고 있기 때문이다. 비석 하나 없이 초라한 땅 위에 솟아 있는 무덤을 보며 난 이제 어떻게 살아야 할까 하는 생각이 들었다. 지금 내 나이는 십오 세. 무언가를 시작하기에 아직 늦은 나이는 아니다. 철들 때부터 날 보살펴 준 그가 저 무덤에 있는 지금, 난 혼자서 그 무엇이든 해 나가야만 한다.
　거지가 되어 잠이나 편하게 자며 살아갈까? 나쁘지 않을 것이다. 가끔 구걸을 해야 하는 번거로움이 있지만. 아니, 군대나 들어가서 창 따위를 휘두르는 것도 나쁘지 않을 것이다. 그곳은 적어도 먹을 것은 매일 나올 게 아닌가?
　울음을 멈추고 한참을 생각하던 나는 드디어 어떻게 살아갈지 결정을 내리게 되었다.

무덤 가에 서서 쓸쓸한 표정으로 무덤을 바라보고 있던 소운(小雲)은 나직이 중얼거렸다.

"아직 저에게 하신 말 잊지 않고 있어요. 자고로 사내란 세상에 부끄럽지 않게 살아야 한다고. 전 한평생을 편하게 살려고만 생각했는데, 그것은 나 자신에게도 다른 사람에게도 부끄러운 거잖아요. 전 결심했어요. 부끄럽지 않게 살기로. 무맹에서 사람을 뽑는대요. 거기에 한번 도전해 보기로 했어요. 아마 저보다 신분이 한참이나 높은 사람들이 대부분이겠지만, 부끄럽지만 않으면 되는 거 아니겠어요? 헤헤… 앞으로 저 바쁠 테니까 자주 못 올 거예요. 지금 제 얼굴 많이 봐두라고요."

소운은 입으로는 웃고 있지만 눈에서는 눈물이 고였다.

서二

 넓은 방 안의 탁자를 사이에 두고 세 사람이 앉아 있다. 한 명은 노란색의 가사를 입은 스님으로 눈가의 잔잔한 주름살이 따스한 느낌을 주는 얼굴이었다. 그 옆으로 푸른 빛깔의 가사를 입은 여승이 앉아 있는데 비록 머리카락은 없다 해도 고귀한 아름다움이 묻어나는 모습이었다. 그들 앞으로 단정하게 묶은 검은 머리 사이로 흰머리가 약간 내비치는 사십 대 정도의 중년인이 앉아 있었다. 강인한 인상의 얼굴로 왼쪽 눈에서 오른쪽 뺨까지 엷은 흉터가 지나고 있어서인지 더 더욱 무게가 있어 보이는 얼굴이다.
 이들이 바로 무림맹을 움직이는 세 기둥들이었다. 소림사 방장의 사부이며 무림맹의 태상장로인 성불 현명 대사, 현 아미파의 최고 장로이며 무림맹의 부맹주인 성화 인정 신니, 그리고 현 화산파의 장문인이며 무림맹의 맹주인 화산일검 고수천.

세 살 난 어린아이도 이들의 명성을 알고 있을 정도니 천하에 이들을 모르는 사람이 세 손가락에 꼽힐 정도다. 낳을 때부터 보고 듣고 말하지 못하는 사람이나 천하에서 가장 소문에 둔감한 사람 정도…….

"맹주, 이번의 비룡단원(飛龍團員)들은 어느 해보다 특별하다고 들었습니다."

가만히 미소 짓고 있던 현명 대사가 말했다. 그의 말에 맹주인 고수천은 아주 흐뭇하다는 표정을 지으며.

"네, 대사님. 기대하셔도 좋을 것 같습니다. 우선 천하제일가에서 둘째 아들인 모용신지의 입관을 요청해 왔는데, 그는 저번의 광동 비무 대회에서 우승한 아이입니다."

"오호, 전에 말했던 그 소년 말씀이오? 장래가 아주 기대되는 소년이라고 생각했는데 대단하구려."

현명 대사의 따스한 눈이 곡선을 그리며 웃음을 만들어내었다.

"또 다른 아이는요?"

인정 신니가 궁금한 듯이 물었다.

"두 번째는 두 명의 아이들인데, 풍림곡(楓林谷)의 쌍둥이 남매입니다. 이들은 천년 묵은 인형설삼과 만년빙정어를 복용해 내공이 이미 절정의 경지에 올라선 아이들이라고 합니다. 풍림곡주가 어릴 적부터 애지중지하며 갖은 영약을 먹였다고 합니다."

"허허, 풍림곡주의 환갑 잔치에서 본 그 아이들이구려. 곡주의 수염을 잡아당기던 아이들이 벌써 이곳에 입관을 할 만한 나이가 되었다니, 그때 손주들의 말썽에도 웃음만 짓던 곡주의 얼굴이 기억나오. 허허허."

현명 대사의 말에 고수천도 인정 신니도 같이 웃음 지었다. 그렇게 웃고 있다가 인정 신니가 갑자기 생각난 듯이 고수천에게 물었다.

"그러고 보니 맹주의 여식도 이번에 입관한다고 들었는데요?"

"아… 그 아이는 이미 사문에서도 이미 포기한 몸입니다. 무공에 어찌 그리 집착을 하던지 벌써 분향극검(焚香極劍)을 팔성의 경지까지 익히고, 이젠 일대 제자들 이상만이 배울 수 있는 매화검법(梅花劍法)을 익히고 있는 실정입니다."

고수천은 자신의 딸에 대해 이야기하면서 고개를 설레설레 흔들었다.

"그게 어찌 흠이 되겠습니까? 무공에 대단한 자질을 지니고 있는 아이이니 분명 이번에 입관하는 아이들 중에 최고의 인재라 할 수 있을 것이오."

현명 대사는 고수천의 딸을 자주 보았기에 이렇게 말할 수 있었다.

"과찬이십니다. 전 걱정만 될 뿐입니다. 비룡단원이란 것이 무공만 강하다고 전부가 아니니까요."

고수천은 잠시 말을 멈추었다가 계속해서 이번에 입관할 아이들에 대해 설명하기 시작했다.

"특이하게도 혈루에서도 입관 요청이 들어왔습니다."

"네? 살수 집단에서 입관 요청이요?"

현명 대사와 인정 신니는 무척이나 놀랐다.

"어떤 아이를 보낼지는 아직 모르지만 아마도 이번에 입관할 아이들 중에서 신분을 숨기고 나타날 것으로 예상됩니다. 혈루에서는 그저 '입관을 할 것이다' 라는 통보만 받았습니다."

"흐음… 위험하지 않겠소이까?"

"만약 혈루에서 다른 마음을 품었다면 통보 같은 것은 하지 않았을 것입니다. 그들이 숨는다면 우리로서는 도저히 찾지 못할 테니까요."
"그렇군요."
고수천은 계속해서 입관할 아이들에 대해 설명했다.
잠시 뒤.
"…이밖에도 각 파에서 재능있는 아이들을 보내주었기에 정말 대단한 아이들로 채워진 유래없는 승천관이 될 것 같습니다."
"심히 기대가 되오."
"승천관의 선생들도 어느 때보다 가르칠 보람이 크겠네요."
넓은 방 안에서의 대화는 그렇게 막을 내렸다.

제1장
장안분타(長安分舵)

장안분타(長安分舵) 1

 소운은 장안성(長安城)에 위치한 무림맹의 분타 앞에 서 있었다. 분타의 문 옆으로 벽보가 붙어 있는데 바로 비룡단원(飛龍團員)을 뽑는 자격에 관한 것이었다.

 공고
 첫째, 십이 세부터 십칠 세까지의 남녀.
 둘째, 내공의 기초가 오 년 이상 된 자.
 셋째, 위의 두 조건을 만족한 상태에서 승천 입관 시험을 통과한 자.
 넷째, 예외로 각 명문대파에서 추천한 자나 강호에서 실력이 입증된 자.

소운은 벽보를 보고 생각에 잠겼다. 자신은 분명 첫 번째 조건은 만족한다. 열다섯 살이니까. 그러나 두 번째 조건은 도저히 만족할 수가 없었다.

'내공이 뭐지?'

무공에 관한 것이라곤 그저 칼을 휘두르는 것이라고밖에 알지 못하는 소운으로서는 내공에 관해 전혀 알지 못하는 것이다.

"좋아, 아무리 그래도 저까짓 내공 때문에 포기할 수는 없지."

아마 강호밥을 먹는 누군가가 소운의 말을 들었다면 분명 미친놈쯤으로 생각했을 것이다. 무공이 강해지려면 그것을 뒷받침해 주는 내공이 있어야 한다는 기본 지식도 알지 못하는 애송이이기 때문이었다.

"그럼 일단 들어가 보실까?"

소운은 분타의 문으로 당당히 걸어 들어갔다.

생사판관(生死判官) 천조삼은 무림맹 장안분타의 지부장으로 이번의 비룡단원 모집 문제로 며칠 밤낮을 쉴 새 없이 뛰어다니고 있는 실정이었다. 일단 장안성의 십이 세부터 십칠 세의 아이들이 모인 것까지는 좋았는데, 장안성 인근의 자그마한 마을과 변두리의 거지 소굴에서까지 무차별적으로 아이들이 몰리는 바람에 자격없는 아이들을 일일이 선별해 내느라 고생이 이만저만이 아니었던 것이다.

겉모습은 그럴듯해 보이지만 스무 살을 넘긴 놈이 있는가 하면, 일고여덟 살밖에 되지 않은 녀석들이 뽑아달라고 떼를 쓰는 데는 생사판관이란 자신의 명호로도 감당하기 힘든 것이었다. 순간의 기지로 삼백 근이 넘는 돌덩어리를 들어 올리는 사람만이 승천 입관 시험에

도전할 수 있다고 소리치지 않았으면 장안분타는 아직도 그 아이들 때문에 난장판이 되어 있을 것이었다.

삼백 근이 넘는 돌덩어리를 들어 올리려면 적어도 오 년 이상의 내공이 있어야 하니 일석이조의 선별 방법인 것이다. 원래는 천조삼 자신이 직접 몸에 내공을 흘려넣어 판별해야 하는 것이지만 그 많은 인원을 일일이 그랬다간 자신의 내공이 남아나지 않았을 것이다.

이제 장안분타는 좀 한산해져 분타의 사람들이 한숨을 돌리고 있었다. 천조삼은 내일 무림맹 총단으로 출발할 열한 명의 아이들을 떠올려 보았다. 그나마 모래바닥에서 건져 올린 진주 같은 아이들이었다. 장안성에서 이름난 도장의 자식도 있었고 천조삼 자신이 직접 가르친 아이들도 있었다.

그러나 무엇보다 기대되는 아이는 바로 자신의 딸인 향혜였다. 지 엄마를 닮아서인지 야무지고 활발한 성격에 무공 성취 또한 자신의 어떤 제자보다도 뛰어나지 않은가? 절로 흐뭇해지는 천조삼이었다.

천조삼이 집무실에서 그렇게 한숨 돌리고 있을 때 하인 한 명이 급하게 달려와 말했다.

"천 타주님, 지금 어떤 거지 같은 소년이 와서 비룡단원이 되겠다고 승천 입관 시험을 보게 해달라는데요?"

"적당히 둘러대고 쫓아내라. 정 안 가겠다면 돌덩이를 들어 올리라고 하고."

이제 아이들을 뽑는 데 지친 천조삼은 귀찮다는 듯이 소년을 쫓아내라고 말했다. 하인은 그러겠다고 대답하고 곧 사라졌다. 천조삼이 다시 내일 떠날 아이들의 면면을 생각하며 즐거워하고 있는데…….

"타주님! 그 녀석이 돌덩이를 들어서 향혜 아씨의 앞에 패대기쳤습니다요!"

"뭐라고!"

천조삼은 놀라서 벌떡 일어났다. 그리고 돌덩이가 위치한 연무장으로 한걸음에 달려갔다. 그곳에는 남루한 차림의 소년이 의기양양하게 서 있었고, 장안분타의 하인들과 무사들이 놀랍다는 눈초리로 소년을 쳐다보고 있었다. 그리고 그 소년이 집어 던진 돌덩이는 어떤 소녀의 앞에 놓여져 있었다.

그 소년은 바로 소운이었다. 소운은 분타의 문으로 들어와서는 다짜고짜 지나가던 하인에게 비룡단원이 되려면 어떻게 해야 하느냐고 물었다. 하인은 갑자기 소운을 보고 움찔하더니─분타의 사람들은 비룡단원이란 소리만 들으면 치를 떨었다─이제 다 끝났으니 꺼지라고 말했다.

소운은 그게 무슨 소리냐며 오늘까지 뽑는다고 했으니까 자신은 꼭 뽑혀야 된다고 말했다. 하인은 안 된다고 소리를 버럭버럭 지르며 눈에 핏발이 돌았다. 아마 전의 아이들에게 어지간히 심하게 시달리던 하인이었나 보다.

하인과 소운의 목소리가 커지자 주위로 분타의 사람들이 하나둘 모여들기 시작했고, 그중의 한 명이 천조삼에게 이 사실을 알리러 갔다. 그때까지 분타의 사람들은 소운이 변두리의 거지촌에서 온 거지인 줄 알고 있었다. 소운의 모습이 꾀죄죄했기 때문이었다.

그리고 그 다음 상황… 천조삼이 돌덩이를 들어 올려보라고 말한 후의 일이었다.

"이게 무슨 소란이냐!"

어디선가 들려온 낭랑한 목소리에 소운과 하인을 주시하고 있던 분타의 사람들은 목소리의 주인공을 찾았다. 바로 이 장원의 주인이며 무림맹 장안분타의 지부장인 천조삼의 하나밖에 없는 귀한 딸 천향혜였다.

"노웅, 무슨 일이지?"

천향혜가 모여 있던 무사들 중 노웅이란 자에게 물었다. 노웅은 신속하게 대답했다.

"저 아이가 비룡단원이 되겠다고 소란을 피우는 바람에……."

"그렇다면 돌덩이를 들 수 있는지 없는지 판단하고 못 든다면 쫓아내면 될 것 아니냐!"

천향혜는 냉정한 목소리로 말했다. 소운은 그녀의 얼굴을 보고 생전 처음 보는 예쁜 여자라고 생각하고 있다가 냉정하게 자신을 쫓아내라고 말하자 얼굴을 찌푸렸다.

"그래! 이 녀석, 저 돌을 한번 들어봐라. 저걸 들어야 시험을 볼 수 있으니까! 못 든다면 이 소란을 일으킨 죄로 흠씬 두들겨서 쫓아내 주마!"

소운과 실랑이를 벌이던 하인이 말했다. 소운은 그제야 장원 한가운데 놓여진 커다란 돌을 발견했다.

'헉! 저렇게 큰 돌을 들어 올리라니… 이거 큰일이구나.'

소운은 자신의 갸날픈 팔을 보았을 때 저만한 돌을 들어 올린다는 것은 해가 서쪽에서 뜨지 않고서야 불가능한 일이라는 것을 느꼈다. 아니, 해가 서쪽에서 뜬다고 해도 저것만은 불가능해 보였다. 그러나 이미 엎질러진 물. 자신이 그렇게 소리를 버럭버럭 지르며 떼를 썼으니 수습은 해야 하는 것 아닌가? 천향혜를 비롯하여 자신과 말싸움하던 하인과 분타 사람들의 눈초리가 모두 소운을 향해 모아졌다. 소운은 될 대로 되라는 식으로 일단 돌 앞에 섰다.
"어서 들어 올려봐라!"
소운의 주위를 둘러싼 사람들의 목소리가 커졌다. 그들은 소운을 아까 전에 시달린 아이들에 대한 화풀이 대상으로 여기고 마구 놀려대었다. 소운은 돌을 앞발로 툭툭 건드려 보았다. 커다란 돌의 육중한 느낌에 등골이 서늘해졌다. 소운은 과연 자신이 이 돌을 들 수 있을지 의문이 들었다.
'좋아, 한번 해보자. 남자답게 한번 해보는 거야.'
소운은 돌덩이를 들기 위해 허리를 굽히고 양팔을 넓게 벌렸다. 그리고 힘을 준 순간, 소운은 미동도 하지 않는 돌을 원망했다.
'이 망할 놈의 돌이 꿈쩍도 않는구나.'
얼굴이 새빨개지도록 온 힘을 다 써봤지만 돌은 꿈쩍도 않았다. 주위의 사람들이 마구 비웃음을 흘려대도 소운은 돌을 들어 올리려고 용을 썼다.
"푸하하! 꼬마야, 힘 좀 더 써봐라."
"큭큭, 저놈 시뻘게진 얼굴 좀 봐."
사실 소운은 그가 이 세상을 떠난 후 될 대로 되라는 식으로 이곳을 찾아왔다. 무덤가에서야 씩씩하게 다짐을 했지만 지금 이 순간은 후회가 밀려왔다. 포기해야겠다는 생각이 소운의 머리 속을 스쳐 가는 순간, 소운은 그에게 물었다.
'이럴 땐 어떡해야 하죠?'
지금은 이 세상에 없는 그에게 물어봤자 역시 대답해 줄 리 없겠지. 소운은 이제 자신의 목표를 바꿔야겠다는 생각을 했다. 막 포기하고 일어서려는 찰나.

'소운아, 힘이 없을 때는 이런 호흡을 하고 나면 힘이 생긴단다.'

어디선가 목소리가 들려오는 듯했다. 바로 예전에 그가 소운에게 했던 말이었다. 그리고 얼마 전 소운의 곁을 떠난 그가 가르쳐 준 호흡법이 떠올랐다. 소운은 무언가 깨달은 듯 가슴을 진정시켰다. 그리고 숨을 크게 들이쉬고 그 한 모금의 진기를 호흡법대로 유도해 나갔다.

'좋아, 한번 해보자!'
"끙차!"

놀랍게도 순간적으로 소운은 온몸에 힘이 용솟음치는 것을 느꼈다. 그리고는 돌을 들었을 뿐만 아니라 그의 주위를 둘러싸고 있는 사람들의 키를 넘어 멀찍이 서 있는 천향혜의 발 앞에까지 집어 던져 버렸다.

쾅!
"우와앗!"
"어어……."

자신들의 머리 위로 돌덩이가 지나가자 사람들은 비명을 질렀다. 그런데 그들의 비명보다도 더욱 큰 비명이 천향혜의 입에서 나왔다.

"까아악!"

천향혜는 커다란 돌덩이가 자신을 향해 날아오자 갑자기 몸이 굳어서 움직일 수가 없었다. 그 돌이 다행히 먼지를 풀풀 날리며 자신의 발앞에 떨어지자 그제야 비명을 지른 것이다.

"이런……."

소운은 설마 돌덩이가 멀찍이 떨어져 있는 저곳까지 날아갈 줄은 생각지도 못했다. 그 호흡법이 이렇게나 대단했다니, 소운은 새삼 호흡법을 가르쳐 준 그가 너무도 고마워졌다. 그에 대해 생각하니 다시 눈물이 나올 것 같아서 소운은 울음을 삼키고 정면을 똑바로 바라보았다.

너무도 순식간에 일어난 일이라 모두들 놀라고 있을 때, 천조삼이 이곳에 당도했다.

"대관절 이게 무슨 일이냐!"

소리를 버럭 지른 천조삼은 한쪽에서 망연자실해 있는 자신의 딸을 바라보았다.

"괜찮으냐, 혜아야?"

천향혜는 비명을 지른 후 자신이 추태를 보인 것에 당황해하고 있다가 아버지의 말에 정신을 차렸다. 그리고 자신을 당황하게 만든 소운을 향해 성큼성큼 걸음을 옮겼다.

"너, 이 자식! 일부러 그랬지!"

소운은 아까의 그 하인을 보며 득의양양 웃음을 지었다. 또 하인의 일그러지는 얼굴을 보며 내심 고소해했다. 그런데 천향혜가 눈에서 불을 뿜으며 자신을 향해 달려오자 두려운 마음이 들었다.

짝—

경쾌한 음이 울리며 소운의 고개가 옆으로 돌아갔다. 천향혜가 다짜고짜 소운의 뺨을 올려붙인 것이다. 미처 피할 틈도 없이 맞은 터라 아픔이 더했다. 그녀는 소운을 노려보면서 말했다.

"날 노리고 돌을 던지다니. 이 나쁜 놈! 당장 사과해!"

소운은 맞은 데가 쓰라려서 울컥하는 마음에 천향혜에게 쏘아붙였다.

"나도 모르게 그쪽으로 던진 건데 피하면 됐잖아! 게다가 돌에 맞지도 않았으면서!"

"뭐라고?! 이… 이… 나쁜 자식!"

천향혜는 분한 마음이 폭발할 지경이었지만 정작 자신은 아무 해도 입지 않았으니 할 말이 없었다. 또한 무가의 자손으로서 저렇게 느리게 날아오는 돌을 피하지 못했다는 것이 수치스럽기만 했다. 그녀는 결국 소운을 잡아먹을 듯 노려보다가 '흥!' 하고는 몸을 돌려 장원 안으로 걸어 들어갔다.

"저기에서 이곳까지 돌을 던졌단 말인가? 아직 어리게 보이는데 대단하군."

천조삼은 딸이 자신이 부르는 소리를 무시하고 화를 내며 저쪽의 소년에게 다가가자 무슨 일인가 하고 지켜보았다. 상황을 지켜보니 저 소년이 돌을 든 데다가 자신이 서 있는 곳까지 집어 던졌다는 상황이었다. 소운 전에 통과한 아이들은 고작 허리까지 들어 올리는 것이 고작이었는데 이렇게 먼 거리를 던지다니… 천조삼은 소운을 주의 깊게 바라보았다. 겉모습은 거렁뱅이 차림을 하고 있지만 눈빛만은 맑고 선해 보였다. 거지 특유의 흐리멍덩한 눈빛이 아닌 것이다.

'흐음… 내일 떠날 사람이 한 명 늘겠군.'

천조삼이 소운에게 다가가자 하인들과 분타의 무사들은 고개를 숙이고 분주히 자리를 피했다. 소운은 뺨 맞은 데를 어루만지고 있다가 자신에게 청수한 모습의 중년인이 다가오자 직감적으로 이 사람이 이곳의 책임자임을 느꼈다.

"전 돌을 들었으니 이제 비룡단원이 되는 건가요?"

당당하게 물어오는 소운의 말투에서 천조삼은 곧은 심성을 느낄 수 있었다.
 '이런 인재가 숨어 있었단 말인가?'
 천조삼은 소운에게 말했다.
 "아직 비룡단원이 된 것은 아니다. 첫째와 둘째의 조건이 갖추어졌으니 승천 입관 시험을 볼 수 있는 자격이 생긴 것이고, 무림맹의 총단으로 가서 승천 입관 시험을 본 연후에야 승천관이란 곳에 들어가게 된다. 그곳에서 무공과 학문을 갈고 닦은 다음 비룡단원이 될 것인지를 정하는 것이다."
 "후아… 갈 길이 멀군. 어쨌든 자격은 되니까 어서 입관 시험인지 뭔지를 보게 해줘요."
 천조삼은 소운의 말을 듣고 웃음을 지었다.
 "급하구나. 내일 아침에 총단으로 출발하기로 했으니 오늘은 집에 가서 짐을 꾸리고 부모님께 하직 인사나 올리거라."
 천조삼의 말에 소운은 갑자기 침울해졌다.
 "쳇, 부모님 따위도, 갈 집도 없다구요."
 고아였단 말인가? 천조삼은 소운을 보며 고아란 환경에서 자란 아이가 이렇게 맑은 눈을 지닌 것이 놀라웠다.
 "그렇다면 우리 분타에서 하루를 지내게. 통과한 다른 아이들도 이곳에 있으니 말일세."
 "그러죠."
 "그건 그렇고 뺨은 괜찮은가? 혜아 그 녀석이 워낙 드세서 말이지."
 "괜찮아요."
 "자네 이름이 뭔가?"

"소운이요."

"작은(小) 구름(雲)이라… 좋구만."

"그냥 평범한 이름이죠."

"그래, 지금까지는 어떻게 지냈나?"

"후… 그만 하고 방이나 안내해 주시는 것은 어떨까요?"

"뭐? 하하! 그래그래, 초면에 내가 말이 너무 많았구만."

제2장
분타교우(分舵交友)

분타교우(分舵交友) 2

 소운이 안내된 곳은 다음날 출발할 다른 아이들이 묵고 있는 방이었다. 방 안에는 이미 세 명의 남자 아이들이 있었는데 모두들 소운의 소식을 전해 듣고 소운이 어떤 사람인지 궁금해하고 있었다.
 소운은 방 안에 들어와 한쪽 침상에 앉았다. 자신이 아까 전에 했던 호흡법. 그건 그가 생전에 자신이 물을 길어올 때 더 편하게 길어올 수 있는 방법이 없느냐고 물었을 때 가르쳐 준 것이었다. 생각해 보니 이까짓 호흡법 하나로 힘이 세어진다는 것이 믿기지 않아서 해보지 않았지만 오늘 정말 유용하게 써먹었다.
 소운은 그가 가르쳐 준 것들 중에 쓸모있는 것이 더 없나 생각해 보았다. 낚시할 때 바늘 멀리 던지는 법, 배고플 때 산에서 음식 찾는 법, 빨리 걷는 법, 서리할 때 주인에게 들키지 않는 법, 몽둥이 하나로 멧돼지 때려잡는 법. 평범한 듯하지만 기억에 남아 있는 방법들.

생각해 보면 그가 가르쳐 준 것들은 혼자 살아갈 때 꼭 필요한 것들 투성이었다. 소운은 그런 것들을 배울 때는 몰랐지만 그는 자신이 죽은 뒤로 소운이 굶지 않고 살아갈 수 있게 이런저런 방법들을 가르쳐 주었던 것이다. 소운은 그가 왜 그렇게 하나하나 세심하게 가르쳐서 잊어버리지 않게 했는지 이제야 깨달을 수 있었다.

'고마워요.'

소운이 그렇게 생각에 잠겨 있을 때 방 안에 있던 다른 아이가 말을 걸어왔다.

"이봐, 너, 그 돌을 향혜 사매한테 집어 던졌다며?"

소운의 곁으로 세 명의 소년이 다가왔는데 그중 나이가 많아 보이는 소년이 소운에게 말을 걸었다.

"대단하군, 대단해. 향혜 사매한테 그런 짓을 하다니."

이번에는 작달막한 키의 소년이 말했다.

"난 무서워서 향혜 사저한테는 찍소리도 못하는데."

제일 어려 보이는 소년이 혀를 내두르며 말했다.

"너희들도 이번에 시험을 볼 애들이니?"

소운은 그들 세 명을 향해 입을 열었다.

"아참, 우리 소개가 늦었군. 난 천 타주님의 제자이자 우리 삼인방 중 맏형인 강명이라고 해. 이 조그만 녀석은 둘째 마진, 얘는 막내 금초야."

제일 나이가 많아 보이는 소년이 강명이었고, 그 가운데 있는 소년은 마진, 끝에는 금초라는 소년이었다. 이들은 천조삼이 거두어들인 제자들로 천향혜는 마진의 사매가 되고 금초에겐 사저가 되는 사형제지간이었다.

"응… 난 소운이라고 해."

"아무튼 너, 대단하더라? 호호, 사매에게 그렇게 대한 건 네가 처음일 거야."

강명이 눈웃음을 지으며 소운에게 말했다. 둘째 마진 역시 강명과 비슷한 웃음을 지으며 말했다.

"호호, 아마 앞으로 조심해야 할 거야. 사매는 은혜는 바로바로 잊어버려도 원한이 생기면 웬만해선 잊어버리지 않으니까 말이야."

"맞아. 향혜 사저는 정말 무섭다구. 내가 전에 사저의 노리개를 망가뜨린 적이 있는데 그 뒤로 나랑 비무를 하자며 날 얼마나 두들겨 팼는지 모른다구. 내가 다행히 장에서 그와 비슷한 노리개를 사다주지 않았다면 아마 아직까지 맞고 지냈을지도 몰라."

소운은 금초의 말에 실소를 흘렸다.

"설마 사형제끼리 그럴 리가 있겠어?"

강명은 소운의 말에 의미심장한 한마디를 던졌다.

"설마가 사람 잡는다네. 호호."

강명은 십칠 세로 이 중에 제일 나이가 많지만 겉모습으로 따져 본다면 소운과 별 차이가 나지 않았다. 마진 역시 십육 세로 소운보다 한 살 많지만 오히려 더욱 어려 보였고, 금초는 말할 것도 없이 어리게 보였다. 기실 이들은 활발하고 놀기를 좋아하는 성격이라 걱정 근심이 없고 항상 얼굴에서 웃음이 떠나지 않아 이렇듯 어리게 보이는 것이었다.

강명은 장안성에서 유명한 중원제일루의 외아들, 마진은 그와 쌍벽을 이루는 강북제일루의 외아들이었다. 금초는 이름난 부호인 금 대야의 아들로, 이들 셋은 어릴 적부터 부족한 것 하나없이 자라왔기 때

분타교우(分舵交友) 33

문에 거칠게 자라온 소운과는 차이가 있는 것이었다.

"참! 소운 형은 나이가 몇이야?"

금초는 소운이 강명과 비슷한 나이로 보여서 일단 형이라고 부르며 나이를 물어왔다.

"열다섯."

"우와! 그럼 강명 사형보다 두 살이나 적은 거네."

금초의 말에 소운은 강명을 바라보았다. 분명 자신의 거친 모습과는 다르게 얼굴에 윤이 나고 얼굴도 포동포동한 것이 귀하게 자라온 것 같은 모습이었다. 자신과는 거리가 먼 세상의 사람인 것이다.

'휴~ 앞으로 이런 사람들을 많이 볼 텐데 빨리 익숙해지지 않으면……'

소운은 사실 그들이 자신에게 다가오자 약간의 거부감이 들었다. 그러나 그들과 대화하면서 자신을 무시하는 그런 느낌을 전혀 발견할 수 없었기 때문에 약간의 거부감이 사라졌다. 소운은 이들과 대화를 나누면서 사람을 막 대하지 않으며 겉모습으로만 판단하는 그런 사람들이 아님을 알게 되었다.

소운이 예전에 이 세상을 떠난 그와 살 때는 많은 사람들을 대해왔고, 가진 것이 많은 대다수의 사람들은 자신 같은 사람들에게 막 대해왔기 때문에 이런 상황은 소운으로서도 처음 있는 일이었다.

"이봐, 소운. 앞으로 승천 입관 시험까지 자주 볼 텐데 서로 호칭이나 정하자구. 난 자네를 아우로 부를 테니 자넨 날 형님이라 부르라고."

강명은 장난기 가득한 눈으로 소운을 보며 말했다.

"그럼 나 역시 형님으로 부르라구, 소운 아우. 난 자네보다 한 살이 더 많으니 말이야."

"그럼 난 소운 형님이라 불러야겠네? 헤헤."

이들 세 사람은 소운을 친근하게 대하며 어른 행세를 했다. 소운도 이들의 장난스런 말투에 휩싸여 말했다.

"강명 형님, 마진 형님, 그리고 금초 아우. 앞으로 잘해보자구."

소운과 강명 등은 서로를 쳐다보며 눈을 맞추다가 일시에 웃음을 터뜨렸다.

"하하하!"

"좋아. 그렇다면 마진, 너 역시 날 형님으로 부르도록 해라."

"뭐?"

"임마, 기왕 이렇게 된 거 확실히 해두자고. 흐흐, 내가 나이가 제일 많으니 큰형님 아니겠어?"

"그런 게 어디 있어?"

마진은 이렇게 말하다가 힐끔 소운을 보았다.

"젠장, 나도 소운 아우가 생겼으니 한 수 접어두는 셈치고 형님이라 불러주마."

"헹! 나만 아우가 없네."

금초가 끼어들며 말하자 강명이 버럭 화를내며.

"그럼, 이놈아. 네 나이가 몇인데 아우 타령이야."

소운은 그런 그들의 모습을 보며 웃음 지었다. 이들이 대화를 나누는 모습은 꼭 진짜 형제들처럼 다정스러워 보였다.

"참, 소운 아우는 어떤 사람인가? 어떻게 살아왔지?"

"응! 나도 궁금하군, 아우."

"저도요, 소운 형님."

이들 셋은 꼬박꼬박 아우니 형님이니 하는 말을 붙여서 했다. 계속해 보니 재미가 붙어서였다. 소운은 그들이 그렇게 물어오자 자신의 이야기를 해주었다. 천애고아로 그와 함께 살아온 얘기. 힘들었지만 행복했었던 지난날들……. 소운과 세 명의 사형제들은 시간 가는 줄 모르고 이야기 꽃을 피웠다. 이들은 비록 오늘 처음 만난 것이지만 무척이나 친해질 수 있었다.

"그렇게 힘들게 살았다니 정말 불쌍한걸."

강명이 한참 소운의 이야기를 듣고 있다가 말했다.

"난 소운 아우 같은 사람이 있었다는 것이 믿기지가 않아. 모두들 나처럼 잘 먹고 잘 사는 줄 알았거든."

소운은 강명의 말에 고마움을 느꼈다. 강명처럼 말해 주는 사람은 처음이었다. 다른 이들은 자신과 그를 거지라 손가락질했을 뿐이었다.

"명 사형, 그러고 보니 소운 아우 옷이 다 해졌는걸."

"맞아. 누가 보면 개방 사람인 줄 알겠네."

소운은 마진과 금초가 그렇게 말하자 얼굴이 붉어졌다. 자신은 이 옷을 벌써 일 년째 입어오고 있었다.

"명 사형, 사형의 옷을 한 벌 갖다 주는 게 어때? 어차피 옷 많이 남잖아."

"맞아. 키가 작은 진 사형의 옷은 보나마나 안 맞을 테구."

"뭐라구? 금초, 이 녀석이!"

"헤헤, 맞는 말인데 뭐."

"어허! 그만그만. 소운 아우한테는 내 옷을 가져다 줄 테니 우리 지금 뒷산에 있는 시냇가에 가서 한바탕 물장구나 치고 올까?"

강명이 그렇게 말하자 마진과 금초의 눈에 화색이 돌았다.

"시간이 좀 늦었지만 어차피 내일 마차를 타고 갈 때는 할 일이 없을 거 아니겠니? 지금 신나게 놀고 낼 마차에서 한바탕 자자구."

"우와! 명 사형도 괜찮은 생각을 할 줄 아네?"

소운은 강명이 자신의 옷을 준다고 하자 자신의 몸이 더러워서 금세 옷이 더러워질 텐데 하고 걱정하고 있다가 시냇가에 간다고 하니 마침 잘됐다고 생각했다.

"가자!"

강명이 소리치자 모두들 뒷산을 향해 달려가기 시작했다. 물론 강명은 한 손에 소운의 옷을 챙겨 들고서였다.

소운과 사형제들이 도착한 곳은 뒷산에 시원하게 흐르고 있는 폭포수 밑의 작은 호숫가였다. 소운은 이곳이 별로 높지 않은 산이라서 이런 호숫가가 자리하고 있었다는 게 믿기지가 않았다.

"헤헤, 소운 형. 사실 이곳은 다른 사람들은 잘 모르는 곳이라구요. 누가 이런 작달막한 뒷산에 이런 좋은 곳이 있다는 걸 알겠어요? 이곳은 우리 사형제들만의 비밀 장소란 뜻으로 명진초호(明眞初湖)라 부르고 있죠."

금초는 소운에게만은 약간의 존칭어를 쓰고 있었는데 이것은 소운의 분위기가 자신의 사형제들처럼 가벼운 느낌이 아니라 깊고 신중한 듯한 분위기였기 때문이다. 그러나 금초 역시 소운과 조금만 더 시간을 보낸다면 언젠가는 말을 놓게 될 것이었다.

"좋아, 어서 옷을 벗고 달려들자!"

마진은 신나게 소리쳤고 강명과 금초 역시 재빨리 옷을 벗고 폭포수 밑의 명진초호라 이름 붙여진 곳으로 뛰어들었다. 소운은 그들의 모습을 보며 저절로 흥이 나서 외쳤다.

"너희 사형제는 나의 물세례를 받아라!"

첨벙첨벙 뛰어 들어가 그들 사형제에게 마구 물을 뿌려대자 강명과 마진, 금초는 물에 흠뻑 젖어버렸다.

"에잇! 이젠 아우고 뭐고 없다! 복수닷!"

강명이 소리치며 물을 뿌렸고 마진도 양팔을 풍차처럼 돌리며 소운에게 물을 끼얹었다. 금초는 가만히 소운과 강명, 마진 등이 물싸움을 하고 있는 것을 보다가 이내 소운의 편에 서며.

"이젠 사형이고 뭐고 없다. 소운 형님이 최고다!"

라고 소리쳤다. 그리고는 강명과 마진에게 물세례를 퍼부어대기 시작했다.

"아니, 이놈이!"

그들은 그렇게 물싸움과 수영을 하며 즐거운 한때를 보냈다. 여름의 초입이라 그다지 춥지도 않았고 달도 밝았기 때문에 무리없이 재미있는 시간을 가졌다.

돌 위에 앉아서 달빛과 계곡을 스치는 바람에 물기를 말리고 있던 소운 등은 물기가 다 마르자 옷을 입기 시작했다. 옷을 다 입고 난 후 강명과 그들 사형제는 소운의 모습을 보고 놀라서 입을 다물지 못했다. 한동안 물속에서 놀았기 때문인지 소운의 모습은 지금 너무도 달라져 있었다.

"우와, 소운! 그 거렁뱅이 같은 모습 속에 이런 모습을 숨기고 있었다니 대단한걸?"

"완전히 인물이 사는걸?"

강명과 마진의 칭찬에 괜히 머리를 긁적이는 소운이었다.
'내가 제대로 씻은 것이 재작년 이맘때 이후로 처음인가?'
정말 소운의 모습은 오후에 돌덩이를 집어 던질 때와는 많이 달라져 있었다. 그때는 땟국물에 가려져 얼굴이 잘 드러나지 않았지만 지금의 얼굴은 잘생긴 편에 속하는 괜찮은 얼굴이었다. 거기에 눈빛이 맑아서 친근감있게 느껴지기까지 했다.
"자! 이제 장원으로 돌아가자구. 사부님께 들키지 않게 조심하는 거 잊지 말고."
내일 여행을 떠나야 할 판에 이렇게 밤 늦게까지 냇가에서 놀았다는 것이 들키면 강명과 마진, 금초는 엄청나게 혼나야 할 것이다. 소운은 멋도 모르고 따라와 조심해서 들어가야 한다는 강명의 말을 잘 이해하지 못해 그냥 밤에 돌아다니면 혼나는구나 하는 정도로 받아들였다.
그들은 뒷산의 소로를 따라 장원으로 내려가기 시작했다. 일각 정도를 내려가자 장원이 보였다.
"쉬잇! 자, 이제부터 발걸음 소리를 죽이고 우리 방까지 조용히 가는 거야."
장원의 후문으로 살금살금 들어가서 문을 조용히 연 강명은 마진과 금초, 소운에게 손짓했다. 그리고 연무장을 지나 그들의 방이 있는 건물 앞까지 도착한 순간.
"어딜 그렇게 싸돌아다니다 도둑처럼 살금살금 기어오시나?"
천향혜가 문가에 기대서서 강명 등을 바라보며 말했다.
"헉! 사매다!"
강명은 너무 놀라 자빠질 뻔했고 마진과 금초는 비록 말은 안 했지만 무척이나 놀란 듯 몸을 흠칫했다. 소운이야 뭘 잘 모르니 놀라지는 않았지만 천향혜가 문 앞에 서 있자 왜 방문 앞에 서 있을까 궁금해졌다.

"사, 사매. 우린 저, 절대 뒷산에 놀러 갔다 온 게 아니고 잠… 시 바람 좀 쐬고 온 거야. 서, 설마 사부한테 이르진 않겠지?"

강명은 아끼는 당당하더니 천향혜를 보자 말까지 더듬으며 당황해 했다. 천향혜는 그런 강명을 보며.

"사형은 지금 무슨 소리를 하는 거죠? 총단으로 출발하는 것이 바로 내일인데 일찍 자지 않고 뭐 하고 있는 거예요?"

천향혜는 쌀쌀한 말투로 강명 등을 다그쳤다. 강명은 그녀가 사부에게 이르면 큰일이라 생각하고 어찌하면 좋을까 안절부절못했다. 마진과 금초 역시 같은 생각으로 불안해하고 있을 무렵, 소운이 그녀에게 나직이 말했다.

"그러는 당신은 지금까지 자지 않고 뭐 하고 있는 거요?"

소운의 말에 삽시간 분위기가 반전되었다. 강명 등은 속으로 '맞아. 우리가 비록 놀다가 늦게 들어왔지만 사매 역시 자지 않고 있으니 피장파장 아닌가? 이런 간단한 이치를 생각하지 못하다니!' 하며 자신들의 머리를 쳤다. 그리고 소운이 말 한번 잘했다고 생각했다.

"나, 난 할 일이 있었다구요."

천향혜는 이렇게 말하며 소운을 보았는데 소운의 모습이 오후 때와는 많이 달라져 있어서 알아보지 못했다. 그녀는 사실 오후에 소운에게 당했던 수모를 잊지 못해 분한 마음을 달래려고 정원을 서성이고 있었다. 그러다가 그 마음을 주체할 수 없어서 소운과 담판 짓기 위해 그와 사형제들이 묵고 있는 방으로 찾아온 것이었다. 때마침 그때 소운 등이 주위를 살피며 조심스레 그들의 방으로 접근하고 있는 모습을 발견한 것이었다.

"그런데 당신은 누구죠? 당신 역시 돌을 들어 올린 사람인가요?"

소운은 천향혜가 자신을 모르는 것 같자 의아해하다가 이내 자신의 의복과 모습을 생각하고는 그녀가 자신을 알아보지 못한다는 것을 알아챘다.

"후후, 사매는 우리 소운 아우를 모르나? 사매의 앞에 돌을 던진 사람인데."

강명이 기가 살아서 천향혜에게 말하자 그녀의 눈은 일순 놀람의 빛을 띠었다.

"설마… 당신이 아까 그 거렁뱅이?"

"어허! 사매는 말이 심하구나. 거렁뱅이라니, 이렇게 훌륭한 모습인데. 우리 소운 아우는 말이야, 비록 고아이긴 해도 아주 훌륭한 사람이라구."

천향혜는 믿기지 않는다는 표정으로 소운을 바라보다가 이내 증오의 빛을 띠며 말했다.

"그렇다면 아까 전의 그 고의적인 행동들은 어떻게 설명할 건가요? 그는 나에게 돌덩이를 던졌다구요."

"그건 말이지, 난 비록 보진 못했지만 하인들의 말을 들어보니 소운이 돌을 던진 자리에 향혜 사매가 서 있었던 것뿐이라던데? 그건 그렇고, 이제 밤이 늦었으니 그만 들어가서 자는 게 어때? 내일 일찍 떠나려면 바삐 움직여야 되잖아."

천향혜는 강명의 말에 불끈해서 소리를 지르려고 했지만 밤이 깊었음을 느꼈는지 소리는 치지 못하고 조용히 강명과 소운을 쏘아보았다. 그리고 한마디를 남기며 자신의 방으로 돌아갔다.
"두고 보자……."

강명과 그의 사형제들은 그녀의 말에 움찔하며 후환이 두려워졌지만 아직 그녀의 무서움을 모르는 소운으로서는 담담하게 느껴질 뿐이었다.
"일단 안으로 들어가자구."
그들은 방 안으로 들어왔다.
"휴~ 물에서 놀았더니 개운하구만."
마진이 말했다. 강명은 소운의 등을 치며.
"아까 소운 아우의 말이 아니었으면 우린 사매한테 꼼짝없이 약점 잡힐 뻔했다구."
이렇게 말한 뒤 침상 위로 몸을 날렸다.
"우으… 편하다."
소운 등은 방 안으로 들어와 내일 이곳을 떠나는 일에 대해 이런저런 이야기를 나누다가 거의 새벽녘이 돼서야 잠이 들었다. 소운은 그들 사형제가 잠든 뒤에 침상에 누워 생각에 잠겼다.
'휴… 이제 내일부터 새로운 시작인가?'
소운은 오늘 많은 일이 있었지만 그다지 나쁘지 않은, 아니, 좋은 일들이 대부분이었다고 생각했다. 그중에 제일 맘에 드는 것은 바로 저들 사형제를 만난 것이라고 말할 수 있었다.
'앞으로 어떻게 될지 모르더라도 부끄럽지 않게, 부끄럽지 않은 모습으로 살아가야지.'
이렇게 다짐하며 소운도 잠에 빠져들었다. 많은 일이 있은 만큼 그도 피곤했던 것이다.

　뎅— 뎅—

　아침을 알리는 종소리와 함께 장안분타의 아침이 밝아왔다. 하인들이 먼저 분주히 움직이며 총단으로 떠날 아이들의 여행 물품을 챙겼다.

　소운과 강명, 마진, 금초는 일어나기 싫었지만 천조삼이 연무장으로 집합하라고 말한 것을 하인이 전해주자 부리나케 일어났다. 그들은 졸린 눈을 비비며 짧은 세수를 마친 뒤 연무장으로 향했다. 연무장에는 이미 천조삼이 서 있었고, 어제 돌을 움직이는 것을 통과한 일곱 명의 아이들과 천향혜가 있었다. 일곱 명의 아이들과 천향혜는 천조삼 앞에 정렬해 있었는데 강명 등이 나타나자 일곱 명의 아이들 중에서 몇 명이 중얼거렸다.

　"쳇, 빨리도 오는구만. 누가 천 타주님 제자 아니랄까 봐 위세는."

　"그러게 말이야."

　강명 등은 허겁지겁 그들 옆에 줄을 서느라 그들의 말을 듣지 못했지만 천향혜는 똑똑히 들을 수 있었다.

　'사형들은 그런 소리 들어도 싸지 뭐.'

　"자, 다들 모였으면 앞으로의 일정을 간략히 소개하겠다."

　천조삼은 강명 등이 앞에 서자 말을 하기 시작했다.

　"모두들 알다시피 총단은 화산파(華山派) 가까이의 섬서성(陝西省)에 있다. 이곳 장안(長安)과는 장강을 사이에 두고 있다 뿐이지 별로 멀지 않은 곳이다. 일단은 장강을 건너기 위해서 성도(聖都)의 관현(管賢)에서 배를 탄다. 그곳에서 풍림곡(楓林谷)의 사람들과 합류해서 같이 가기로 했다. 장강을 건넌 다음 화산파 앞을 지나는데 이곳에서 화산파의 사람들과도 같이 총단으로 향한다. 화산파에선 총단까지 하루 거리밖에 되지 않으니 화산파에 도착하면 일단 다 왔다고 보면 될 것이다. 그리고 나는 같이 가지 않는다. 이곳에 파견 나와 있는 총단의 당주급 인사 한 분이 너희들을 인솔해 가실 것이다. 내가 필히 당부하건대 이곳으로 다시 돌아올 생각은 버려라. 너희들은 꼭 승천관에 입관할 수 있을 것이다. 열심히 하거라. 자, 이제 짐을 챙겨서 다시 이곳으로 모여라."

천조삼의 말이 끝나고 아이들은 각자의 짐을 챙기러 자신들의 방으로 향했다. 소운은 짐이 하나도 없었기에 연무장에 그대로 서 있었다. 강명과 사형제들은 금방 돌아온다며 짐을 챙기러 갔다.

"아함… 졸립다."

소운은 기지개를 켜며 숨을 크게 들이쉬었다. 상쾌한 공기를 듬뿍 마시니 졸음이 조금 가시는 것 같았다.

"어허! 이거 보니 소운이었구나."

천조삼은 가만히 서 있는 소운에게 다가왔다. 천조삼은 소운의 바뀐 모습을 처음에는 알아보지 못했다. 어제의 그 더러운 모습으로 기억하고 있었던 것이다.

"네, 안녕하세요."

"그렇게 차려입으니 신수가 훤하구나."

천조삼은 소운의 얼굴이 꽤 괜찮다고 생각했다.

"맞다. 한 가지 궁금한 점이 있는데, 고아라면 너의 무공은 누구한테서 배운 것이냐?"

"네?"

"어제 돌을 집어 던진 그 힘 말이다. 내가 보기엔 적어도 십 년 이상은 내공을 닦아야 그 정도 던질 수 있을 터인데."

소운은 뜨끔했다. 무공이라니… 자신은 전혀 알지 못하는 것이다.

"잘 모르겠는데요."

천조삼은 소운이 모르겠다고 하자.

"사문을 밝힐 수 없는 사정이 있는 거냐? 뭐, 그렇다면 할 수 없지."

하고 자기 멋대로 오인해 버렸다.

"저, 그게……."

천조삼은 그렇게 말해 놓고도 소운의 사문이 궁금해지기 시작했다. 그는 궁금한 건 못 참는 성격이었다.

"그렇다면 너희 사문의 무공을 좀 보여주지 않으련? 승천 입관(昇天入館) 시험에서 도움이 될지 안 될지 내가 한번 판별해 주마."

천조삼은 거짓말까지 해가며 소운에게 무공을 펼쳐 보라고 말했다. 그는 경험이 많은 고수라 웬만한 무공은 보는 즉시 그 내력을 알 수 있었다.

"승천 입관 시험에요?"

"그래, 시험을 볼 때 자신이 가장 자신 있는 무공을 펼쳐 보이는 순서가 있거든."

'이거 큰일이구나. 무공이라곤 개뿔도 알지 못하는데… 가만, 혹시 그가 가르쳐 준 것이 무공이란 것 아닐까?'

소운은 어제 했었던 호흡법을 떠올렸다. 분명 그 호흡법을 한번하고 나니 온몸에 기운이 넘치는 것 같았고 분명 그 커다란 돌을 멀리 던지지 않았는가?

"저… 그러면 한번 보여드릴게요."

소운은 그가 가르쳐 준 것이 무공인지 아닌지 알아보고 싶어서 한 번 보여준다고 말했다. 천조삼은 소운이 자신의 말에 걸려들었구나 하는 회심의 표정을 지으며 말했다.

"그래, 어서어서 펼쳐 보려무나."

'음… 뭐가 좋을까?'

소운은 잠시 생각하는 듯하더니 이내 담장 쪽으로 달려가 나뭇가지 하나를 꺾어왔다. 천조삼은 소운이 나뭇가지로 무엇을 할까 궁금해졌다.

"자, 그럼 시작할게요."

소운은 자신의 팔 길이만한 나뭇가지를 들고 그가 가르쳐 준 것 중에 몽둥이로 멧돼지 때려잡는 법을 한번 해보려고 했다.

'손을 이렇게 잡고, 호흡을 가다듬고서…….'

"히얏!"

소운이 기합을 지르며 나뭇가지를 정면으로 찔렀다. 그런데 기이한 것이 나뭇가지가 소운의 손 안에서 팽그르 도는 것이다. 소운은 계속해서 나뭇가지로 좌우를 베는 동작을 했는데 나뭇가지의 회전이 더욱 빨라졌다. 좌측을 베고 우측을 벨 때쯤에는 회전 속도가 더욱 가속되었다. 소운은 마지막으로 머리 위에서 세로로 곧게 베는 동작을 취했다.

천조삼은 소운의 정면에서 다섯 발짝 정도 떨어진 곳에 있었는데 소운이 나뭇가지로 세로 베기를 하자 자신의 정면으로 바람이 지나가는 것을 느꼈다. 소운은 마지막 동작을 끝내고 천조삼을 바라보았다. 자신이 지금 한 것이 과연 무공인지 아닌지 천조삼이 빨리 말해 주기를 바랬다.

'검풍(劍風)?'

천조삼은 검도 아니고 저런 나뭇가지로 이렇게 멀리 떨어진 자신이 있는 곳까지 검풍을 보냈다는 게 믿기지 않았다. 강호의 초절정 고수들은 나뭇가지로 검기를 쏘아 보낼 수 있다고 들었는데 비록 검기는 아니지만 검풍을 나뭇가지로 발출해 냈다는 것이 정말 놀라웠다. 천조삼과 소운의 거리가 다섯 걸음 정도였다는 것을 감안하면 소운의 나뭇가지에선 검기 못지 않은 검풍이 발생했다는 말이 되는 것이다.

천조삼 자신이 나뭇가지로 위력적인 검기를 발출하려면 절반 정도의 내공을 쏟아 부어야 가능하니까 지금 소운의 검풍은 정말 대단한 것이었다.

"자네, 그 무공의 이름이……."

사문을 물어보지 않는다고 했으니 무공 이름 역시 물어보면 안 되기 때문에 천조삼은 말을 잇지 못했다.

'회전을 하면서 검풍을 쏘아내는 무공이라… 참… 이런 무공은 들도 보도 못했는걸.'

천조삼은 자신의 견문이 짧음을 후회해야 했다. 도무지 저런 무공을 쓰는 사람이 있다는 것이 생각나지 않았다.

"저기… 이거면 승천 입관 시험에서 써먹어도 되는 건가요?"

소운은 천조삼이 자신이 한 몽둥이로 멧돼지 때려잡는 법을 보고 안색이 심각해져 있자 실로 걱정이 되었다. 천조삼이 그것의 위력에 놀라서 저렇게 안색이 굳어 있다고는 전혀 생각치 못했다.

"소운아, 그 정도면 충분히 무공 관문을 통과할 수 있을 것이다."

천조삼은 그렇게 말하고는 계속해서 생각에 잠겼다.

"네? 이야호!"

소운은 천조삼이 그렇게 말하자 너무도 기뻐하며.

"사실 몽둥이로 하면 더 위력적인데, 대충 이 나뭇가지로 한 거에요."

라고 말했다. 이 말에 천조삼은 퍼뜩 정신이 들어 말했다.

"뭐라고? 그렇다면 혹시 넌 이것을 검으로는 펼쳐 보지 않았단 말이냐?"

"몽둥이로밖에……."

'허어, 소운의 사문도 참 괴팍한 곳이구나. 검으로 펼치면 그 위력이 엄청날 텐데 몽둥이로 펼치게 하다니. 오호라! 저 아이가 감당하기엔 위력이 너무 세서 자칫 잘못하면 다칠까 봐 검으로는 펼치지 못하게 한 것 같구나.'

또다시 제멋대로 해석하는 천조삼이었다.

"소운아, 만약에 승천 입관 시험을 볼 때 그 무공을 검으로 펼치게 된다면 좀 약하게 펼치거라."

저게 무슨 소린가 했지만 소운은 그냥 대답했다.

"네."

소운은 그가 가르쳐 준 것이 무공이라는 것이 맞다는 것을 알고 떨듯이 기뻤다.

'그는 무림인이었을까?'

갑자기 이런 생각이 드는 소운이었다.

소운은 손에 들고 있던 나뭇가지를 버리며 자신의 손바닥을 보았다. 약간 까져서 피가 나오려고 했다.

"좀 쓰라린걸."

소운은 예전에 이 방법을, 아니, 이 무공을 배운 뒤 한 번 해봤다가 손바닥이 다 까져서 다시는 안 하겠다고 다짐했던 것이 생각났다. 거친 몽둥이 표면을 잡고 빠르게 회전시키며 휘두르는 무공이라 손바닥이 남아나질 않는 것이다. 다음에 이것을 할 때는 손에 잡히는 부분을 부드럽게 깎아놓고 해야겠다고 다짐하는 소운이었다.

"소운아, 잠깐 손을 내밀어봐라."

천조삼은 소운이 얼마만큼의 내공을 가지고 있나 측정하려고 소운의 손을 잡았다. 나뭇가지로 이런 위력적인 무공을 펼쳤으니 분명 내공이 대단할 것이라고 생각했다.

손목 위의 맥문을 잡고 약간의 내공을 주입한 순간 천조삼은 아무것도 느낄 수 없었다. 마치 망망대해에 빠져 있는 듯한 기분이었다. 내공이 조금이라도 있다면 약간의 반탄력이라도 있을 텐데 이건 도무지 반응이 없었다.

소운은 멀뚱하게 천조삼이 왜 자신의 손을 잡고 있나 하고 바라보고 있었다. 천조삼은 십이성의 내공 중 오성의 내공을 사용했다. 그러나 역시 마찬가지 아무것도 느낄 수 없었다. 마치 거대한 바다로 강물이 아무리 흘러 들어가도 그 높이는 변함이 없는 것처럼, 천조삼 자신의 내공이 아무런 반응을 이끌어낼 수가 없는 것이었다.

만약에 내공이 전혀 없다면 기혈이 막혀 있거나 고통스러워서 내공이 몸속으로 들어가기 힘들 텐데 이건 완전히 탄탄대로였다. 게다가 소운은 전혀 고통스런 표정이 아니었다. 아무 일도 없다는 듯한 표정으로 시종일관 천조삼을 쳐다보고 있을 뿐이었다.

"이럴 수가……!"

천조삼은 내공을 십이성 전력으로 소운의 몸에 주입시켜 보았다. 역시 무반응이었다. 전력을 다한 것이라 천조삼의 얼굴은 황톳빛으로 변했지만 정작 소운은 아무런 행동 변화가 없었다.

"끄윽… 소운아, 너 혹시 내공심법 아는 거 있느냐?"

십이성의 내공을 사용해 힘이 딸려서 작게 신음소리를 낸 천조삼은 소운에게 물었다. 소운은 천조삼의 말에 대답했다.

"내공심법이요? 혹시 호흡법을 말하는 건가요?"

"그… 래. 호흡법인지 뭔지 한번 해봐."

소운은 숨을 들이키고 한숨의 진기를 호흡법대로 유도시켜 나갔다. 그러자 소운의 몸에 내공을 넣고 있던 천조삼의 팔이 엄청난 반탄력을 받으며 튕겨져 나갔다.

"우웃!"

천조삼은 팔이 저려옴을 느끼며 방금 전에 자신의 내공을 밀어냈던 그 엄청난 힘에 놀랐다.

"역시. 내가 알지 못하는 내공심법이군."

천조삼은 소운의 사문을 맞추는 일을 포기해야겠다고 생각했다.

"왜 그러세요?"

천조삼이 팔이 저린 듯 고통스러워하고 있자 소운이 물었다.

"아, 아니다, 암것두."

소운의 내공에 밀려 튕겨 나갔다는 수치스러운 일이 밝혀질까 봐 얼버무리는 천조삼이었다.

'음… 이 호흡법을 내공심법이라 하는구나.'

천조삼과의 대화에서 한 가지를 깨달은 소운이었다.

'이 멧돼지 때려잡는 법하고 호흡법, 그 다음엔 뭘 배웠더라? 낚싯바늘 멀리 던지는 법이었던가? 이건 돌멩이로 한번 해봐야겠다. 그리고 서리할 때 안 들키고 서리하는 방법. 과수원 아저씨들이 불쌍해서 한 번도 써보지 않았지만 분명 이것도 무공이란는 걸 거야. 이거 가르쳐 주실 때 빨리 걷는 법도 배운 것 같은데? 같이 해봐야지. 그리고 또 뭐가 있더라… 맞다, 산에서 먹을 거 찾는 법. 음… 이건 무공이 아니라 그냥 나 굶어 죽지 말라고 가르쳐 주신 거 같은데? 좋아, 그럼 내가 아는 무공은 이제 다섯 가지다! 나중에 이름이나 붙여야겠어. 명색이 무공이라는 거니까 멋진 이름으로 불리는 게 좋겠지? 멧돼지 때려잡는 법이라고 하면 남들이 비웃을 거 아니겠어?'

천조삼은 천조삼 나름대로 소운의 사문에 대해서, 소운은 소운 나름대로 자신의 무공에 대해서 생각하고 있을 즈음 짐을 꾸리러 갔던 아이들이 속속들이 돌아오기 시작했다.

"여어! 소운, 심심했지?"

마진이 등에 봇짐을 짊어진 채 소운에게 다가왔다.

"아, 마진 형."

"명 사형하고 금초 녀석은 아직도 짐을 꾸리고 있다고… 꾸물대긴."

마진이 소운에게 말했다.

"누가 꾸물댄다는 거야?"

마진의 등 뒤에서 강명이 갑자기 나타나며 마진의 목을 졸랐다.

"캑캑! 사형, 말이 그렇다는 거지……."

"말이 그러면 진짜 그런 줄 알 거 아니야? 가지런히 정리해 놓은 내 옷가지를 흐트러뜨려 놓고 튄 게 누군데?"

"그건 실수라고. 하필 그게 내 발에 걸릴 게 뭐람. 캑! 사형, 이거 좀 놓고 말해."

강명은 마진의 목을 더욱 조르며.

"넌 임마, 침상 위에 있는 옷가지가 발에 걸렸다고 말하는 거냐? 다리도 짧은 놈이."

"케엑! 끅… 손인가?"

"쿡!"

소운은 웃음을 지었다. 언제 봐도 재미있는 사형제지간이었다. 천조삼은 아이들이 돌아오기 시작하자 마차를 준비하러 나갔다. 떠나기 전 강명에게는 이곳에 아이들을 모아놓고 있으라고 당부했다.

"사형!"

잠시 뒤에 금초가 연무장으로 급하게 뛰어왔는데, 눈에는 눈물이 글썽했고 코피까지 흘리고 있었다.

"사형, 나 맞았어……."

"뭐라고?"

강명이 놀라 소리쳤다.

"여몽 그 자식이… 방문을 나오는 날 끌고 가서는 텃세 부리지 말라며 때렸어."

"그냥 맞고만 있었단 말이야?"

"그럼 어떡해. 그 패거리들까지 합세해서 날 둘러싸고 있었는데."

마진은 울고 있는 금초의 머리를 쥐어박으며.

"무공을 쓰면 되잖아, 무공을!"

금초는 이제 열세 살로 아직은 치기가 가시지 않은 어린아이였다. 갑자기 그런 덩치 좋은 여몽 등에게 둘러싸이자 평소에 배운 무공은 다 까먹고 그저 달아나기에 급급했던 것이다.

무공으로만 따지면 어릴 적부터 천조삼에게 정통 무공을 배운 금초가 천무 도장이라는 곳에서 삼류 무공이나 배우던 여몽보다는 한 수

위인 것이었다.

"아파 죽겠는데 왜 때려!"

"어쭈! 자식이 여몽 녀석에게도 이렇게 대들지 그랬냐?"

금초는 마진을 얄미운 눈초리로 째려보았다.

"여몽, 이 자식. 가만 안 두겠어!"

강명이 이를 갈며 분해했다. 소운 역시 여몽이란 사람을 모르지만 만나면 한번 따져 봐야겠다고 생각했다.

"후후, 금초, 얼굴이 왜 그러냐?"

연무장에 일곱 명의 소년들이 들어오고 있었는데 그중에 인상이 삭막하게 생긴 소년이 금초를 보며 말했다.

"여몽, 이 자식! 바로 네가 그랬잖아!"

강명이 소리치자 그 삭막하게 생긴 여몽이란 소년은.

"뭐? 내가 그랬다구? 이게 생사람 잡네."

"이 자식이!"

당장 달려가 여몽과 한판 벌이려던 강명은 갑자기 들려오는 소리에 동작을 멈추었다.

"사형, 싸움을 하면 사부한테 말할 거예요."

천향혜가 연무장 한쪽에서 들어오며 말했다.

"사매, 네가 몰라서 그래. 저 녀석과 주위의 패거리들이 금초를 때렸다고."

"아니, 글쎄 누가 봤냐고?"

건들거리며 말하는 여몽을 보며 주먹을 불끈 쥐는 강명.

"사형, 금초를 때렸다는 증거가 없잖아요."

"아니, 이렇게 코피 흘리고 있는 금초가 안 보여? 금초 자신이 직접 말한 건데… 그럼 사매는 저 녀석 따위의 말을 더 믿는다는 거야?"

"그렇다고 해도 싸움은 안 돼요."

천향혜는 냉정히 말하고 금초를 돌아보았다.

"금초, 너는 어서 지혈을 하는 게 좋겠구나."

소운은 강명과 여몽이 티격태격 주고받는 말을 듣다가 여몽이 말도 안 되는 소리를 지껄이자 화가 났다. 하지만 정작 자신보다 더 화가 나 있을 강명은 가만히 있는데 자신이 나설 수는 없었다.

마진은 금초의 코 주위 혈도를 막으며 지혈시켰고 강명은 여몽을 째려보기만 할 뿐 달려들지는 못했다. 여몽은 그런 강명 등을 보며 비웃음을 날렸다.

소운은 생각했다.

'저 여자는 자신의 사형제가 다쳤는데도 냉정하기만 하구나. 자신의 일에는 물불 안 가리고 달려들면서. 얼굴만 예쁘다고 다가 아니었어.'

어제 자신의 뺨을 때리던 모습을 떠올리며 소운은 천향혜에 대한 생각이 부정적으로 바뀌는 것을 느꼈다.

"훗! 여자한테 잡혀 사는 불쌍한 놈들."

여몽이 중얼거렸다. 뒤를 돌아보고 있는 천향혜가 들리지 않게 나지막이 말했지만 그의 행동을 집중하고 있던 소운은 그의 말을 들을 수 있었다. 소운은 여몽의 행동이 마음에 들지 않아 뭐 골려줄 방법이 없나 생각해 보다가 한번 낚시 바늘 멀리 던지는 법을 한번 사용해 보기로 했다.

소운은 주위에서 손가락만한 돌을 찾아서 손에 꼭 쥐었다.

'정확한 목표를 바라보고 손목의 탄력을 이용해서.'

호흡을 가다듬고 손에 힘을 모았다.

'이마가 좋겠군.'

여몽이 주의를 딴 데 쏟고 있을 때 소운은 번개같이 손을 휘두르며 돌을 던졌다. 육안으로 구별이 어려울 정도로 빠르게 돌이 쏟아져 나갔다.

휘융—!

바람을 가르는 소리가 들리자 여몽은 뭔 일인가 싶어 고개를 돌렸다. 그 바람에 이마 정중앙을 노리고 있던 돌멩이가 여몽의 왼쪽 눈 위쪽으로 빗맞았다. 딱! 하는 소리가 들리며 여몽은 엄청난 고통에 왼쪽 이마를 감싸 쥐었다.

"으악!"

여몽은 바닥을 뒹굴며 고통스러워했다. 강명과 마진, 금초는 그런 여몽을 보며 저 녀석이 왜 저러나 하고 쳐다보았다. 여몽이 벌떡 일어나며 '누구야!' 하고 외치자 강명 등은 웃음을 터뜨리지 않을 수 없었다. 여몽의 왼쪽 이마에 커다란 혹이 난 것이었다.

'음… 꽤 괜찮은데?'

연무장은 꽤 넓어서 가로 세로로 이십 장 가까이 되었고 여몽 패거리와 소운이 있는 곳은 거리가 십오 장 가까이 되는 꽤 먼 거리였다. 소운은 그 거리에서 정확하게 돌을 날려 맞춘 것이었다.

"으아악! 누구야! 강명, 네놈이냐?"

"뭐? 이게 생사람 잡네. 증거있어?"

여몽은 아픈 이마를 문지르며 강명을 쏘아봤지만 별다른 꼬투리를 잡을 수 없었다. 금초는 코피가 멎어서 한숨 돌리고 있다가 여몽의 모습을 보고 아주 통쾌한 마음이 들었다. 그러다가 소운과 눈이 마주쳤는데 소운이 손목을 움직여 던지는 시늉을 하며 눈을 찡긋하자 소운이 던졌다는 것을 알아차렸다. 소운은 금초를 보고 손가락으로 입을 막으며 '쉿!' 이라고 말했다. 금초는 소운을 보며 함박웃음을 지었다.

'형, 고마워.'

금초는 속으로 이렇게 생각했다. 강명과 마진은 여몽을 놀려대기에 바빴다. 천향혜는 이게 어찌 된 영문인가 궁리해 보다가 여몽의 이마를 보곤 '풋!' 하고 웃음을 지었다. 아무리 냉정한 모습의 그녀라도 저 모습을 보면 웃지 않고는 못 배기는 것이었다.

천조삼이 당주란 사람을 데리고 연무장으로 오자 연신 여몽을 놀리고 있던 강명과 마진은 아무 일 없었다는 듯이 금초 옆에 줄을 섰다. 소운도 그들 사형제와 줄을 섰고 천향혜 역시 줄을 섰다. 여몽과 그의 패거리들은 주춤주춤 다가와 강명 등이 서 있는 곳과는 약간 거리를 띄워서 줄을 섰다.

"흠… 이번에 너희들을 데리고 총단으로 향할 당주님을 소개하겠다. 엉? 아니, 여몽아, 너 이마가 왜 그러냐?"

"넘어져서 돌멩이와 부딪쳤대요, 사부님."

마진이 재빨리 말했다.

"저런, 조심하지 않구. 그나저나 참 심하게 부딪쳤구나. 흠흠… 자, 소개가 늦었지? 총단 주작단 소속의 흑룡당주인 섬전퇴 이 대협이시다."

"안녕하십니까. 여러분을 총단까지 안내할 임무를 맡고 있는 이명각이라고 합니다. 강호 동도들이 저를 가리켜 섬전퇴라 부르기도 하지만 여러분들은 그냥 편하게 이 당주라고 부르십시오."

"당주님, 이 아이들 잘 부탁드립니다."

"네, 염려 마세요, 천 타주님."

이명각이라는 사람은 청색 장삼을 입고 있었는데 사람 좋은 인상에 눈은 거의 보이지 않을 정도로 작았다. 소운은 그래서인지 편한 느낌이 드는 사람이라고 생각했다.

"자, 마차는 두 대인데 한 대에는 이 대협과 강명, 마진, 금초, 향혜가 타도록 하고 뒤에는 나머지 아이들이 타도록 하거라."

"사부님! 소운 형도 같이 타면 안 되나요?"

"그래요, 소운도 같이 타게 해줘요."

"소운도? 그리도록 하려무나. 그새 많이 친해졌나 보구나."

천조삼은 원래 소운까지 같이 타라고 하고 싶었지만 천향혜와 관계가 껄끄러울 것 같아 따로 태우려고 했는데 금초와 강명이 그렇게 말하자 원래의 생각대로 되어 오히려 좋아했다.

"와아! 소운 형, 어서 가자구."

금초는 아까의 일 때문에 소운이 더욱 좋아졌다. 일행은 모두 마차가 준비되어 있는 정문으로 향했다.

"향혜야, 총단에 가면 열심히 해야 한다."

마지막엔 역시 자식 먼저 챙기는 것이 부모의 마음인가 보다. 천조삼은 자신의 딸을 보며 말했다.

"네, 아버지. 걱정하지 마세요."

천향혜는 이렇게 말하고 마차 위에 올라탔다.

"강명아, 너희 사형제들 잘 보살피고."

"네, 사부님."

천조삼은 여몽 등을 보면서도 말했다.

"떨어졌다고 울지 말고."

분타교우(分舵交友)

여몽과 그의 패거리들의 안색이 변했다. 저게 지금 떠나는 사람한테 할 소린가? 소운은 마차에 타려다가 천조삼이 어깨를 잡자 고개를 돌려 천조삼을 바라보았다.

"소운아, 넌 분명히 큰 인물이 될 것이다."

소운은 알았다는 듯이 힘차게 고개를 끄덕이곤 마차에 올라탔다.

'큰 인물? 내가 몸이 많이 클 거란 소린가?'

라는 어처구니없는 생각을 했지만 말이다.

소운이 마차에 올라 탈 때 여몽은 눈빛을 빛내며 그를 바라보았다. 여몽은 천조삼의 제자도 아닌데 그의 제자들과 함께 어울리는 소운이 얄밉게 느껴졌다.

'쳇! 언젠가는 저 녀석의 면상을 짓밟아주마.'

여몽은 남이 잘되는 꼴은 죽어도 못 보는 그런 류의 사람이었다.

"이 당주님, 수고하십시오."

"네, 천 타주님. 그럼 출발하겠습니다."

마부가 말을 채찍질하자 마차가 움직이기 시작했다. 천조삼의 배웅을 받으며 두 대의 마차는 그렇게 장안분타를 떠나갔다. 이제 이 두 대의 마차는 승천 입관 시험을 실시하는 총단으로 향하는 것이다.

소운은 마차 밖의 풍경을 보며 멀어져 가는 장안성의 모습에 감회가 새로워졌다.

'장안성을 벗어난 게 처음인가?'

소운은 장안성을 나서며 마지막으로 그의 무덤이 있는 곳을 바라보며 말했다.

'다시 돌아올 때는 저, 무척 유명한 사람이 되어 있을 거예요. 두고 보라구요. 헤헤, 거기서 좀 외롭더라도 제가 잘되길 바라면서 기다려

줘요. 꼭 다시 돌아올 테니.'

　마지막 작별 인사를 한 소운은 장안성에 안녕을 고했다. 이제 소운은 좁은 우물에서 세상을 향해 나가는 것이다. 앞으로 어떤 일들을 겪을지 소운의 가슴은 벌써부터 두근거려졌다.

제3장
승천풍운(昇天風雲)

승천풍운(昇天風雲) 3

 마차는 순조롭게 관현으로 향했다. 이명각은 저녁때쯤이면 성도성에 도착할 것이라고 말했다.
 "너희들이 천 타주님의 제자들이니?"
 이명각은 강명과 마진, 금초를 바라보며 말했다.
 "네."
 강명은 짧게 대답했다. 사실 그들은 졸려서 꾸벅꾸벅 졸고 있었다. 이명각은 그들 세 명을 유심히 살펴보았다.
 '역시 내공의 기초가 탄탄하군. 왕년에 생사판관이라는 별호를 가졌던 천 타주님답게 제자들을 잘 키워냈어. 태양혈은 적어도 십 년 이상의 내공이 있어야 볼록하게 나오기 시작하는데, 이 아이들은 하나같이 태양혈이 볼록하구나.'
 이명각은 그렇게 생각한 뒤에 자신의 양쪽에 앉아 있는 소운과 천향혜를 곁눈질로 살펴보기 시작했다. 강명 등이야 자신의 정면에 앉아 있어 쳐다보기에 불편이 없었지만 소운과 천향혜는 양 옆에 앉아 있어서 직접 고개를 돌려보기가 좀 무안했다. 그래서 이명각은 자신의 작은 눈을 이용해 마치 눈을 감는 척하면서 슬쩍 보기 시작했다.

'이 아이는 천 타주님의 여식이라고 했지? 호오! 상당한 미모구나. 좀 더 나이가 차면 사내들이 줄을 서겠는걸? 흐음, 눈빛이 매섭고 기도가 안정되어 있는 것을 보니 이미 내공이 상당히 완숙한 경지에 이르렀겠구나. 천 타주님의 피를 이어서 그런가? 저 나이 때 보기 힘든 성취군.'

이명각은 주작단의 흑룡당주인데 강호의 정보를 모으고 분석하는 일을 주로 했다. 그러다 보니 자연 만나는 사람이 많아지고 한눈에 척 그 사람의 무공 경지를 파악하는 눈까지 가지게 된 것이다.

'이 아이는 소운이라고 했던가? 천 타주님이 대단한 인재라고 했는데… 음, 보아하니 태양혈이 밋밋하고 눈에서 신광이 뻗어 나오지 않는 것이 그리 대단한 내공을 지닌 것 같지 않은데… 혹시 무공 초식 쪽으로 뛰어나단 소리인가?'

소운은 멍하니 창밖을 바라 바라보고 있었다. 생각해 보니 마차를 오늘 처음 타보는 것이었다. 이렇게 길을 빠르게 달릴 수 있다니 정말 놀라웠다. 어제 늦게 자서인지 강명 등은 졸고 있었고 자신 역시 졸음이 밀려왔다. 소운은 마차의 창문 턱에 기대어서 서서히 눈을 감았다.

'아무리 초식이 뛰어나다 해도 그걸 받쳐 주는 내공이 없으면 나중에 가서는 무용지물이 된다. 이 아이는 내공이 거의 없는 것 같은데, 지금부터 내공을 기른다고 해도 십 년 안에 빛을 보기는 힘들 것이다.'

이렇게 소운에 대한 평가를 해버리고 마는 이명각이었다.
"저기… 앞에 누군가 나타났는뎁쇼?"
갑자기 마차를 몰고 있던 마부가 말했다.
"네? 위험하니 어서 비키라고 하세요."
이명각이 마부에게 말했다.
"그게… 손에 몽둥이를 들고 있는데요?"
이명각은 불길한 예감이 들었다. 근래에 무림맹은 승천 입관을 위해서 각지에서 인재들을 모으고 있었다. 그런 인재들을 모아 교육시켜 더욱 빛을 발하게 하면 정파 무림은 점점 더 발전해 갈 것이다. 이런 상황을 사파 놈들이 그저 두고 보고만 있지는 않을 것이 분명한 일. 그래서 무림맹은 각지에 자신과 같은 당주급 인사를 파견하여 인재들을 보호하고 안전하게 총단으로 데려오라고 하지 않았던가. 이명각은 그때 무림맹의 그런 걱정은 기우에 불과하다고 치부해 버렸지만 실제로 사파 놈들이 그들을 노릴 수도 있는 것이었다.
'제발, 그저 지나가는 행상을 터는 도적들이길.'
"일단 마차를 세우시오."
마부에게 말한 이명각은 강명 등을 깨우며 주의를 주었다. 뒤에 따라오던 마차는 앞의 마차가 서자 영문도 모른 채 따라 세웠다. 이명각은 재빨리 마차에서 내려 앞을 가로막고 있는 사람들을 확인해 보았다.
"호오, 이게 누구신가? 명성이 자자한 섬전퇴 이 대협 아니신가?"
"큭큭, 무림맹의 쫄병이 이곳에는 어인 행차신가?"
이명각은 안색이 변했다. 이들은 사파 사람마저 피해 다니는 악랄하고 흉악무도한 흉살이마였던 것이다. 한 명은 커다란 덩치에 외호 그대로 흉악하게 생긴 흉살사신 이대마였고, 또 다른 한 명은 청수하게 생긴 중년인이었는데 외모와는 달리 사악한 느낌을 풍기는, 심중에 백여 가지 악랄한 심보를 숨기고 있다는 흉살제갈 도위강이었다. 예상했던 대로 이들은 도적 따위가 아니었다.

"이 당주님, 무슨 일이죠?"

천향혜가 마차 밖으로 나오며 물었다. 그녀는 흉살이마를 보더니 눈살을 찌푸렸다.

"큰일이네. 사파 놈들이 길목을 지키며 우리를 기다리고 있다네."

강명과 마진, 금초는 눈을 비비며 마차 밖의 상황을 살피다가 이명각의 말을 듣고는 눈이 휘둥그레졌다. 뒤편의 마차에 있던 여몽 등은 아무것도 모른 채 이명각이 있는 곳으로 다가오고 있었다.

"큭큭, 너희 무림맹 놈들의 비룡단원 때문에 우리 마도련주님의 고심이 이만저만이 아니다. 너희들의 세력이 더 이상 커지는 걸 방치할 순 없지."

흉살사신 이대마가 이명각을 향해 말했다.

"련주는 총단으로 오는 아이들을 적당이 패서 돌려보내라고 했지만… 흐흐흐, 우리는 우리만의 방식으로 적당하게 손봐 줄 작정이다."

이번에는 흉살제갈 도위강이 말했다. 천향혜와 앞으로 다가온 여몽 등은 이때 무척이나 놀랐다. 그들은 말로만 들었던 사파의 흉악한 사람이 눈앞에 있는 것이다.

"우와! 사형, 어떡하지?"

"일단 우리도 빨리 나가자."

강명 등도 놀라서 마차 앞으로 달려나갔다.

'저놈들의 무공은 나와 비슷한 정도일 것이다. 내가 한 사람을 맡

고 저 천 타주님의 제자들이 다른 한 사람을 상대해 시간을 끌어준다면 승산이 있을 것이다.'

이명각은 강명에게 전음을 보냈다. 강명은 처음 듣는 전음이라 흠칫했지만 사태의 심각성을 알고 조용히 고개를 끄덕였다.

―너와 사형제들은 합심해서 저 둔하게 생긴 이대마라는 놈을 맡아라. 내가 나머지 한 명을 빨리 처리한 뒤 곧 손을 쓰겠다.

이명각은 각각 마진과 금초, 천향혜 등에게도 재빨리 전음을 보냈다.

"뭘 작당하고 계시나, 섬전퇴 양반?"

흉신제갈 도위강은 이명각의 입술이 미미하게 움직이는 것을 놓치지 않았다. 그는 매사에 용의주도하여 흉신 앞에 제갈이란 명호가 붙은 것이었다.

"그건 알 거 없고."

이명각은 이렇게 말하면서 강명 등에게 눈짓을 했다.

"받아랏!"

그리고는 번개처럼 땅을 박차고 도위강을 향해 발길질을 했다. 도위강은 이명각이 뭔가 전음으로 지시한 것을 보고 준비하고 있다가 손을 들어 이명각의 발에 마주쳐 갔다. 기실 기습이라는 것은 상대가 예측하지 못했을 때 해야 성공하는 것이라 이명각의 이 발길질은 오히려 상대의 경각심만 부추긴 꼴이 되었다.

"우리들도 가자!"

강명 등은 아까의 예정대로 이대마를 공격하기 시작했다. 강명과 마진은 천조삼에게 권장을 배웠기에 무기를 따로 가지고 있지 않아 주먹을 내질렀고, 금초는 검술을 주로 배운 터라 검을 지니고 있어야 하지만 그 검은 지금 마차 안의 봇짐 속에 있었다. 그래서 금초 역시 주먹을 내질렀다. 천향혜는 허리에 연검을 지니고 있었는데 연검을 뽑아 진기를 주입한 다음 역시 이대마를 베기 위해 달려갔다.

"음? 무슨 소리지?"

소운은 이명각이 나가고 강명 등이 나가자 자리가 넓어졌다고 생각하고 의자에 누워 잠을 청했다. 그런데 마차 밖에서 고함 소리가 들리고 펑펑! 부딪치는 소리까지 들리자 창밖으로 고개를 내밀고 무슨 일이 일어났는지 보았다.

"뭐야, 싸움이잖아!"

소운은 놀라 소리쳤다.

이명각은 처음의 발길질이 도위강의 손에 막히자 곧 자신의 성명절기인 섬전각을 펼치기 시작했다. 섬전팔퇴라는 초식이었는데 이 초식은 순간적으로 팔방위를 발로 차는 빠른 초식이었다. 도위강은 처음의 발길질을 손으로 받아낸 후 내공을 끌어올려 이명각의 다음 초식에 대비하고 있었다. 그러다 이명각이 엄청난 빠르기로 발길질을 해오자 일일이 다 막기는 힘들다고 생각하고 뒤로 피하며 음혼장(陰魂掌)이라는 장풍을 날렸다.

이명각은 발을 차다가 음유한 기운이 다가오는 것을 알아채고 한쪽 다리를 축으로 빠르게 회전하며 섬전회영이라는 초식을 펼쳤다. 이명각이 초식을 펼치자 그의 발끝에서 강맹한 기운이 뿜어져 나오며 도위강의 음혼장을 단번에 날려 버리고 곧바로 그에게로까지 몰아쳐 갔다.

'역시 섬전각의 위용이 허풍은 아니었구만.'

도위강은 그 강맹한 기운을 받아치면 내상을 입을 것이 분명하기 때문에 재빨리 철판교의 수법으로 몸을 지면 가까이 숙였다.
 이명각은 섬전회영을 펼치고 난 뒤 승기를 잡았다고 생각하고 강명 등은 어떻게 하고 있는지 힐끔 바라보았다.
 "이얏! 이 흉적아, 받아라!"
 강명이 권을 내질렀는데 주먹에 힘이 실려 있지만 너무도 정직해 산전수전 다 겪은 이대마를 어쩌기에는 턱없이 부족한 공격이었다. 이대마는 강명을 비웃으며 살짝 피한 뒤 등에 메고 있던 철곤을 들어 그대로 내리찍었다. 강명은 놀라 피하려 했지만 어깻죽지를 얻어맞았다.
 "으억!"
 "사형!"
 강명이 쓰러지자 마진과 금초는 눈에 불을 켜고 이대마에게 달려들었다. 강명의 위기를 본 이명각은 빨리 도위강을 끝내 버려야겠다고 생각했다.
 "어딜 보는 거냐."
 고수 간의 싸움에서 잠시 한눈파는 것은 곧 패배나 다름없는 것. 이명각이 강명을 쳐다보고 있는 사이 도위강은 그 틈을 놓치지 않고 자신의 무기인 쇄겸도를 꺼내 들었다.
 쇄겸도는 낫처럼 생긴 예리한 칼이었는데 기역 자로 꺾어져 있고, 괴이한 도법으로 공격해 오기 때문에 웬만한 고수들도 상대하기 힘든 수법이었다. 도위강은 쇄겸도를 들어 자신의 독문절초인 음혈도를 펼치며 이명각을 공격했다.
 '아차! 도위강이 무기를 꺼내 들었으니 빨리 끝내긴 힘들겠구나.'
 이명각은 재빨리 머리를 숙여 다행히 머리카락 몇 올만이 잘려졌다. 조금만 늦었어도 머리가 잘릴 뻔했다. 도위강은 이명각이 피하자 쇄겸도를 기이하게 꺾더니 낫질을 하는 것처럼 날카로운 칼끝으로 다시 이명각의 목을 베어왔다.

"허억!"

이명각은 쇄겸도의 쓰임에 놀라며 몸을 바닥과 밀착시켰다. 겨우 피한 이명각은 손의 힘을 이용해 몸을 일으키며 섬전각으로 응수했다. 도위강과 이명각은 서로 주고받으며 접전을 펼치기 시작했다.

한편 강명은 어깨를 얻어맞은 뒤 그 충격에 몸이 저릿해 오며 움직일 수가 없었다. 이대마가 막 자신의 철곤을 내려치려는 순간 마진과 금초가 공격하지 않았다면 강명은 머리가 깨지는 고통을 당했을 것이다. 마진은 천조삼 사부가 가르쳐 준 호표권을 펼치며 이대마를 공격했는데 그의 주먹이 이대마의 배에 정통으로 꽂혔다.

'성공이다.'

마진은 이렇게 생각했지만 정작 이대마는 아무렇지 않은 듯 마진을 바라보며 씨익 웃지 않는가?

"간지럽다, 꼬마야."

금초도 이대마의 옆구리를 내질렀으나 이대마는 꿈쩍도 하지 않았다. 오히려 이대마가 철곤을 들어 마진과 금초에게 한 방씩 먹이자 그들은 피를 뿌리며 뒤로 나가떨어졌다.

"비켜!"

천향혜가 소리치며 자신의 연검을 들어 이대마를 향해 달려갔다. 그녀의 검은 푸르스름한 빛을 띠고 있었는데 언뜻 보기에도 상당한 보검임을 알 수 있었다. 이대마는 그녀가 검을 휘두르자 자신의 철곤을 들어 막았다.

삭둑—

"어? 아니!"

천향혜의 검과 마주친 부분이 깨끗하게 잘려 나갔다. 이대마는 혼비백산하여 뒤로 물러서며 철곤의 남은 부분을 휘둘렀다. 천향혜는 그 틈을 놓치지 않고 난화십삼검이라는 검법 중의 성진낙화라는 초식으로 이대마의 정수리를 내려쳤다. 이대마는 철곤으로 막기에는 무리라 생각하고 신법을 펼쳐 피했다. 천향혜는 이대마가 그 덩치로 이렇게 재빠르게 피할 줄은 예상하지 못했다. 이대마는 완전히 피한 것이 아니어서 콧잔등이 약간 베였다.

"아니, 이 계집년이!"

이대마는 콧잔등이 시큰거리자 성을 내며 천향혜에게 달려들었다. 그는 금종조라는 외문무공을 익히고 있는 터라 웬만한 무기로는 상처조차 낼 수 없었는데 천향혜가 자신의 코에 상처를 내자 버럭 성질을 내는 것이었다.

천향혜는 검을 놀리다가 이대마가 성난 황소처럼 달려들자 당황했다. 그녀가 검법을 펼치면 이대마는 절묘하게 피해내며 조금씩 다가서는 것이다.

"흐흐흐! 이년아, 계집이면 얌전하게 집에 틀어박혀 사내놈이나 기다릴 것이지 어디서 칼질이야!"

천향혜는 이대마가 자꾸 다가오자 초식이 흐트러졌다. 이대마는 그 틈을 놓치지 않고 철곤을 쑥 들이밀었다. 천향혜는 철곤을 쳐내려 했지만 너무도 빨리 돌진해 오는 터라 막지 못하고 명치 부분을 얻어맞았다. 그녀는 재빨리 진기로 그 부분을 감쌌지만 엄청난 힘을 막기에는 역부족이었다.

"아악!"

천향혜가 신음을 흘리며 튕겨 나가자 장내의 상황이 급변하기 시작했다. 이명각과 도위강은 호각지세로 싸우고 있었는데 이제는 이명각이 조금씩 밀리기 시작했던 것이다. 강명과 마진, 금초는 이대마에게 각각 한 방씩 얻어맞아 당장 몸을 운신하기조차 힘들었고 천향혜 역시 철곤에 맞아 쓰러졌다.

이때 한쪽 구석에서 장내의 상황을 지켜보고 있던 여몽 등은 '이제 끝이다'라고 생각했다. 사실 지금 상황은 반의 반 각도 채 안 된 사이에 일어난 일이었다. 여몽 등은 그때까지 정신없이 싸움을 지켜보다가 장내의 상황이 악화되자 이제야 생각할 여유를 찾은 것이다. 그 생각이 비록 '이제 우린 죽었다'였지만.

이대마가 험악한 얼굴에 역겨운 미소를 지으며 쓰러진 천향혜에게 다가갔다.

"네년은 내가 제압해 두었다가 천상의 즐거움을 맛보게 해준 뒤에 죽여야겠다. 클클클."

이대마가 그렇게 말하자 천향혜의 안색이 흙빛이 되었다. 그녀의 눈빛은 이대마를 갈아 마시고 싶을 정도로 증오에 불탔다.

'일어나야 해. 어제 다짐했잖아. 어떤 상황에서도 냉정을 잃지 않기로.'

천향혜는 어제 소운이 던진 돌에 놀란 뒤 이런 결심을 했던 것이다.

"일단 한번 몸을 만져 볼까?"

이대마가 손을 들어 막 가슴으로 가져가자 천향혜는 분노에 부들부들 떨며 오른손에 잡고 있는 검에 힘을 줘봤지만 아까 명치에 맞은 충격이 아직 가시지 않아 움직일 수 없었다.

"사매의 몸을 건드리면 가만두지 않을 거야!"

강명이 소리쳤다.

"클클! 꼬마야, 일어나서 소리쳐 보거라."

강명은 분노했다. 이대마의 손이 거의 천향혜의 가슴에 닿을 무렵 갑자기 어디선가 돌이 날아와 이대마의 이마에 명중했다.

텅—!

이대마의 고개가 뒤로 젖혀졌다.

"뭐야!"

이대마는 돌이 날아온 방향을 바라보았다. 그런데 자신의 눈앞에 검풍이 휘몰아쳐 오며 검을 든 소년이 달려오고 있지 않은가? 이대마는 위기감을 느끼며 뒤로 피했다.

"괜찮아? 내가 좀 늦었지?"

소운이었다. 소운은 싸움이 난 것을 보고 자신이 아는 위력적인 무공은 전에 천조삼 앞에서 펼친 멧돼지 때려잡는 법밖에는 없다는 것을 느끼고 급하게 몽둥이를 찾았다. 마차 옆 숲에서 나뭇가지를 꺾던 소운은 마차 위의 봇짐 중 하나에서 검자루가 삐죽 나와 있는 것을 발견하고는 그 검을 들고 달려온 것이다. 도중에 이대마가 천향혜를 덮치려는 것을 보고 먼저 돌멩이를 날려 저지한 뒤 검으로 멧돼지 때려잡는 법을 펼친 것이었다.

"넌 또 웬 꼬맹이냐?"

이대마는 자신의 유희를 방해한 소운을 잡아먹을 듯이 노려보았다. 소운은 쓰러져 있는 강명 등을 보며 안쓰러움을 느꼈다.

"이런 나쁜 놈!"

소운은 이대마를 향해 검을 회전시키며 찔러 들어갔다. 이대마는 꼬맹이라 무시하고 있다가 막강한 위력이 담긴 듯한 검풍이 몰아쳐 오자 신중하게 내공을 끌어 올려 방어했다.

챙—

소운의 검은 천향혜의 검처럼 날카로운 보검이 아니라 금종조를 익히고 있는 이대마의 손에 쉽게 잡혔다.

"큭큭! 꽤 위력이 있는 줄 알았더니 소리만 요란했구나."

소운은 이대마의 손에 잡혀 빠져나오지 않는 검을 보자 너무도 놀랐다. 사실 소운은 지금 처음 무공을 펼쳐 싸움을 하는 것인만큼 어떻게 무공을 응용해서 싸움을 해야 할지 전혀 알 수가 없었다.

'이거 꿈쩍도 안 하네. 큰일인걸. 힘이 딸려… 힘?'

소운은 그 호흡법을 생각해냈다.

'맞아, 그 호흡법을 써서 힘이 세졌을 때 멧돼지 때려잡는 법을 펼치면 어떨까?'

소운은 즉시 실행에 들어갔다. 그가 숨을 들이쉬고 진기를 유도시키자 거짓말처럼 몸에 힘이 솟았다.

"에잇!"

그 여력으로 이대마의 손에서 검을 빼낸 소운은 계속해서 호흡법대로 진기를 유도시키며 그 검술을 펼치기 시작했다.

휘융—!

그러자 검은 엄청난 바람을 주위로 뿌리며 눈에 보이지 않을 정도로 빠르게 회전하기 시작했다.

"이 꼬맹이가 발악은!"

이대마는 내공을 더 끌어올려 소운의 검을 잡으려고 했다. 그러나 이 위력은 조금 전과는 천양지차. 이대마는 이 싸움이 시작되서 처음으로 비명다운 비명을 지르며 옆으로 피했다.

"으윽!"

'이럴 수가! 오늘 나를 두 번씩이나 상하게 하는 녀석들을 만나다니. 그것도 건방진 꼬마 녀석들을!'

이대마는 분노하여 소운에게 권장을 난사하기 시작했다. 그가 가장 자신있어 하는 염화장이라는 무공으로 그 위력은 대단한 것이었다. 소운은 후끈한 열기를 느끼며 자신에게 날아오는 장풍을 향해 검을 치켜들었다. 소운은 그 검을 빠르게 위에서 아래로, 좌우로 휘두르며 십자 베기를 했다. 그러자 검풍이 십 자 형태로 날아가 이대마가 날린 염화장과 부딪쳤다.

"아니, 이놈이!"

염화장이 소운의 검풍에 맞아 상쇄되어 없어지자 이대마는 더욱 분노했다. 소운 같은 어린 녀석이 자신의 최고 무공을 막았다는 것이 믿겨지지가 않았던 것이다. 이대마는 십이성 내공을 전부 끌어올려 염화장을 펼칠 준비를 했다. 이대마의 붉어지는 얼굴에서 심상치 않음을 느꼈음인지 소운은 긴장했다.

'저 험악한 놈이 손을 쓸 때 나도 전력으로 검을 내려치는 거야.'

소운은 그렇게 생각하고는 이대마가 염화장을 날리길 기다렸다. 이때 천향혜는 몸을 움직일 수 있게 돼 검을 들고 이대마에게 아까 전의 복수를 하려고 기회를 엿보고 있었다. 강명과 마진, 금초 역시 몸을 어느 정도 운신할 수 있게 되자 이대마를 공격하기 위해 틈을 찾기 시작했다.

이명각은 장내의 상황이 다시 좋아지게 되자 이번에는 도위강의 손놀림이 둔해지는 것을 느꼈다. '이때다' 하고 섬전각 중 섬전신퇴를 펼쳐 벼락처럼 빠른 일격을 가했다. 도위강은 경호성을 터뜨리며 양팔을 교차해 이명각의 일각을 방어했지만 양팔이 충격 때문에 저려왔다.

'낭패다. 어린 녀석 중에 저런 놈이 숨어 있을 줄이야……'

소운이 나타나면서부터 장내의 상황이 급변하자 도위강은 슬슬 발을 빼야겠다고 생각했다.

"꼬맹아, 이건 받기 힘들 거다. 염화장!"

이대마가 십이성의 내공으로 염화장을 날리자 소운도 전력을 다해 검을 내려쳤다. 염화장은 양강의 장풍이라 열기를 띠고 있었는데 이번 이대마의 염화장은 그 열기 때문에 옷이 타 들어갈 정도였다.

쾅―!

검풍과 염화장이 부딪치자 엄청난 소리가 나며 먼지를 일으켜 소운과 이대마의 시야를 가렸다. 천향혜와 강명, 마진, 금초는 기회를 엿보고 있다가 소운과 이대마가 크게 충돌하자 어떻게 됐는지 눈을 크게 뜨고 보았다.

"우욱!"

소운이 피를 흘리며 쓰러졌다. 검풍으로 염화장을 베었어도 그에게 충격이 간 것이다. 이대마는 득의의 웃음을 지었다.

"역시! 꼬맹이는 나한테 못 당해……"

이대마는 소운을 비웃다가 자신의 가슴을 바라보았다. 옷이 갈라져 있고 피가 배어 나오고 있었다. 소운의 검풍이 자신의 가슴을 벤 것이었다. 오늘 이로써 이대마의 자랑인 금종조는 세 번이나 무참히 깨진 것이다.

"이런, 어느새……"

이대가가 부상당한 것을 보자 천향혜는 몸을 날려 보검을 휘둘렀다. 강명은 마진과 금초에게 소운을 보살피라 말하고 역시 천향혜처럼 이대마를 공격해 들어갔다.

"안 되겠군."

도위강은 이대마가 당하는 것을 보자 형세가 불리함을 느끼고 품속에서 암기를 꺼내 이명각에게 집어 던졌다. 이명각은 도위강의 일거수일투족을 주시하며 섬전각을 펼치고 있던 터라 암기를 어렵지 않게 피해냈다. 그러나 이 암기는 도위강이 이명각을 맞추려고 던진 것이 아니었다. 암기는 이명각 주위에서 폭발하더니 연기를 뿜었고, 이명각은 순간적으로 시야를 봉쇄당했다. 이때를 틈타 도위강은 몸을 날려 도망가기 시작했다.

"대마야, 오늘은 안 되겠다. 돌아가자!"

이대마는 천향혜가 보검을 날카롭게 휘두르자 겨우겨우 신법을 펼쳐 피하다가 도위강이 그렇게 말하자 같이 도망을 치기 시작했다.

"이 꼬맹아, 다음에 두고 보자!"

천향혜는 도망가는 이대마를 쫓으려 했지만 그는 덩치에 맞지 않게 몸이 재빨랐다. 강명은 이대마가 도망가는 것을 보고 환호하며 소리쳤다.

"천하의 사파 놈들도 별거 아니구나!"

별거 아니긴. 강명은 어깨가 부러질 정도로 맞았으면서도 그렇게 소리친 것이다.

소운은 이대마의 장력에 맞고 피를 토했다. 그리고 쓰러져 가만히 있으니 단전에서 부드러운 기운이 솟아나와 손상된 내가진기를 어루만져 주는 것이 느껴졌다. 그래서 마진과 금초가 뛰어와 자신의 상세를 살필 즈음엔 오히려 이대마에게 맞기 전보다 몸이 가뿐해졌다. 참 이상한 일이었다.

"어? 소운 형, 멀쩡하잖아?"

"그러게 말이야. 피를 토했으면서."

소운이 벌떡 일어나자 마진과 금초가 이상해하며 말했다.

"얘들아, 괜찮니?"

이명각이 소운 등에게 다가오며 말했다. 이명각은 소운이 아까 전에는 볼품없고 무공도 약해 보였는데 사파의 고수 이대마와 어깨를 나란히 견줄 정도로 무공 실력이 있자 소운을 다시 보게 되었다. 그러고 보니 아까 전에는 소운의 눈을 자세히 보지 못했는데 이제 보니 깊고 맑아 마치 수양을 오래 쌓아 깨달음을 얻은 고승의 눈처럼 보였다.

"괜찮아요."

소운은 이명각에게 대답했다. 천향혜와 강명 등도 소운에게 다가왔다.

"우와! 소운 아우, 돌을 사매의 발앞에 던졌다고 했을 때부터 알아봤는데 정말 엄청난 무공 실력이야!"

강명이 신이 나서 말했다. 강명은 아까 맞은 어깨가 아프지도 않은지 헤헤거리고 있었는데, 이것은 실로 그의 장점이자 단점이라 할 수 있었다. 장점은 세상을 밝게 보는 낙천적인 성격이라는 것이고 단점은 방금 전에 있었던 일도 금방 잊어버리고 실실대는 바보라는 점이었다.

"어쨌든 별다른 피해 없이 그들을 물리쳤으니 잘된 일이다. 일단 성도성으로 가서 빨리 총단에 전서구를 띄워야겠다. 이런 일을 당한 것이 비단 우리만은 아닐 테니."

이명각은 이렇게 말하고 마차 위에서 아직도 벌벌 떨고 있는 마부에게 말했다.

"자, 빨리 출발합시다."

이명각은 강호 경험이 풍부한 사람이라 이 아이들이 이런 일은 처음 당한 것을 생각해 빨리 그 충격에서 벗어나게 하기 위해 서둘러 떠나자고 했다. 물론 강명은 재빨리 충격을 잊어버렸지만.

"야! 마진아, 금초야, 우리 아우에게 무공이나 배울까?"

"그거 좋지!"

강명 사형제는 소운을 보고 엄지손가락을 치켜들며 대단하다고 연신 칭찬을 아끼지 않았다.

'음… 아까 전에 그 호흡법이랑 멧돼지 때려잡는 법을 같이 썼던 건 정말 괜찮은 방법이었어. 멧돼지 때려잡는 법? 아니야, 이름을 바꿔야지. 뭐가 좋을까? 옳거니! 검을 쓸 때 바람이 일어나니까 풍(風)이라고 이름 지으면 좋겠다. 풍검. 괜찮은데?'

소운은 자신이 지은 이름에 만족해하며 마차를 타기 위해 그쪽으로 걸어갔다. 마차 옆에는 여몽과 다른 아이들이 있었는데 소운이 그들을 힐끔 쳐다보자 서로 눈을 내리깔며 자신들의 마차에 올라타기 시작했다.

'으휴! 내가 저런 엄청난 놈을 손봐 줄 생각을 하고 있었다니… 저 놈이 아까 내가 노려본 걸 봤으면 어떡하지?'

여몽은 소운을 슬쩍 곁눈질하며 마차로 얼른 올라탔다.

소운이 마차로 향하는 것을 보며 천향혜는 생각에 잠겼다.

'그는 어쩌면 괜찮은 사람일지도…….'

그러나 곧 얼굴이 붉어지며.

'어머, 내가 무슨 생각을.'
고개를 설레설레 흔드는 천향혜였다.
잠시 후 강명 등과 이명각이 마차에 타자 마차는 서서히 출발하기 시작했다. 소운에게는 이 싸움이 큰 경험이 되었다. 물론 다른 이들도 마찬가지였지만.

제4장
풍림화산(楓林華山)

풍림화산(楓林華山) 4

 소운 일행은 저녁때가 다 돼서야 성도성에 도착했다. 그들은 제일 객잔이라는 곳에서 방을 세 개 빌려 휴식을 취했다. 격전의 후유증인지 마진과 금초는 자리에 드러누웠고, 강명은 어깨를 붕대로 싸맨 채 소운에게 밖으로 놀러 나가자고 유혹하고 있었다. 여몽 등은 쥐 죽은 듯이 소운의 눈치만 살폈고 이명각은 성도성에 있는 무림맹 지부에 알리고 오겠다며 잠시 나갔다. 천향혜는 어디가 아픈지 방 안에서 나오지 않고 있었다.
 "소운, 그러니까 성도성에는 청풍사(淸風寺)라는 곳이 있는데 그곳에 가면 백불정(百佛庭)이라는 백 개의 석상이 있대."
 강명은 어디서 주워들었는지 소운에게 말하고 있었다.
 "그게 말이야, 밤이 되면 석상들의 눈이 빛나는데 엄청 신기하대. 우리 보러 가지 않을래?"

"우와! 사형, 나도 같이 가!"
갑자기 누워 있던 마진이 벌떡 일어나며 말했다.
"어? 너, 괜찮냐?"
"엉? 우읔……."
마진은 강명의 말을 듣고 같이 가고 싶은 욕망에 벌떡 일어났다가 머리를 감싸 쥐며 다시 자리에 누웠다.
"그러게 임마, 머리는 왜 다쳐 가지고. 나처럼 어깨를 맞았으면 이렇게 움직일 수 있잖아."
그게 사형이 할 소린가? 마진과 금초는 이대마에게 맞은 직후에는 잘 못 느꼈는데 마차를 타고 계속해서 달리자 머리가 아파왔다. 이대마의 철곤에 머리 속이 흔들려서 잠시 시간이 지나자 그 여파가 밀려온 것이었다.
"우웃… 사형, 그거 보고 난 다음에 어땠는지 꼭 말해 줘야 돼."
마진은 끝까지 포기하지 않았다. 금초는 마진보다 아픔이 좀 덜했는지 잠을 청하고 있었다. 마진은 아파서 잠도 못 자고 있는 실정인 것이다.
"알았어. 이 사형만 믿으라구. 자, 소운, 어때? 갈 거지?"
소운은 침상에 걸터앉아 마진과 금초를 걱정스런 눈으로 보고 있다가 강명에게 말했다.
"난 별로 구경 가고 싶은 마음이 없어."
"뭐? 분명히 재미있을 거라니까. 가자. 응?"
"저기, 몸도 좀 피곤하고… 생각할 것도 좀 있고 그래서……."
강명은 소운이 그렇게 말하자 같이 가고 싶었지만 어쩔 수 없었다.
"그래… 소운 아우… 그럼 나 혼자 외롭게 갔다 올게. 아주아주 외롭게."

 강명은 처량한 눈빛을 띠며 소운을 바라보았다. 그러나 소운이 꿈쩍도 하지 않자 한 발짝씩 문 쪽으로 다가가기 시작했다.

 "안녕, 소운 아우……."

 나갈 때까지 처량한 눈빛을 버리지 않던 강명은 소운이 이제라도 같이 간다고 말하길 바랬지만 그러지 않자 하는 수 없이 혼자 청음사인지 청풍사인지 하는 곳으로 떠났다.

 "휴우~ 강명 형은 너무 놀기를 좋아하는 것 같군."

 소운은 침상 위에 펄썩 드러누웠다. 사실은 딱히 몸이 피곤하지도 않고 생각 같은 것도 할 게 없었지만 왠지 가기 싫었다. 한 일각 정도를 그렇게 누워 있었을까? 소운은 배에서 꼬르륵 소리가 나는 것을 느꼈다.

 "음… 배고픈데 소면이나 먹을까?"

 이명각이 객잔에다가 식사 비용과 방 값을 이미 지불했기 때문에 소운 등은 아무 때나 가서 식사를 할 수 있었다.

 "마진 형, 배 안 고파요?"

 마진은 머리를 감싸 쥐고 있다가 소운이 말하자 귀찮다는 듯이 말했다.

 "응. 배 안 고프니까 아우나 많이 먹어."

 소운은 고개를 끄덕이고 방 안을 나왔다. 제일객잔은 이 층으로 되어 있었는데 이 층은 잠을 잘 수 있는 숙소였고 일 층은 일반 음식점이었다. 소운은 계단을 내려가 창가 쪽에 위치한 탁자에 앉았다. 아직 초저녁이라 손님이 별로 없어 한산했다.

 "저기 소면 하나 주세요."

소운의 의복은 강명의 것을 입어서 아직 깨끗했다. 게다가 소운의 얼굴은 잘생긴 편에 속하는지라 점소이는 허리를 굽신거리며 주문을 받았다.

"그리고… 소채 한 접시도요."

"더 없는갑쇼?"

"음… 차 한 잔 있으면 좋겠네요."

소운이 주문하는 것이 일반 서민들도 잘 주문하지 않는 소면과 소채뿐인지라 점소이는 작게 불평을 하며 주방 안으로 들어갔다.

소운이 밖을 바라보며 성도성의 사람들을 구경하고 있을 무렵 객잔 안으로 세 명의 사람이 들어왔다. 십이삼 세 정도 되어 보이는 소년 소녀와 사십 대 중반 정도의 중년인이었다. 소운의 눈이 자연스레 그들을 향하게 됐는데 그들의 모습을 보고 소운의 눈이 이채를 띠었다.

"귀엽다."

소년과 소녀는 각기 청색과 홍색의 장삼을 입고 있었는데 얼굴이 많이 닮아 있었다. 게다가 소운으로서는 생전 처음 보는 귀엽게 생긴 소년 소녀이기에 소운의 눈은 그들에게서 떠날 줄을 몰랐.

"지 총관님, 이곳이 무림맹의 사람들을 만나기로 한 곳인가요?"

"네, 도련님. 조금 있으면 아마 이곳에 사람이 당도할 것입니다."

"그럼 앉아서 뭐라도 먹고 있죠."

청색 장삼을 입은 소년이 지 총관이라는 중년인에게 말했다. 그들 셋은 객잔 한쪽에 있는 탁자에 앉았다. 아까 전 소운에게 주문을 받았던 점소이가 허리를 구십 도로 굽히며 그들에게 다가갔다. 그들은 척 보기에도 뭔가 있어 보였기 때문이었다.

"뭘 먹을까?"

청색의 장삼을 입은 소년이 홍색 장삼을 입은 소녀에게 말했다. 소녀는 잠시 궁리하는 듯하더니.

"소금을 약간 곁들인 제비육사(祭費肉絲)와 어항오채심(魚缸五彩沈), 명주담면(名主淡綿), 은아록육사(隱雅鹿肉絲)를 준비해 줘요. 아, 은아록육사는 얇게 썰어서 주세요."

점소이의 안색이 갑자기 변했다.

"소, 소저, 그런 음식은 여기 없는뎁쇼?"

"뭐요? 아니, 그런 평범한 요리가 왜 없어요!"

홍의 소녀는 발끈 성을 냈다.

"아가씨, 이곳은 풍림곡(楓林谷)에 있을 때와는 다릅니다. 사천사절요리(四川四節料理)는 아무 데서나 먹을 수 있는 것이 아니에요."

"쳇! 그럼 이곳에선 무슨 음식을 파나요?"

지 총관의 말에 홍의 소녀는 다시 잠잠해져 점소이에게 물었다. 점소이는 주춤거리며 말했다.

"네, 저희 제일객잔에서는 돼지고기볶음과 시원한 우육탕을 전문으로 하고 있습니다."

"돼지고기볶음? 우육탕? 그게 뭔가요?"

점소이의 안색은 점점 더 어두워졌다.

"훗."

소운은 홍의 소녀의 모습에 작게 웃음을 터뜨렸다. 그녀는 실로 순식간에 저 점소이를 곤경에 빠뜨린 것이다.

그런 소운의 웃음소리를 들었음인가? 홍의 소녀가 갑자기 소운을 날카롭게 쳐다보았다.

"왜 웃는 거지?"

풍림화산(楓林華山)

소운은 입가에 미소를 띠며 대답했다.

"이런 평범한 객잔에서 듣도 보도 못한 음식들을 주문하는 것이 너무 재미있어서."

홍의 소녀는 소운의 말에 소리쳤다.

"그게 뭐가 재미있다는 거지? 가뜩이나 음식도 못하는 곳에 들어와 짜증나 죽겠는데!"

홍의 소녀는 탁자 위에 젓가락 한 개를 집어 소운에게 던졌다. 소운은 그녀를 보며 웃고 있다가 갑자기 젓가락이 날아오자 기겁하며 머리를 숙였다.

'이크! 아니, 생전 처음 보는 소녀가 왜 날 공격하는 거지?'

젓가락은 소운 뒤쪽의 벽에 푸욱 박혀들었다. 소운은 그것을 보고 등골이 오싹해졌다. 저 젓가락에 만약 얼굴을 맞았다면… 소운은 생각하기도 싫은 상상에 고개를 흔들었다. 홍의 소녀의 내공은 대단한 것이었다. 보통의 젓가락은 가벼워서 이렇듯 빨리 던지기도 어렵거니와 던진다 해도 벽같이 단단한 곳에 맞으면 부서지기 십상이었다. 그런데 이 소녀는 벽 속에 박혀들게 한 것이다. 그것도 오 장 이상의 거리에서.

"아가씨!"

"누나, 이게 무슨 짓이야!"

청색 장삼을 입은 소년과 지 총관은 홍의 소녀를 말리려 했지만 늦었다. 다행히 소운이 젓가락에 맞아 비명횡사할 뻔한 일을 넘기자 그녀를 나무라는 것이었다.

"할아버지께서 무공을 모르는 사람에겐 손을 쓰지 말라고 하셨잖아!"

소년이 소리치자 홍색 장삼 소녀는 얼굴을 붉혔다. 사실 자신이 과민 반응한 점이 없잖아 있는 것이었다.
"저기… 괜찮소, 소협?"
지 총관이 머리를 숙이고 있는 소운에게 물었을 때, 소운은 몸을 일으키며 자신의 탁자 위에 놓여진 젓가락을 홍의 소녀를 향해 던졌다.
"꺄악!"
소운은 내심 무지 열을 받았던 터라 낚싯바늘 멀리 던지는 법에 호흡법까지 응용해 홍의 소녀를 향해 던진 것이다. 젓가락은 아까 전 그녀가 던진 속도보다 배는 빠르게 날아가 미처 그녀가 피하기도 전에 그녀의 귀 언저리를 스치며 뒤쪽으로 날아갔다. 소운의 젓가락은 무서운 기세로 날아가 벽에 부딪쳐 산산조각 나버렸다. 홍의 소녀가 던진 것처럼 벽에 박혀들지는 않았지만 그 기세만은 대단했다.
"아니, 이 자식이!"
홍의 소녀는 탁자를 밟고 뛰어올라 소운에게 권장을 내질렀다. 소운은 가만히 앉아 당할 순 없기에 탁자를 뒤집으며 몸을 숨겼다.
퍼엉—!
탁자는 산산조각 났고 소운은 그녀의 위력적인 권장에 적잖이 놀랐다.
"누나, 그만 하라구!"
"아가씨, 진정하세요."
소년과 지 총관이 말했지만 홍의 소녀는 전혀 귀담아듣지 않았다.
"어디서 감히 젓가락을 던져!"
홍의 소녀는 다시 한 번 권장을 펼쳤는데 방금 전 것보다 더욱더 위력적이었다. 소운은 방패막이가 없자 하는 수 없이 두 손으로 그 권장을 막아갔다. 물론 은연중에 그 힘이 세지는 호흡법을 쓰고 있었지만 말이다.
"이얏!"
소운과 홍의 소녀의 손이 부딪치자 그 여파로 객잔 안은 아수라장이 되어갔다. 점소이의 안색은 완전히 흙빛이 되었고 다리마저 부들부들 떨고 있었다. 점소이는 기어 들어가는 목소리로 중얼거렸다.
"난… 제일 맛있는 음식을 권해준 것뿐인데……."
소운과 홍의 소녀는 각각 한 걸음씩 물러나 있었다.
'이 녀석, 평범하게 보이는데 어떻게 나의 장을 받아낼 수가 있는 거지?'
홍의 소녀는 소운이 자신과 똑같이 물러서자 그의 무공에 놀랐다.
'우욱!'
소운은 속에서 피가 올라오는 것 같았지만 꾹 참았다. 그는 홍의 소녀의 권장에 기혈이 진탕될 정도로 피해를 입은 것이다. 단지 그는 밑에서 위로, 그녀는 공중에서 아래로 공격했기 때문에 뒤로 발을 댈 곳이 있었던 그가 한 발짝만 물러나서 멈출 수 있었다. 그는 사실 뒤로 튕겨져 나갈 뻔했던 것이다.
"웬 싸움이냐!"
객잔의 입구에서 어떤 중년인 한 명이 나타났다.
"어? 외숙부!"
홍의 소녀가 말했다.
"넌 쌍아 아니냐? 풍아도 있구나."
그 중년인은 이명각이었다. 무림맹의 지부에 다녀오는 길이었는데 객잔 안에서 싸우는 소리가 들리자 재빨리 들어와 본 것이었다.

"아니, 소운아!"

소운이 부서진 탁자 사이에서 고통스런 표정으로 숨을 몰아쉬고 있자 이명각은 놀라서 물었다.

"대관절 이게 어찌 된 일이냐!"

이명각은 소운을 부축하며 말했다.

"쌍아, 풍아, 말해 봐라. 어찌 된 일이냐?"

청색 장삼의 소년 풍아는 자초지종을 얘기했다. 이런저런 얘기를 하다가 누나가 음식을 주문했는데 저 소운이라는 사람과 시비가 붙어서 권장을 부딪치게 된 것이라고. 그리고 끝에 이런 말을 덧붙였다.

"누나가 먼저 시비를 걸었어요."

풍아의 말에 홍의 소녀 쌍아는 안색이 변하며.

"내가 언제 시비를 걸었다고 그래!"

하고 풍아에게 화를 내는 것이었다.

"쌍아야! 어디서 버릇없게 소리를 지르는 것이냐!"

이명각은 낮에 소운의 앞에 있을 때와는 다르게 풍아와 쌍아 남매에게는 엄한 모습이었다.

"지 총관님, 어찌 된 일이죠?"

"풍아의 말 그대로입니다."

지 총관은 웃으며 말했다. 그는 이 기회에 쌍아가 이명각을 무서워하는 만큼 버릇을 고치면 좋겠다고 생각했다.

"그럼 쌍아, 너는 가만히 있는 사람에게 시비를 걸어 객잔 안을 이 지경으로 만들었단 말이냐?"

"왜 나만 갖고 그래요? 저 사람이 먼저 날 비웃었단 말이에요."

정확하게 말하면 비웃은 것이 아니라 혼자 조용히 웃은 것이지만,

쌍아는 그렇게 소리치며 이명각을 바라보았다.

"단지 비웃었다는 것만으로 이렇게 난리를 친다면 앞으로 강호 생활을 어떻게 하려고 그러는 거냐?"

쌍아는 이명각이 계속해서 다그치자 눈물을 글썽거렸다.

"그만 하시죠, 이 당주님."

가슴을 움켜잡고 있던 소운이 이명각을 향해 말했다.

"제가 비웃은 것은 사실입니다. 제가 먼저 시비를 걸었으니 절 탓하세요. 저 아이는 아무 잘못 없습니다."

"소운, 자네?"

소운은 쌍아의 공격에 내상을 입었다. 그런데 낮의 경우처럼 단전에서 부드러운 기운이 올라와 내상을 치료해 주는 것이 아닌가? 그러다가 쌍아가 눈물을 글썽이는 것을 보게 되자 이렇게 말한 것이다.

'이 아이는 분명 쌍아와 장을 나눴다고 했다. 쌍아의 내공은 어릴 적부터 영약으로 단련돼 절정급 이상일 텐데… 그녀와 손속을 나누고도 이렇게 멀쩡하단 말인가?'

이명각은 낮에 이대마를 상대할 때의 소운보다 지금의 소운이 더 놀랍게 느껴졌다.

"흠흠! 자네가 그렇게 말하니 어쩔 수 없구만. 쌍아, 너 다음부터는 조심히 행동하거라."

쌍아는 소운이 이명각의 꾸지람에서 벗어나게 해주자 그를 다시 보게 되었다. 더군다나 소운을 자세히 보았는데 못생기지는 않은 편에 속하는 얼굴이란 것을 알게 되었다. 게다가 눈빛이 맑아서 그의 심성이 나쁘지는 않을 것이라고 느껴졌다.

이명각은 객점 안의 사태를 수습하기 시작했다. 부서진 탁자 다섯

개 정도를 치우고 점소이에게 주인을 불러오라고 한 뒤 이런 사태가 일어난 것에 대해 사과를 하며 부서진 기물에 대한 손해를 보상해 주었다.

일행은 이제 얼마 남지 않은 탁자에 둘러앉아 이야기를 나누기 시작했다.

"아… 그러니까, 소운 형은 저희들처럼 승천 입관을 하기 위해 총단으로 가는 사람이란 말이죠?"

어느새 소운 형이라고 부르게 된 풍아는 이명각이 소운에 대해 설명하자 그렇게 물었다. 이명각은 풍아에게 고개를 끄덕였다. 그리고 소운에게 그들을 소개하기 시작했다.

"소운, 이분은 풍림곡의 총관을 맡고 계시는 지석진 대협이시다."

"반갑소, 소운 공자."

"이들은 풍림곡 소곡주 한명회의 자녀들인 한쌍아, 한풍아라고 한다."

"반가워요, 소운 형."

소운은 이 풍아라는 소년이 금초와 비슷한 면이 있다고 느껴졌다. 쌍아는 자리에 앉을 때부터 침울하게 탁자 위만 바라보고 있었다. 소운에게 소개를 시켰지만 그녀는 아무 말이 없었다.

이명각은 풍림곡의 소곡주인 한명회의 처남이 되는 사람으로 한명회의 부인이 바로 이명각의 누님이었다. 어릴 적부터 풍아와 쌍아를 자주 보아왔는지라 이명각은 그들 남매를 아주 잘 알고 있었던 것이다.

"저도 반가워요."

소운은 웃음 지었다.

"참! 소운아, 다른 아이들은 어디 있니?"

이명각이 묻자 소운은 대답했다.

"마진 형과 금초는 아파서 자리에 누워 있고 나머지도 다 방에 있을 거예요. 아! 그리고 강명 형은 청풍산가? 그곳에 백불상을 보러 갔어요."

소운의 말에 가만히 있던 지 총관이 이상하다는 듯이 말했다.

"청풍사? 그곳은 사람의 발길이 끊긴 지 벌써 십 년이 넘었을 텐데……."

"네? 분명히 강명 형이 밤이 되면 불상들의 눈이 빛난다고."

"십 년 전에는 그랬었소. 불상들의 눈을 누가 떼어내 도망가기 전까지는."

"설마 강명이 그곳에 갔단 말인가?"

이명각은 설마 아니겠지 하는 눈초리로 소운을 바라보았다.

휘잉—

황량한 바람만 부는 청풍사의 절간 안.

"아니, 뭐야! 불상들의 눈이 왜 죄다 텅텅 비어 있지? 게다가 절에 왜 스님이 한 명도 없는 거야?"

다 쓰러져 가는 절간 내에 강명의 괴성만이 울려 퍼졌다.

"이런 가짜 돌덩이 말고 진짜 백불상은 어디 있는 거냐!"

휘이잉—

멍하니 서 있는 강명을 축복이라도 하려는 듯 쓰잘데기없는 바람만이 절간 안에 가득했다.

다음날 아침이 밝았다. 소운 일행은 이제 장강을 건너 화산파를 지나 총단에 도달하기 위해 마지막 여장을 꾸리기 시작했다.
"아, 글쎄, 거기에 말이지, 위엄스런 불상들이 좌악 깔려 있는데 이 몸이 그 빛나는 불상들의 머리 위를 막 뛰어다녔단 얘기지."
"사형, 다 들었어. 거기 다 쓰러져 가는 곳이라며?"
마진은 어젯밤에 소운한테 그 얘기를 듣고 너무 웃어서 배가 아플 정도였다.
"엉? 니가 그걸 어떻게 알아?"
"다 안다구. 거기 사람이 안 간 지 십 년도 넘었대."
"임마, 알면서 왜 말 안 했어!"
강명과 마진의 티격태격하는 소리를 들으며 소운은 잠자리에서 일어났다. 강명은 밤늦게까지 성도성을 싸돌아다니다가 들어온 터라 어제저녁에 있었던 일을 몰랐다.
"나도 어제 들은 얘기라고!"
강명이 마진의 머리를 조이며 어제 그 썰렁한 절간에서 보냈던 후회의 시간들을 분풀이하고 있을 무렵 방문이 열리며 이명각이 들어왔다.
"이제 관현으로 출발하겠다. 참, 소운을 제외하고 너희들은 풍림곡의 남매들과 인사를 하지 않았지? 지금 아침을 먹고 있으니 어서 내려오거라."
강명은 마진의 머리에서 손을 떼며 소운에게 물었다.
"풍림곡의 남매?"
"응. 쌍둥이 남매라는데, 둘 다 아주 귀여워."
소운은 어제 있었던 일을 떠올리며 강명에게 한 가지 더 말하려고

풍림화산(楓林華山) 95

했다. 그런데 강명은 그 소리를 듣지 않고 귀엽다는 소리에 얼른 일 층을 향해 내려갔다.

"그런데 성격이 좀……."

소운은 고개를 좌우로 흔들며 불길한 예감에 휩싸였다. 마진은 뛰어가는 강명을 보며 투덜거렸다.

"쳇, 망할 사형. 가뜩이나 아픈 머리를 더 아프게 하다니."

금초는 어제 빨리 잠이 든 터라 일찍 일어나 이미 밑으로 내려가 있었다. 마진은 잠시 강명에 대해 투덜거리더니 소운에게 입을 열었다.

"우리도 내려가자."

"아, 형 먼저 내려가."

소운이 그렇게 말하자 마진도 풍림곡의 남매가 궁금하던지 성큼성큼 계단을 걸어 내려갔다.

'휴우… 저들과 만난 지 겨우 이틀이 지났을 뿐인데, 이제는 가족처럼 익숙하구나.'

소운은 강명 등을 생각하며 웃음을 지었다. 어쩌면 세상을 떠난 그가 남겨주고 간 선물은 어려울 때마다 힘을 발하는 그런 괴이한 무공들이 아니라 소운 자신의 이 따뜻한 마음일지도 몰랐다.

'음… 이참에 그 무공들의 이름을 다 정해 버릴까? 그 회전하는 검술은 이미 풍검(風劍)이라는 이름을 지었고, 힘이 세지는 호흡법은 무엇으로 지을까? 어제 강명 형의 사부가 내공심법이라는 것을 펼쳐 보라고 했지? 이 호흡법도 아마 그 내공심법이라는 것일 거야. 음… 이 호흡법은 힘이 세지면서 날 많이 도와줬고, 다른 무공에도 도움을 주니까 돕는다는 뜻에서 보(保), 힘이 세지니까 력(力) 보력심법(保力心法)이라 불러야겠다. 그리고 낚싯바늘 빨리 던지는 법은? 이건 뭐든지 빨리 던질 수 있고 목표도 정확하게 맞히니까 속(速), 정(正). 속정? 좀 안 어울리는걸? 그냥 속이라 부를까? 맞아 던지는 거니까 투(投)를 집어넣어 속투(速投)라 불러야겠다. 남은 게 뭐가 있지? 맞아, 서리할 때 들키지 않는 법과 빨리 달리는 법. 이건 아직 해보지 않았지만 발을 움직이는 법일 테니 서리할 때 들키지 않는 법은 숨어서 움직인다는 뜻으로 은신보(隱身步), 빨리 달리는 법은 속보(速步)라고 해야겠다. 흐음… 이제 다 된 건가? 풍검, 보력심법, 속투, 은신보, 속보. 헤헤, 나도 꽤 괜찮은 작문 실력이 있는걸?'

소운은 앞으로 그가 사용할 무공들의 이름을 붙이며 만족스러워했다.

"웃차! 이제 내려가 볼까?"

소운은 기지개를 한번 켜고 아래층으로 내려갔다. 소운이 계단을 내려갈 때쯤 일 층은 약간 소란스러워져 있었다.

"어디서 손을 만져!"

"누나, 그만 하라구."

"어이구, 죽겠다……."

쌍아가 허리에 손을 올린 채 강명을 노려보고 있었는데, 강명은 수치스럽게도 바닥에 대 자로 뻗어 있었다.

"귀여워서 손 한번 잡은 거 갖고……."

강명은 기어 들어가는 목소리로 말했다.

"사형, 사형이야 귀여워서 잡았다지만 당하는 사람은 어디 기분 좋겠어? 사형 나이를 생각해야지. 사형이 저 쌍아의 손을 잡은 건 어른이 아이를 추행하는 것과 똑같다고."

"뭐야, 이 녀석!"

소운은 그런 강명의 모습을 보며 웃음을 짓지 않을 수 없었다.

"그만 화 풀어, 누나. 귀여워서 그랬다잖아."

쌍아는 눈에 쌍심지를 켜며 강명을 더 손봐주려 하다가 소운이 내려오는 것을 보자 언제 강명을 노려봤냐는 듯 몸을 돌려 의자에 앉았다. 쌍아는 소운을 보지 않는 듯했지만 실제로는 곁눈질로 힐끔거렸다. 이때 풍아와 천향혜의 눈이 뭔가를 눈치 채고 반짝였는데 그들의 내심은 이랬다.

'누나가 설마……'

'저 쌍아란 아이가 설마……'

그들의 눈치는 실로 날카로웠다.

'소운 형을 무서워하는 건 아니겠지?'

'저 소운과 다퉜다고 들었는데 그를 싫어하나 보구나.'

그런데 그 눈치가 그다지 쓸모는 없는 눈치였다. 소운은 강명을 일으킨 뒤, 강명 사형제와 천향혜가 앉아 있는 탁자로 다가가 앉았다. 그들은 이미 풍림곡의 남매와 소개가 끝난 터라 이렇게 떨어져 앉아 식사를 하고 있었다. 그들은 강명이 쌍아를 소개받고 그녀의 손을 덥석 잡는 일이 없었다면 벌써 식사가 끝났을 것인데 아직 반도 채 먹지 못했다.

한쪽 탁자에선 여몽과 그의 패거리들이 이미 식사를 마치고 강명이 쓰러지는 모습을 재미있게 보다가 소운이 내려오자 황급히 고개를 돌렸다.

일 층의 소란스러움은 소운이 내려오자마자 바로 종료되었다. 일 층에서 식사를 하고 있던 다른 손님들은 그들이 너무 시끄러워 불만을 품고 있었는데 소운이 내려와 상황을 종료시키자 마음속으로 박수를 보냈다.

　소운이 전혀 의도한 바가 아니었지만 객잔 안이 고요해지자 일행은 모두 식사를 마칠 수 있었다.

　"자, 이제 관현으로 출발하자꾸나."

　이명각이 힘차게 말했고 소운 등은 성도성에서 한 시진 거리인 관현으로 향했다. 소운 등이 탄 마차에 자리가 남은 터라 풍림곡의 남매와 지 총관은 그 마차를 타고 갔다. 타고 가면서 쌍아는 주로 천향혜와 대화를 했고 풍아는 소운들과 대화를 나눠 그들 두 무리는 꽤 친해질 수 있었다. 이명각은 지 총관과 무림의 정세나 마도련 문제 같은 어른들만의 이야기를 나누었다. 그렇게 그들이 마차를 타고 달리니 한 시진이 훌쩍 지나갔다.

　"우와~ 사람 많은데?"

　금초가 창밖을 보며 말했다. 관현은 작은 마을이지만 장강을 건너는 나루터만큼은 대도시 못지 않은 터라 항상 많은 사람들로 붐볐다.

　"이곳은 장안과 성도성으로 향하는 가장 가까운 나루터라 사람이 항시 이렇게 많다오, 공자."

　지 총관이 금초에게 말했다. 이명각은 마차를 세우라고 한 뒤 나루터로 가서 장강을 건너는 배편을 알아보았다. 잠시 뒤 그가 돌아와서 말했다.

　"지금 출발하는 배편은 이미 사람이 꽉 찬 상태라고 한다. 저녁 때 출발하는 배편에 다행히 선실 두 개가 비어서 그 배를 타고 가기로 했다. 이 앞의 장강은 바다처럼 넓어서 그 강을 건너는 데만 꼬박 세 시진이 걸리지. 우리는 배를 타고 바로 섬서 지방의 옥당이라는 곳에 내려서 화산으로 직행할 것이다. 그러면 내일 저녁에야 화산파에 당도

할 것 같구나."

이명각이 그렇게 말하자 강명은 눈살을 찌푸리며.

"그럼 이 작은 마을에서 하루 종일 있어야 한다는 거네? 심심하겠다."

그들은 나루터 가까이의 나무 밑에 앉아서 저녁이 될 때까지 기다리기로 했다. 이명각은 마차가 이제 필요없으니 마부들과 함께 마차를 돌려보냈다. 그 마차는 장안분타의 마차라 다시 그곳으로 돌아가는 것이다.

강명의 예상과는 달리 일행은 그리 심심하지 않은 시간을 가졌다. 지 총관의 풍부한 견문도 그랬고 이명각의 싸움 얘기도 재미있었다. 소운의 어린 시절 이야기가 나왔을 땐 모두들 침울해지기도 했다.

이윽고 시간은 흘러 저녁때가 되었다. 소운은 부푼 마음을 안고 나룻터로 가 배 위에 올라가기 시작했다. 배는 조그마한 배가 아닌 사람 백여 명은 족히 태울 만한 범선이었다. 소운은 그 배의 크기에 놀라움을 금치 못했다.

'우와! 이게 장강을 건너는 배라는 것인가?'

소운은 배 위에 올라가 커다란 돛을 바라보며 감탄했다.

일행이 모두 배 위에 올라타고 나서 일각 정도가 지나자 배는 옥당을 향해 출발하기 시작했다. 배가 출발하자 소운은 갑판 위에서 시원하게 갈라지는 물살을 신기한 듯이 바라보았다. 강명은 풍아와 함께 쌍아에 대한 흉을 보고 있었고, 마진은 금초에게 장난을 치며 놀고 있었다. 이명각과 지 총관은 선실 안에서 이야기를 나누었다. 여몽 등도 갑판 한쪽에서 장강을 구경하고 있었다. 천향혜와 쌍아도 한쪽 선실을 차지하고 그곳에 들어가 있었다.

그렇게 한 시진쯤 흘렀을까? 해는 완전히 저물고 달이 고개를 들었다.

"우와! 상당히 멋진걸?"

밤이 됐는지라 갑판에 있던 사람들 대부분이 선실로 들어갔지만 소운은 계속해서 장강을 구경하고 있었다.

'밤이 되어 달빛이 비추니 물소리만 요란하구나……'

소운은 멋진 시 한편 읊고 싶었지만 아는 것이 없었다. 그래서 자신이 한번 지어본 것이다.

'음, 나중에 그 지 총관 아저씨에게 이렇게 분위기 좋은 곳에서 읊을 수 있는 시 하나 가르쳐 달라고 해야겠다.'

소운이 그렇게 멍하니 달을 바라보고 있을 무렵에 그의 모습을 빼꼼이 훔쳐보고 있는 두 쌍의 눈이 있었다.

"어때, 풍아야? 소 오빠 멋있지 않니?"

"저렇게 난간에 기대어 있으니까 인물이 사는걸?"

쌍아와 풍아였다. 쌍아는 강명 사형제와 놀고 있던 풍아를 데려와서 함께 소운을 훔쳐보고 있는 중이었다. 소운은 달빛을 받으며 생각에 잠겨 있었는데 그 모습이 꽤 분위기있어 보였다.

"누나, 한번 가봐."

쌍아는 어제저녁의 일도 있고 해서 소운에게 말을 걸기가 껄끄러웠는데, 풍아가 그런 누나의 마음을 아는지 한번 가보라고 말하는 것이었다.

"싫어. 어떻게 그러니……."

쌍아는 고개를 저으며 말했다. 풍아는 그런 쌍아를 한심한 듯이 바라보더니 말했다.

"그러게 처음 보는 사람한테 함부로 장을 날려 가지고는."

쌍아는 풍아의 말에 시무룩해졌다. 풍아는 그런 쌍아를 보다가 갑자기 좋은 생각이 난 듯 의미심장한 미소를 지었다. 쌍아는 풍아가 그런 표정을 짓자 무슨 꿍꿍이가 있는지 불안해졌다. 풍아는 갑자기 벽 뒤에 숨어서 고개만 내밀고 있던 쌍아를 파악 밀치며 외쳤다.

"소운 형! 누나가 할 말 있대!"

쌍아는 순간 놀라서 얼른 벽 뒤로 숨으려고 했지만 이미 소운이 고개를 돌려 그녀를 봐버렸다.

"풍아, 이 녀석!"

쌍아는 풍아를 째려보았지만 풍아는 실실대며.

"잘해보라구, 누나."

하고는 재빨리 선실로 도망치는 것이었다.

소운은 달빛을 보며 감상에 젖어 있다가 갑자기 쌍아가 나타나자 생각했다.

'혹시 나에게 또 시비를 걸려고 온 것일까?'

어제 이후로 여자에 대한 생각이 많이 변한 소운이었다. 쌍아는 소운이 계속해서 쳐다보자 붉어진 얼굴을 감추려 고개를 숙이며 소운에게 다가왔다.

"저기, 소 오빠······."

'소 오빠?'

소운은 쌍아에게 오빠라는 소리를 듣자 기분이 묘해졌다. 이렇게 오빠라는 소리를 듣는 것은 처음 있는 일인 것이다. 소운은 그녀에게 약간의 거부감이 있었는데 그녀가 오빠라고 말하자 그 거부감이 봄눈

녹듯이 사라지는 걸 느꼈다.

"무슨 일이지?"

"저, 저기……."

쌍아는 뜸을 들이다가 갑자기 소리쳤다.

"어제는 정말 미안했어요!"

이렇게 말하고 숨을 몰아쉬는 쌍아. 이 말 하기가 어지간히 힘들었나 보다. 그녀의 소리는 꽤 컸기 때문에 가만히 듣고 있던 소운으로서는 깜짝 놀라지 않을 수 없었다.

"괜찮아. 그 일 벌써 다 잊어버렸는걸."

소운은 가만히 미소 지으며 말했다.

'역시 귀여워.'

"저… 그러면 앞으로 친하게 지낼 수 있는 건가요?"

쌍아는 두려운 듯한 눈망울을 하고 소운을 바라보았다. 소운은 그런 쌍아가 너무도 귀여워 볼이라도 꼬집어주고 싶었지만 그럴 순 없었고.

"그럼. 얼마든지 친하게 지낼 수 있지. 친오빠처럼 대하라구."

쌍아는 소운의 말에 얼굴이 환해졌다.

"휴… 다행이다. 절 싫어하면 어쩔까 걱정했어요."

"요렇게 귀여운 낭자를 싫어할 사람이 있을까?"

쌍아는 활짝 웃으며 소운을 바라보았다. 소운은 쌍아의 성격이 그리 나쁘지 않다고 생각했다.

배는 섬서성 서쪽 지역의 옥당에 새벽녘에야 도착했다. 일행은 내리자마자 마차를 빌려서 화산파로 향했다. 화산은 당금무림의 중심지라고 할 수 있었다. 무림맹의 맹주가 화산파의 장문인이었고, 무림맹의 총단은 화산파에서 멀지 않은 곳에 위치해 있었다. 게다가 걸출한 고수들이 화산파에 즐비해 개파조사 화검상이 화산파를 세운 이래로 최고의 성세를 누리고 있는 실정이었다.

"이곳에서 바로 총단으로 갈 수 있지만 총단에는 지금 사람이 넘쳐서 내일부터 시작될 승천 입관 시험장에 묵을 만한 숙소가 없다고 한다. 그래서 화산파에 들러 그곳에서 하룻밤을 묵은 후 화산파의 입관자들과 같이 총단으로 갈 것이다."

이명각은 마차 안에서 앞으로의 일정을 말하였다.

마차는 화음현을 지나 화산으로 들어섰다. 화산은 오악 중의 하나로 아주 높은 것은 아니지만 험한 산줄기가 사방 이백여 리에 걸쳐 펴져 있고 사나운 맹수들이 많기로 소문난 곳이었다. 화산파는 그러한 화산의 연화봉이라는 곳의 정상에 자리 잡고 있었다.

일행은 화산파의 초입인 매화각이라는 곳에 당도했다. 입구에 두 명의 검을 찬 중년인들이 서 있었다.

이명각과 지 총관을 필두로 소운과 강명 사형제, 여몽 등과 쌍아와 풍아가 두 대의 마차에서 내리자 그 두 명의 중년인들은 많은 인원에 놀랐다.

"이번에 승천 입관 시험을 보기 위해서 장안분타와 풍림곡에서 온 아이들입니다."

"아! 섬전각 이 대협 아니십니까. 장안분타와 풍림곡이라고요? 총단에서 연락은 받았습니다."

이명각이 앞으로 나서서 입구를 지키고 있는 중년인 중 한 명에게 말했다.

"이곳에서 화산파의 사람들과 같이 떠나기로 했는데, 성도성의 지부에서 총단에 인원이 넘치니 당일날 오라고 하더군요."
 "네, 예상외로 많은 아이들이 몰렸답니다."
 중년인의 말에 천향혜는 속으로 생각했다.
 '우리 장안분타에서도 많은 사람이 몰려 아버지가 곤혹을 치렀었지.'
 "일단 숙소로 안내해 드리겠습니다. 따라오시죠."
 중년인 중 한 명이 문을 열며 말했다. 그들은 그 중년인을 따라 화산파를 향해 발을 옮겼다. 매화각에서 연화봉 정상까지는 반 시진 정도의 시간이 걸렸다. 소운 일행은 연화봉으로 향하면서 길 주위로 울창하게 가꿔진 매화나무를 보게 됐는데 황색으로 익어가는 매화 열매[梅實]를 보며 감탄을 했다. 특히 이명각은 침을 꿀꺽 삼켰는데 이 열매로 술을 담그면 매화주가 되어 그 향이 일품이라는 것을 알고 있었기 때문이다.
 "봄에 매화꽃이 만발하면 정말 대단하죠."
 중년인이 말했다. 그들이 화산파에 도착했을 때는 이미 저녁이 지난 터라 한산했다. 강호에서 명문대파라 불리는 곳이 어떨까 기대를 많이 했던 소운으로서는 지금의 모습이 기대했던 것과는 달라 실망을 금치 못했다. 무공을 수련하는 목소리가 하늘을 찌르고 많은 사람들이 활기 차게 움직일 거라 생각했던 것이다.
 "이쪽입니다. 화산파 사람들 반 정도가 총단에 가 있기 때문에 방이 많이 남아요. 아무 곳에나 들어가서 쉬세요."
 소운 일행이 안내된 곳은 작은 방들이 일렬로 늘어선 전각 앞이었다. 이명각은 이곳까지 안내해 준 중년인에게 고개를 끄덕인 후 소운과 아이들에게 말했다.

"오늘은 편하게 쉬도록 하거라. 내일 승천 입관 시험을 보려면 피곤함과 긴장을 풀어야 할 테니."

소운 등은 그 말을 듣고 전각 안으로 향했다. 이명각은 그렇게 말하고 나서 중년인에게 말했다.

"혹시 화산파에서는 몇 명이나 가는지 알고 계십니까?"

"다섯 명입니다."

"다섯 명이요? 장안분타에 비해서 수가 적군요."

"그게 원래는 속가제자까지 합해서 이십 명 정도였는데, 화산오룡이 승천 입관 시험에 나간다고 하자 모두들 포기해 버렸지요."

"화산오룡이요?"

"네. 화산파의 촉망받는 신예들인데 하나같이 무공이 뛰어나 명성이 자자하죠."

중년인은 화산오룡의 이야기가 나오자 눈에 화색이 돌며 말을 이었다.

"화산오룡은 화산신룡 화무인, 화산비룡 화상인, 화산지룡 화도인, 화산일화 화연인 이렇게 네 명의 사룡과 현 장문인의 따님인 무심화 고연진을 일컬어 부르고 있는 말이죠."

"맹주의 영애를 제외하곤 다들 형제지간인가 보군요?"

"아, 그들은 사촌지간입니다. 전대 장문인이셨던 분광일검 화철검 대협의 손자들이죠."

"그렇군요."

이명각은 화산오룡이 과연 어떤 모습일지 궁금해졌다.

소운은 전각 안으로 들어가 휴식을 취할 만한 방을 골랐다. 방 안에는 침상이 한 개씩뿐이라 강명 사형제들과도 각방을 써야 했다. 나머지 사람들도 일단은 방을 고르기 시작했다.

"아이, 난 소운과 떨어져서 자기 싫은데."

강명이 느끼한 눈으로 소운을 보며 말했다. 소운은 소름이 돋아나는 것을 느끼며 얼른 자신이 고른 방으로 들어가 문을 닫았다.

"이봐, 소우운~ 문 좀 열어보라구. 내가 재미있게 해줄게."

소운은 문고리를 꽉 붙잡고 강명이 무슨 일을 저지를지도 모른다고 생각했다.

"참내, 강명 사형, 어제 쌍아한테 집적대다 안 되니까 이제는 남자로 눈을 돌린 거야?"

마진이 문지방 앞에서 소운을 덮칠 준비를 하고 있던 강명에게 말했다.

"자식이! 장난이지, 장난."

"사형, 저번에 나한테도 같이 자자고… 우웁!"

금초가 이렇게 말하자 강명은 재빨리 금초의 입을 막았다. 그 모습을 보고 있던 풍아와 쌍아는 웃음을 터뜨렸다. 뒤어 서 있던 지 총관 역시 허허! 하고 웃음을 터뜨렸다. 하지만 천향혜는 그들과는 달리 얼굴을 찡그렸다.

'대사형이란 사람이 왜 저리 방정맞을까?'

잠시 뒤 일행은 각자의 방에 들어가 휴식을 취하기 시작했다. 밤도 늦었고 해서 강명은 놀려고 해도 놀 수가 없었다.

소운은 침상에 가만히 누워 잠을 청하려 했다. 그러나 왠지 잠이 오지 않았다.

"내일이 바로 그날인가? 믿기지 않는걸?"

소운은 장안성의 촌락에서 그와 함께 평범하게 살았던 자신이 지금 이 자리에 있다는 것이 실감나지 않았다. 지금이라도 장안성으로 돌아가면 자신의 허름하지만 안락한 보금자리에 그가 그대로 있을 것만 같았다. 지난 이틀의 시간이 꿈결같게만 느껴졌다.

"처음의 목적을 잊으면 안 돼. 그는 분명 내가 잘 살길 바랐을 거야. 그래서 나도 모르게 그런 무공들을 익히게 만들었고, 그런 말들을 했었던 걸 거야."

소운은 잠시 멍하니 그와 함께 있었던 일들을 생각하다가 문득 이제 자신은 별로 외롭지 않다고 생각했다. 언제나 자신을 즐겁게 해주는 강명 사형제들도 있었고, 차가운 눈을 하고 있지만 그것 또한 매력적인 천향혜도 있었다. 거기에 귀여운 동생 같은 쌍아와 풍아 남매도 있었고, 자신을 탐탁지 않게 여기지만 여몽이라는 아이도 있었다. 지난 이틀 사이에 참 많은 관계를 맺은 것이다.

"앞으로도 친구들을 많이 사귀면… 아마 평생 외롭지 않게 보낼 수 있을 거야."

소운은 이렇게 말한 뒤 다시 잠을 청하려고 눈을 감았다. 그때 그의 귀에 바람을 가르며 휙휙― 하는 소리가 들려왔다.

"무슨 소리지?"

소운은 잘못 들었나 생각하고 잠을 자려다가 다시 한 번 들리는 그 소리에 나가서 한번 확인해 봐야겠다고 생각했다. 이 소리는 그렇게 크게 들리지는 않았지만 화산파 안이 너무도 고요하여 소운의 귀에까지 들린 것이다. 소운은 전각 밖으로 나왔다. 다른 사람들은 모두 자는지 소운처럼 바깥으로 나오지는 않았다.

"어디서 나는 소리일까?"

소운은 그 소리가 나는 곳을 찾아보았다. 바람을 가르는 소리는 더욱 경쾌해져 이제는 부드럽게 소리가 이어졌다. 마치 입을 오무려 숨을 내쉬면 휘파람 소리가 나기 전에 바람이 움직이는 소리가 들리는 것처럼. 소운은 그 소리가 전각의 뒤편에서 나고 있음을 알아챘다. 뒤편은 나무숲이었는데 달빛이 밝아서 사물을 육안으로 분별할 수 있을 정도는 됐기에 소운은 한번 그곳으로 들어가 보기로 했다. 소운은 지금 잠도 오지 않고 심심했던 터라 이런 행동을 하게 된 것이었다.

"이쪽인가?"

나무숲을 헤치고 들어가자 바람 소리가 점점 크게 들렸다. 이윽고 한 십 장 정도를 나왔을 무렵 소운은 그 바람 소리의 정체를 알 수 있었다.

그 바람 소리는 바로 한 여인이 검술을 펼침으로 인해 일어난 것이었다.

'이런……'

소운은 그 여인을 본 순간 심장이 멈추는 듯했다. 검술을 펼치고 있는 그녀의 모습은 마치 선녀가 춤을 추고 있는 듯했다. 달빛 아래 춤을 추는 선녀[月光天女]. 바로 지금 그녀의 모습이 그랬다. 소운은 진정 저렇게 숨이 멎을 정도로 아름다운 모습은 본 적이 없었다. 소운은 넋을 잃고 그녀를 계속 쳐다보았다.

그녀가 펼치는 검은 부드럽게 계속해서 이어졌는데 그 검이 은은히 진동하며 바람 소리 비슷한 음향을 만들어내었다. 그녀는 마치 주변의 공기를 어루만지듯 검술을 펼쳤는데, 그녀의 검술에 주변의 공기마저 호응하는 듯했다.

"음… 분향극검은 이제 십성의 경지에 다다른 것 같구나."

그녀가 검술을 멈추더니 말했다. 소운은 그때까지도 정신없이 그녀를 바라보다가 그녀의 목소리마저 더할 나위 없이 아름답자 감탄사를 터뜨렸다. 그리고는 몸을 약간 움직였는데 발에 나뭇가지가 밟히며 부서지는 소리가 났다. 숲 안은 고요했기 때문에 소운의 이 소리는 그녀의 귀에 즉시 들어갔다.

"누구냐!"

그녀는 순식간에 소운이 서 있던 곳으로 경신법을 펼쳐 날아왔다. 그리고 손에 들고 있는 검을 소운의 목에 들이댔다.

"당신은 누구지!"

소운은 서늘한 검날이 목에 닿자 말문이 막혔다. 게다가 가까이서 본 그녀의 얼굴은 멀리서 볼 때보다 더욱 고운 빛을 발했기 때문에 그 아름다움에도 할 말을 잃었다.

"나, 난 소운이라고 해요."

"왜 남의 무공 수련을 훔쳐보는 것이죠?"

무림에서는 다른 사람의 무공 수련을 훔쳐보는 것을 금기로 여겼다. 심하면 죽음까지도 받을 수 있는 위험한 일인 것이다. 특히 고수들에겐 그 금기가 더욱 심했다.

"그게… 잠을 자다가 소리가 들려서 그만… 이곳까지 오게 된 것이에요."

그녀는 검을 그대로 들이댄 채 잠시 생각하는 듯하더니.

"처음 보는 사람 같은데 아마 내일 입관 시험을 보기 위해 이곳에 온 사람 같군요. 그쪽이 잠을 자고 있던 곳에서 무공 수련을 한 내 잘못도 있으니 이 일은 덮어두겠어요."

하고 소운의 목에 들이댔던 검을 치웠다. 소운은 목에서 검이 떠나자 겨우 긴장했던 마음을 풀 수 있었다. 잠시 숨을 가다듬은 소운이 막 그녀에게 말하려 하는 찰나 그녀가 말했다.

"제가 덮어둔다고는 해도, 앞으로는 남의 무공 수련을 훔쳐보는 일은 하지 않는 게 좋을 거예요."

그녀는 이렇게 말하고는 경신법을 펼쳐 빠르게 사라졌다. 소운은 그녀가 가고 난 자리에 홀로 남아 멍하니 생각에 잠겼다.

'그녀의 이름도 물어보지 못했구나. 그녀는 실로… 실로 아름다웠어.'

이것이 그녀와 소운과의 첫 만남이었다. 그녀는 무림맹주 화산일검 고수천의 하나뿐인 딸인, 무공 이외에는 전혀 관심을 갖는 것이 없다는 무심화 고연진이었다.

제5장
입관시험(入館試驗)

입관시험(入館試驗) 5

날이 밝아왔다. 소운은 밤새 잠을 이루지 못했다. 그만큼 그녀와의 만남이 그에게 커다란 사건으로 다가왔기 때문이다.

"후… 내가 왜 이러지?"

소운은 정신을 가다듬어야겠다고 생각했다.

"오늘은 승천 입관 시험이 있는 날이잖아. 비룡단원이 되기 위해선 이 시험을 통과해야 한다구. 정신 차리자, 소운아."

소운은 이렇게 말한 뒤 밖으로 나왔다. 그는 화산의 상쾌한 새벽 공기를 마시며 심호흡을 했다.

"여~ 소운 형, 일찍 일어났네?"

풍아가 전각 밖으로 나오며 말했다.

"어? 으응."

소운은 풍아에게 대답하며 속으로 말했다.

'사실은 잠을 자지 않은 거지만.'
"일어들났구나. 어서 가서 나머지 아이들을 깨우거라. 아침밥을 먹고 바로 총단으로 갈 것이니."

이명각이 밖에 나와 있는 소운과 풍아에게 말했다. 잠시 뒤 소운과 풍아는 자고 있는 아이들을 깨워 식사를 할 수 있는 해곡관에 도착했다.

화산파에서는 아침을 모두 함께, 장문인부터 삼대제자까지 다 같이 먹는 것을 전통으로 여기고 있었다. 해곡관 안에는 기다란 탁자가 일렬로 배열되어 있었고, 이미 많은 사람들이 앉아 식사를 하고 있었다.

소운 등은 자리에 앉아 정갈하게 차려진 아침을 먹기 시작했다. 아침은 매우 간단한 음식들이었는데 밥과 몇 가지 나물이 전부였다.

"이걸 무슨 맛으로 먹지?"

쌍아는 작게 투덜거렸다. 풍아는 그런 누나를 보며.

"왜? 맛있기만 한걸. 저봐, 소운 형은 아무렇지도 않게 먹잖아."

풍아가 이렇게 말하자 쌍아는 소운을 살짝 보더니 이내 밥을 떠서 먹기 시작했다. 소운은 이보다 훨씬 더 맛없는 음식도 많이 먹어봤는지라 이것은 거의 진수성찬 수준이었다.

"우와~ 마진아, 금초야, 저기 저 여자들 봤냐?"

밥은 먹을 생각은 안 하고 졸린 눈을 비비며 눈곱을 떼고 있던 강명이 해곡관 안의 한쪽 구석을 가리키며 말했다. 그곳에는 세 명의 남자와 두 명의 여자가 앉아 있었는데 그중 두 명의 여자는 엄청난 미모를 뽐내고 있었다. 세 명의 남자들도 다 영준한 모습을 하고 있어서 마치 선남선녀가 앉아 있는 모습 같았다.

"정말 예쁘다."

"그래."

마진과 금초 역시 그쪽을 바라보자 소운은 무슨 일이냐는 듯 고개를 돌렸다. 그런데… 그곳에는 어제 숲 속에서 본 그녀가 앉아 있는 것이 아닌가?

소운은 입에 씹고 있던 밥알이 튀어나올 뻔했다.

"둘 다 예쁘지만 특히 저 여자는 끝내주는걸?"

강명은 그렇게 말하며 실실 웃었다. 또 무슨 짓을 하려는 걸까? 그 소리를 듣고 있던 일행은 생각했다.

"아! 여기들 계셨군요."

어제 길을 안내해 준 중년인이 소운 일행이 식사를 하고 있는 곳에 나타나서 말했다. 중년인은 이명각의 옆으로 가서 앉으며 나머지 일행과도 수인사를 나누었다.

"이 대협, 저쪽에 있는 사람들이 바로 화산오룡입니다."

중년인은 이명각에게 말했는데 이명각은 내심 그들에 대해 궁금함을 느꼈던 터라 중년인이 가리킨 곳을 바라보았다. 이명각이 본 곳은 바로 강명 등이 감탄한 여인들이 앉아 있는 곳이었다.

"제일 왼쪽에 앉은 공자가 화산신룡 화무인으로 그는 이제 열일곱이 된 소년이죠. 가운데 앉은 공자는 화산비룡 화상인인데 열다섯이고, 오른쪽에 앉은 공자는 화산지룡 화도인으로 화상인 공자와 같은 나이죠. 그 건너편에는 화산일화 화연인 낭자가 있는데 그녀도 열다섯으로 나이가 같죠. 그리고… 아시겠죠? 무심화 고연진 낭자. 사실 그녀는 저 화산오룡 중에 무공이 제일 높죠."

중년인은 이명각에게 그들에 대해 자세히 설명해 주었다. 소운은 그 중년인의 말을 유심히 듣고 있다가 어제의 그녀가 바로 고연진이란 사람이었다는 것을 알 수 있었다.
 '연진. 고연진이라… 예쁜 이름인걸?'
 소운이 그렇게 무심히 고연진을 바라보고 있을 무렵, 억지로 밥을 먹고 있던 쌍아는 소운의 눈이 향해진 곳을 보게 되었다. 그리고 그녀의 눈에서 불똥이 튀었다. 쌍아는 젓가락을 탁자 위에 탁 내려놓으며 팔짱을 끼었다.
 "누나? 왜 그래, 밥 안 먹어?"
 풍아의 말에 쌍아는 고개를 저으며.
 "안 먹어."
 하고는 양볼이 퉁퉁해지는 것이, 풍아는 척하고 누나가 토라졌다는 것을 알 수 있었다. 풍아는 왜 그런가 하며 소운을 바라보았는데 소운은 이때 고연진에게서 눈을 돌려 밥을 먹고 있었다.
 '소운 형은 잘도 먹고 있는데.'
 풍아는 누나가 갑자기 이유없이 심통을 부린다고 생각했다.
 "난 세상에서 향혜 사저가 제일 예쁜 줄 알았는데 아니었어."
 금초는 마진에게 작은 목소리로 이렇게 말했는데 마진은 그 말에 웃음을 터뜨리며.
 "하하! 이 녀석아, 자고로 여자란 마음과 미모가 둘 다 뛰어나야지. 넌 임마, 향혜 사매한테 그렇게 맞고도 그녀가 예쁘다는 소리가 나오냐?"
 마진은 금초의 말에 순간적으로 이 말이 튀어나왔는데 그것이 천향혜의 귀에까지 들리게 되었다. 천향혜는 들고 있던 젓가락을 부르르 떨며 말했다.
 "마진 사형……."

아니, 천향혜는 말했다기보다 으르렁거렸다고 봐야 할 것이다. 마진이 움찔해서 숨을 죽였으니…….

얼마 후 식사를 마친 일행은 총단으로 떠날 채비를 했다.

"인사들 해라. 너희들과 같이 시험을 보게 될 화산오룡이다."

화산파의 입구인 매화각 앞에서 이명각은 소운 등에게 화산오룡을 소개시켰다.

"화무인이라고 하오."

화산신룡의 소개를 시작으로 그들은 소운 일행과 인사를 나누었다. 소운은 고연진과 눈이 마주치게 되었는데 그녀는 아무 일 없었다는 듯이 소운을 무시했다. 아니, 모두에게 무관심한 것이라고 봐야 옳을 것이다. 그녀는 소개를 할 때도 소운 등에게 작게 고개만 끄덕였을 뿐이었다.

화산오룡과 함께 소운 일행은 총단으로 향하기 시작했다. 그들은 걸어서 가게 되었는데 총단이 화산파와 두 시진 거리에 불과하기 때문이라 했다. 화산오룡은 매화각의 입구에서 소개한 뒤에도 소운 일행과 단 한 마디도 나누지 않았다.

그런 그들의 내심에는 이런 마음이 있었다. 자신들은 당금무림 최고의 방파인 화산파의 촉망받는 기재들이고 소운 등은 장안분타에서 장안의 평범한 아이들이 모인 집단이라는 의식이 깔려 있었던 것이다. 강명과 마진, 금초는 그런 그들의 행동에 좋지 않은 감정을 느꼈으나 말로 표현하지는 않았다.

"화 사형, 저들은 꼭 거지들 모아놓은 집단 같지 않아요?"

"맞아. 행동도 경망스러운 게 혹시 개방의 제자들이 아닐까?"

화산오룡은 저만치 앞으로 자기들끼리 걸어가던 터라 뒤쪽에 있던 소운 등은 이 말소리를 듣지 못했다.

"상인, 도인아, 아무리 그래도 그런 말 하면 못쓴다. 저들이 비록 허름하게 보여도 뭉치면 무서운 법이야."

화무인이 그렇게 말하자 화도인은 입꼬리를 말아올리며.

"그렇지. 원래 딸리는 놈들이 뭉치면 무서운 법이야."

고연진은 그들과 같이 가면서 표정 변화가 없다가 화무인과 화도인이 주고받는 대화를 듣고는 아미를 찌푸렸다.

"총단에 가면 저런 놈들이 득실댈 텐데……."

고연진은 더 이상 그들의 대화를 듣기가 거북했던지 신법을 펼쳐 앞으로 달려나갔다.

"저 먼저 갈게요."

고연진이 달려가자 화무인은 당황해하며.

"어, 사매! 같이 가자구!"

이렇게 말했지만 고연진은 이미 앞쪽으로 사라진 뒤였다.

"쳇! 도도해 가지고는."

화무인은 고연진이 사라지자 중얼거렸다.

소운 일행은 뒤쪽에서 이야기를 나누며 걸어가다가 고연진이 앞으로 신법을 펼치며 달려가자 무슨 일인가 하고 남은 화산사룡을 쳐다보았다.

"저 무심화라는 소저는 무공 외에 다른 것은 전혀 관심이 없다나 봐."

강명이 말했다.

"사형, 그건 또 어디서 주워들은 얘기야?"

마진이 한심하다는 투로 말하자 강명은 자랑스럽다는 듯이.

"내가 누구냐? 아까 몰래 화산파 제자 중 한 명한테 물어봤지."
 "어이구! 그게 지금 자랑이라고 하는 소리야?"
 마진은 강명이 날이 갈수록 한심해져 간다고 느꼈다.

 일행이 도착한 총단은 고루거각들이 즐비한 하나의 요새처럼 보이는 도시였다. 이명각은 총단의 위용에 놀라는 소운 등을 보며 말했다.
 "이곳은 원래 아무것도 없었던 곳이었는데, 사상 최대의 토목 공사를 실시해 무림맹을 만든 것이야. 그러다 보니 자연 사람이 모이게 됐고 도시까지 형성하게 되었지."
 무림맹은 바로 이 도시 그 자체라고 할 수 있었다. 소운은 거대한 성문 앞을 지나면서 이런 건물들을 어떻게 사람의 힘으로 만들었는지 놀라웠다.
 "자, 내가 같이 오는 것은 이곳까지다. 이제부터는 너희들이 기량껏 승천 입관 시험에서 합격하든지 실패하든지 알아서 해야 해. 저 앞으로 가면 참가자들이 모여 있는 건물이 있을 것이니 어서 가보거라. 이곳까지 오느라 정말 수고 많았다."
 "고맙습니다, 이 대협."
 "이 당주님, 고마워요."
 천향혜가 말했고 소운이 뒤이어 말했다. 소운 일행은 이명각이 지금까지 애를 많이 써주어서 총단까지 편하게 올 수 있었던 터라 진심으로 고마움을 느꼈다.
 "아가씨, 부디 도련님과 많은 성취를 이루어서 다시 뵙기를 바라겠습니다."
 "지 총관님······."

"도련님은 남자이니 아가씨를 잘 보호해 드리십시오."

"네, 지 총관님."

지 총관은 이제 오랫동안 쌍아와 풍아를 보지 못할 것을 생각하자 눈물이 글썽였다. 그들 남매는 그에게 자식 같은 존재였던 것이다.

"수고하셨습니다, 지 총관님."

이명각은 지 총관에게 그렇게 말했다.

지 총관과 이명각은 소운 일행과 헤어졌다. 이명각은 다시 자신의 직무지인 흑룡당으로 돌아갔고 지총관은 눈물의 이별을 하며 풍림곡으로 돌아가기 시작했다.

"자, 이제 들어가 볼까?"

강명이 힘차게 말했다. 그런데 그의 말에 호응해 주는 사람은 아무도 없었다.

"들어가지."

소운은 이렇게 말하고 걸음을 옮겼다. 다른 사람들도 마찬가지로 시험장을 향해 출발했다. 혼자 남겨진 강명은 먼저 가고 있는 소운 등을 부르며 뛰어왔다.

"이봐! 소운 아우, 같이 가자구!"

화산오룡 등은 총단에 오자마자 이미 시험장으로 사라진 터라 소운 일행과 한마디 인사도 없이 헤어졌다.

소운과 일행들이 승천 입관 시험장 앞으로 왔을 때는 이미 많은 아이들이 건물 안에서 서성이고 있었다.

"우와! 삼백 명은 너끈히 넘겠는걸?"

"중원 각지에서 몰려왔으니 이 정도는 당연한 거지."

금초와 풍아가 서로 말을 주고받았다. 그들은 나이가 비슷하여 금세 친해져 있었다.

"이곳에 자신의 이름과 출신지를 적어놓고 들어가십시오."

대청의 입구에 문사건을 쓴 사내 한 명이 소운 등을 바라보며 말했다.

"여기에 방명록을 적어놓는 것이구만?"

강명은 재빨리 달려가 붓을 들어 자신의 이름을 휘갈겼다. 그리고 대청 안으로 들어가려는데 문사건의 사내가 강명을 저지했다.

"출신 지역도 써야지요. 그냥 놀러 온 건지 몰래 숨어 들어온 건지 어떻게 알겠어요?"

"아, 네……."

졸지에 무안을 당한 강명은 자신의 이름 옆에 장안분타라고 적었다. 그 뒤로 마진과 금초, 천향혜가 이름과 장안분타를 쓰고 대청 안으로 향했다. 소운은 자신의 이름은 쓸 줄 알았지만 장안분타라는 글은 쓸 줄 몰랐기 때문에 천향혜가 써놓은 것을 살짝 보고 거의 그리는 수준으로 썼다.

"자네 혹시……?"

문사건의 사내가 의심의 눈초리로 쳐다보았다. 소운은 멋쩍게 머리를 긁적이며.

"사실 글을 잘 몰라서요."

'허… 장안분타에서는 덤벙대는 녀석에, 글씨조차도 잘 모르는 녀석들을 올려 보냈단 말인가?'

문사건의 사내는 혀를 쯧쯧 차며 장안분타의 아이들은 기대보다 못하다고 생각했다. 소운의 뒤로 여몽이 나와 이름을 썼는데 그는 그곳에 이렇게 적었다. '여몽과 그의 떨거지 6명'. 여몽이 이렇게 적자 여몽의 패거리들 중 한 명이 여몽에게 따졌다.

"야, 우리도 이름 있잖아!"

여몽은 그런 그들을 보며 불쌍하다는 눈초리로 말했다.

"없어, 임마. 그리고 쓰기 귀찮아."

"뭐?"

여몽의 뒤에 서 있던 패거리들은 반발하고 싶었지만 그에게 반항할 순 없었다. 적어도 그들 일곱 명 중에 최고는 여몽이었던 것이다.

여몽의 뒤로 쌍아와 풍아가 각각 한쌍아, 한풍아란 이름을 적고 풍림곡이라 쓰자 문사건의 사내가 놀람의 빛을 발했다.

'오호! 이들이 바로 맹주가 기대한다던 풍림곡의 쌍둥이 남매구나.'

쌍아와 풍아는 소운 일행과 헤어지지 않게 얼른 그들 뒤를 쫓았다.

"우와! 정말 많군."

소운은 자기 또래의 소년 소녀들이 가득 찬 대청을 바라보며 놀라워했다.

'이들 속에서 살아남아 승천관이라는 곳에 들어가야 한단 말인가?

강명은 어디 괜찮은 소녀 없나 이리저리 눈을 굴리고 있었고, 마진과 금초는 막상 이곳에 당도하니 긴장이 되는지 조용하게 서 있었다. 쌍아와 풍아는 천향혜의 옆에서 연신 재잘거리는 중이었다. 여몽과 그의 패거리들은 한쪽 구석에 서 있던 다른 아이들을 쫓아내면서 구역 싸움을 하고 있었다.

"모두들 주목!"

대청 안에 한 남자의 소리가 울려 퍼졌는데 내공을 실어서 소리쳤는지 이 많은 아이들이 웅성대는 가운데서도 소리가 명확하게 귓가에 들렸다. 아이들이 잠잠해지자 그 남자는 대청의 안쪽에 마련된 단상 위에 뛰어 올라갔다.
"지금부터 승천 입관 시험을 시작하겠습니다."
시험이 시작되었다. 소운은 바짝 긴장한 채 앞에서 말하는 남자의 설명에 집중했다.
"시험은 간단합니다. 이 앞에 놓여진 십팔반 병기나 혹은 자신의 독문 무공을 이용해 승천관의 선생님 세 분과 대련을 하는 것입니다."
대청 안에 있던 많은 아이들은 그 말에 웅성거리기 시작했다.
"뭐야? 결국 무공이 높으면 붙는다는 소리 아니야?"
"제길! 작은 문파에서 무공을 배운 사람은 명함도 못 내밀겠군."
"맞아, 대문파 애들만 신난 거지 뭐."
단상 위에 서 있던 남자는 아이들이 웅성거리든 말든 말을 이었다.
"현재 이곳에 있는 인원은 총 사백이십칠 명이고, 우리는 그중 이백 명만을 선별합니다. 승천관 선생님들과의 대련에서 바로 합격 여부가 결정되며, 만약 합격된 인원이 이백 명을 넘을 시에는 합격된 인원 중 이백 명을 다시 선발합니다. 그리고 모자랄 시에는 불합격된 인원 중 모자란 만큼의 인원을 재선발합니다. 그럼 모두 대청의 뒤편에 있는 연무장으로 모이십시오. 그곳에서 이름을 호명하면 나와서 대련을 하면 됩니다."
소운은 그 남자의 말을 듣고 묵묵히 고개를 끄덕였다.
'무공 대련이라구? 그렇다면 나한테도 승산이 있을 거야.'
소운은 지난날 이대마와의 대결에서 막상막하의 실력을 보였기 때문에 분명한 합격을 자신했다.
"자, 그럼 모두 이동해 주십시오."

입관시험(入館試驗) 125

남자의 말이 끝나자 대청에 있던 아이들은 밖으로 나가기 시작했다. 소운은 강명 사형제들과 쌍아, 풍아와 함께 연무장으로 향했다.

연무장에는 사방 이십여 장 정도의 비무대 세 개가 설치되어 있었다. 그 뒤로는 천막이 세워져 있었고 무림맹의 고위급 인사들, 맹주를 비롯해 부맹주, 태상장로, 각 단의 단주들까지 당금 정파를 이끌어가는 지도자들이 앉아 있었다. 그리고 비무대와 천막 사이에는 탁자를 놓아두고 다섯 명의 중·장년인이 앉아 있었는데, 그들의 기도가 범상치 않았다.

"맹주, 저 아이들은 혹시 알고 있을까요? 이번의 이 심사가 무공의 고하에 있지 않음을?"

"아마 짐작하기 힘들 것입니다."

천막 안에서 맹주인 고수천과 부맹주인 인정 신니가 대화를 나누었다.

"기대가 되는구려. 얼마나 많은 인재들이 이 자리에 나와 있을지."

태상장로 현명 대사가 연무장으로 모여드는 아이들을 바라보며 말했다.

소운은 연무장에 도착해서 자신의 키만큼이나 높게 설치돼 있는 비무대를 바라보았다.

"저곳에 올라가서 대련을 해야 한단 소린가?"

금초는 얼굴이 상기되어 긴장된 음색으로 말했다. 비단 금초뿐만이 아니라 강명 사형제들의 얼굴엔 모두 긴장의 빛이 역력했다. 소운은 대청 안에서 대련을 하여 뽑는다는 소리를 듣고 자신감을 얻었기 때문에 그리 긴장하지 않았다. 아니, 오히려 자만하는 심정이 되었다.

"그럼 지금부터 시작하도록 하겠습니다."

연무장에 있던 사백여 명의 아이들이 침묵한 가운데 비무대 위에서 아까 대청에서의 그 남자가 말하기 시작했다.

"먼저 이 앞에 계시는 분들은 이번 심사를 위해 특별하게 초청되신 분들로 신기자 추현 대협, 만박서생 호치명 대협, 천심수사 헌원지 대협, 묘수서생 호일수 대협, 십방수재 공석범 대협이십니다."

소운 등은 강호 경험이 없어 이들을 잘 몰랐지만 이들이야말로 강호제일의 지자들로 손꼽히는 박학다식하고 지혜로운 사람들이었다. 이들은 탁자 위에 각각 문방사우를 준비해 놓고 있었는데 바로 이들의 손에서 합격 여부가 결정나는 것이었다.

"신기자 어른이 처음에 이 제안을 내놓았을 때 정말 당황스러웠지요."

인정 신니가 잠시 과거를 회상하며 말했다.

"그렇죠. 하지만 매 회 인재들을 잘 뽑아내시니 걱정할 필요가 없을 것입니다."

고수천이 말을 받았다.

비무대 위의 남자는 계속해서 말했다.

"그리고 여러분이 대련을 하게 될 분들은 승천관의 선생님들로 상급 검도(劍道)반을 지도하고 계시는 무당파의 적송 도장님, 중급의 무리(武理)반과 상급의 내공(內攻)반을 맡고 계신 소림의 정암 대사님, 상급의 검술(劍術)반을 지도하시는 점창의 사이 대협님. 이렇게 세 분이십니다."

적송 도장이란 사람은 가장 오른편의 비무대에 올라섰는데 그는 바위같이 단단해 보이는 사람이었다. 가운데에는 소림사 전통의 가사를 입은 정암 대사가 올라왔다. 그는 인자한 미소로 합장을 하고 있었다.

마지막으로 맨 왼쪽의 비무대에는 사이라는 사람이 올라왔는데 그는 양쪽 소매가 없는 특이한 복장을 하고 올라섰다. 얼굴이 약간 포동포동하면서 눈가에는 장난기 가득한 웃음이 지어져 있는 사람이었다.

"자아! 그럼, 지금부터 대련을 시작하겠습니다. 호명하는 사람은 앞으로 나와주십시오!"

시험이 시작되었다. 강명 등은 많이 긴장한 채 첫 번째로 지명되어 올라온 아이를 기대 반 떨림 반으로 쳐다보았다.

"하북 악양분타의 요안, 삼장, 기웅, 나와주세요."

비무대 위에서 있던 남자는 비무대 밑으로 내려와 말했다.

"이곳에 십팔반 병기가 갖추어져 있으니 사용하실 분들은 사용해 주세요."

이렇게 해서 승천 입관 시험이 시작되었다. 강명 사형제는 언제 자신들이 불려질까 전전긍긍하면서 비무대 위의 대련을 지켜보았고, 자만해 있는 소운은 편안한 마음으로 나오는 아이들의 무공 수준을 가늠하고 있었다.

그런데 재미있는 것은 아주 뛰어난 무공 실력을 보여줬던 아이가 탈락하는가 하면 비무대 위에 올라설 때부터 넘어지면서 볼품없어 보이는 아이가 합격하기도 하는 것이었다. 소운은 그 점이 이상했지만 별로 신경 쓰지 않았다. 계속해서 합격의 희비가 엇갈리며 한 백여 명 정도 대련이 끝났을까? 한 사람의 이름이 호명되었는데 그 사람의 이름이 나오자 아이들이 술렁거리기 시작했다.

"천하제일가의 모용신지, 화산파의 화무인, 화상인, 나와주세요."

이때 강명 사형제들은 놀람의 빛을 띠며 말했다.

"천하제일가에서 이곳에 올 줄이야."

소운은 궁금해서 강명에게 물었다.

"천하제일가? 그게 그렇게 대단한 곳이야?"

"휴우! 대단하다마다. 천하제일가의 사람들은 뱃속에서부터 무공을 익혀서 열다섯 살에 이미 천하제일이라고 해."

"천하제일이라면 이곳에 들어올 필요가 없잖아요?"

이번에는 풍아가 강명에게 말했다. 강명은 자신도 모르겠다는 듯 고개를 저으며.

"글쎄… 뭐, 자신의 무공을 뽐내려고 왔을지도 모르지."

모용신지가 제일 오른편의 비무대 위에 올라가자 구경을 하고 있던 많은 아이들은 감탄을 금치 못했다. 물론 소운 등도 마찬가지로.

"저 자식, 엄청나게 잘생겼잖아!"

강명이 모용신지의 모습을 보며 소리쳤다. 그리고 그 다음 말에 소운 등은 자빠질 뻔했다.

"나랑 비슷하지만."

"우웃! 사형!"

마진과 금초가 그게 말이나 되는 소리냐는 듯 강명에게 눈총을 주었다.

실제로 모용신지는 하얀 백의를 입고 단정한 문사건으로 머리를 묶고 있었는데 그 모습이 전설 속에나 나오는 귀공자 같아 보였다. 그가 비무대 위에 서자 연무장 안 대부분의 소녀들이 그를 보며 넋을 잃었다는 것이 그의 생김새를 반증하고 있었다.

쌍아는 모용신지의 모습과 소운의 모습을 번갈아가며 보았다. 마치 어떤 물건을 살지 이리저리 재보는 것처럼.

'음… 난 그래도 소운 오빠가 더 멋있는 거 같아.'

이렇게 결론을 낸 쌍아였다.

잠시 모용신지의 모습 때문에 놀라고 있던 연무장 안의 많은 소년 소녀들은 이내 잠잠해지며 과연 모용신지의 무공이 어느 정도일까 궁금해하기 시작했다. 모용신지와 함께 올라온 화무인과 화상인은 모용신지의 모습 때문에 찬밥 신세를 면치 못했다.

'저런 망할 녀석이!'

화무인과 화상인이 언제 이런 무시를 당해보았을까? 그들은 모용신지를 보며 이를 갈았다.

"대련 시작!"

적송 도장은 모용신지의 모습을 보며 잠시 감탄하고 있다가 그가 검을 들어 기수식을 취하자 대련할 태세를 갖추었다.

"한 수 부탁드리겠습니다."

모용신지는 예의 바르게 말하며 검을 정중앙에 갖다 놓았다. 적송 도장은 그런 모용신지의 기도가 범상치 않음을 느꼈다.

'허! 잘 다듬어진 예기(銳氣)군.'

모용신지는 기합을 지르며 검을 정중앙으로 찔러 들어갔다.

"핫!"

적송 도장은 자신의 내공심법인 태허강기를 끌어올려 태극권의 한 수로 검을 쳐내려 했다. 그런데 검이 예상외로 그대로 밀고 들어오는 것이 아닌가?

"이런!"

적송 도장은 당황해 한 걸음 물러났다. 모용신지는 더 이상 공격하지 않았다.

"검을 드십시오. 아직 전력을 다한 것이 아닙니다."

적송 도장은 모용신지의 말에 적잖게 놀라며.

'방금 것은 나의 경각심을 일깨워 주려고 약하게 펼쳤단 말인가? 역시 천하제일가의 명성이 허명은 아니었군.'

적송 도장은 자신의 허리에 차여진 검을 빼 들었다. 그가 검을 빼 들자 연무장 안의 아이들도, 천막 안의 맹주를 비롯한 많은 사람들도 놀라워했다. 적송 도장은 지금까지 사십여 명의 아이들을 상대하면서 검을 들지 않음은 물론 한 발짝도 물러나지 않았다. 그런데 모용신지의 단 일검에 한 발짝 물러나며 검을 빼 든 것이다.

"조심하거라, 아이야. 내가 검을 빼 든 이상 그만한 대가를 치러야 할 테니."

적송 도장은 이렇게 말하며 무당파의 검법인 태청검법을 준비했다.

"이 초를 양보하겠다. 공격하거라."

강호의 비무에서는 연장자가 몇 초를 양보하고 시작하는 것이 일반적이었다. 적송 도장 역시 후배에게 먼저 손을 쓸 수는 없는 터라 이 초를 양보한 것이었다.

"그럼 시작하겠습니다."

모용신지는 그렇게 말하고는 검술을 펼치기 시작했다. 그런데 그가 펼친 검술의 처음 이 초는 평범하고 직선적이어서 적송 도장은 한번의 손놀림으로 막을 수 있었다.

'허허, 양보를 받지 않겠다는 것이구나.'

적송 도장은 모용신지가 허술한 검초를 펼치자 어쩔 수 없이 자신의 태청검법을 시전하기 시작했다.

"구궁개산(九宮開山)!"

적송 도장의 검이 구궁개산의 초식을 펼치며 모용신지를 압박해 들어갔다. 모용신지는 그때부터 천하제일가의 무공을 펼치기 시작했다.

"천검!"

모용신지의 검끝에서 순간 검기가 뿜어져 나오며 적송 도장이 펼친 구궁개산의 초식을 막아냈다. 그리고는 재차 검기를 뿌리며 적송 도장을 공격해 들어갔다.

천막 안에서 모용신지를 지켜보고 있던 맹주 고수천은 모용신지의 무공에 감탄사를 터뜨렸다.

"저 검술은 왕년에 천하제일가의 가주가 최고의 검법으로 쳤던 천뢰검법이 아닌가? 벌써 상당한 화후인 것 같군."

적송 도장은 모용신지와 검을 부딪치면서 모용신지의 빈틈을 찾았으나 발견하지 못했다.

'기본기가 충실한가 보구나. 호흡에 한 점 흐트러짐이 없는걸?'

순식간에 십여 초를 주고받은 모용신지와 적송 도장은 서로의 무공에 감탄했다.

'아버님이 이곳에 입관하라고 하신 이유를 알겠군.'

모용신지는 자신의 천뢰검법을 무당파의 태청검법을 사용해 자유자재로 막아내는 적송 도장이 대단하다 느껴졌다.

그들의 겨룸이 이십여 초를 넘겼을 무렵 비무대 밖에서 소리가 들려 왔다.

"그만! 멈추십시오. 그만하면 충분한 평가가 됐습니다."

긴 시간 동안 대련이 이어질 것 같자 심사 위원 중 한 명인 신기자 추현이 대련을 멈추었다.

"모용신지, 화무인, 화상인, 모두 합격입니다."

모용신지와 적송 도장의 대련을 지켜보고 있던 연무장 안의 많은 사람들은 합격이란 말에 박수를 쳤다. 심지어는 환호하는 사람까지 있었다.

"대단하군요, 맹주. 광동 비무 대회에서 우승했다는 소리가 허언이 아니었어요."

인정 신니가 고수천을 보며 말했다.

소운 등은 모용신지의 무공을 보며 입을 다물지 못했다.

"저게 천하제일가란 말인가? 참내, 불공평하군."

마치 오르지 못할 벽을 만난 기분이 드는 강명 사형제들이었다. 자신들과는 너무도 실력 차가 나기 때문이었다.

모용신지는 대련이 끝나고 적송 도장에게 포권하며 말했다.

"지도 감사드립니다, 도장님."

그러면서 모용신지는 적송 도장에 대해서 약간의 공경심이 들었다.

'난 약간 숨이 차 오르는 반면에 저 적송 도장님은 조금의 흐트러짐도 없구나.'

단단한 바위같이 묵묵히 서 있는 적송 도장. 그는 모용신지를 보며 대단한 인재라 생각했다.

화무인과 화상인은 비무를 통과했지만 모용신지처럼 주목을 받진 못했다. 그들은 모용신지를 보며 이를 갈고 비무대 밑으로 내려갔다.

"다음으로 화산파의 화도인, 화연인, 고연진, 나와주세요."

소운은 그 소리에 놀라 비무대 위를 쳐다보았다. 고연진이 나온다는 소리에 놀란 것이었다. 그런데 그녀가 비무대 위에 서자 모용신지와는 또 다른 감탄이 터져 나왔다. 주로 소년들이 내지른 감탄이었다.

"맹주의 여식이구려."

현명 대사가 고수천에게 말했다. 고수천은 고연진이 나오자 갑자기 고개를 흔들었다.

"휴우… 장로님, 저 아이는 정말이지 무공 이외에는 관심이 없어서 큰일입니다. 오죽하면 별호가 무심화겠습니까?"

인정 신니는 고수천의 말에 웃음을 지으며 그런 고수천을 위로하듯 말했다.

"걱정하지 마세요, 맹주. 저 아이의 관상을 보면 무도자의 길을 갈 상이 아니니."

소운은 고연진이 올라섰을 때부터 눈을 떼지 못했다. 어젯밤의 숲에서 화려한 검무를 추던 그녀의 모습이 떠올랐다.

"우우우와― 우와아―!"

강명은 희한한 함성을 지르며 고연진을 보고 환호했다. 강명이 환장을 하며 환호성을 지르자 마진과 금초는 슬금슬금 그에게서 거리를 두기 시작했다.

"하나뿐인 사형이 저렇게 맛이 가버리다니."

마진은 그렇게 중얼거리며 강명에게서 떨어졌.

고연진은 주위에서 감탄을 하든 말든 무표정으로 자신의 앞에 서 있는 사이 대협을 바라보았다. 이때 그녀의 눈이 날카롭게 빛났는데 사이는 심상치 않다고 생각하고 자신의 검인 비익검을 뽑아 들었다. 그리고 특이한 기수식인 일순새검(一瞬賽劍)을 취했다. 사이의 모습은 마치 한 마리의 새가 금세라도 날아갈 것 같은 모습이었다.

"그럼 시작하겠습니다."

고연진은 감정이 배제된 말투로 말하며 분향극검을 펼치기 시작했다. 갑자기 그녀가 초식을 펼치자 순간 주위에 향기가 날리는 듯했다. 이것이 분향극검이 극에 달하면 난다는 매화 향기였다. 검술에서 향기가 난다는 것은 정말 일부러 검에 꽃 즙을 뿌리지 않는 한 일어날 수 없는 일이었다. 그러나 화산파의 내공심법인 자하신공의 특수성 때문에 자하강기를 일으켜 검을 시전하면 향기가 나는 것이다.

'호오! 이 나이에 검향의 경지인가?'

사이는 그 포동포동한 몸집으로 고연진의 화려한 초식들을 피해내며 점창파의 독문검법인 분광십팔수검을 펼쳤다. 고연진은 계속해서 자신의 분향극검이 막히자 이번에는 화산 비전인 매화검법의 일초를 펼쳤다. 분광십팔수검과 매화검법이 부딪치며 화려한 섬광을 뿜어내었다. 검과 검이 부딪칠 때마다 번쩍이는 불꽃이 일어났다.

"사이 대협이 초식 위주의 화려한 검법을 펼쳐 왕년에 명성을 얻었다고 하던데, 저 고연진이란 아이도 그에 못지 않군요?"

천막 안에서 인정 신니가 그들의 대련을 지켜보며 말했다.

"사실 그녀는 사이 대협의 빠른 초식에 말려들어 손을 빼지 못하고 있는 것이죠."

맹주인 고수천이 말했다. 고수천의 말처럼 조금의 시간이 지나자 고연진의 검초가 점점 느려지기 시작했다. 사이는 자신의 검초에 이렇게 빨리 적응하며 따라오는 고연진이 놀라웠다.

'앞으로 조금의 경험만 쌓으면 강호에 대단한 여검사가 탄생하겠군.'

사이는 고연진이 더 지치기 전에 검을 멈추었다. 고연진은 사이가 검을 멈추자 찔러 들어가던 초식을 멈추었다. 그녀는 숨을 몰아쉬고 있었는데 잠깐의 대련에 상당히 지쳐 보였다.

"끝을 보기 전에 그만 하지."

사이는 고연진을 보며 말했다. 고연진은 고개를 끄덕이곤 아무 말

없이 비무대에서 내려갔다.
 그때까지 정신없이 사이와 고연진의 대련을 지켜보던 많은 아이들은 그 화려한 검술에 모두 빠져들어 버렸다. 그러다가 대련이 끝나고 고연진이 내려가자 전부 박수를 치며 환호했다. 뭐, 강명은 말할 것도 없고… 단지 마진과 금초가 아까보다 강명과 사이를 더 벌리게 됐다는 것만 알아두면 된다.
 "화상인, 화연인, 고연진, 합격입니다."
 탁자 위에서 심사를 하고 있는 신기자를 비롯한 다섯 명의 지자들에게 가서 심사 결과를 알아온 비무대 밑의 남자가 말했다.
 "휴우… 대단하구나."
 소운은 이렇게 중얼거렸다. 그리곤 생각했다.
 '그녀는 그녀보다 무공이 낮은 사람에게 관심이 있을까?'
 시험은 계속되었다. 연무장 안에 있던 아이들 중 반수 이상이 시험을 끝마쳤을 무렵, 마침내 장안분타 사람들의 이름이 불려지기 시작했다.
 "다음은 장안분타의 강명, 마진, 금초입니다."
 "드디어 우리 차례다!"
 금초는 떨리는 마음으로 소운을 쳐다보았다.
 "잘할 수 있을 거야."
 소운은 그렇게 금초를 격려했다.
 "훗! 내가 나가면 장내의 낭자들이 까무러치겠지?"
 "사형, 사형을 보구 어떻게 저런 인간이 있나 하고 놀라긴 할 거야."
 강명과 마진은 그렇게 대화를 주고받은 후 비무대 위로 올라서기 시작했다. 강명과 마진은 권을 쓰는 터라 무기 없이 비무대 위로 올라갔지만 금초는 검을 들고 올라섰다. 바로 소운이 전에 이대마에게 사용했던 그 검이었다.

"선배, 잘 부탁드립니다."

강명은 멋있게 포권하며 인사를 하려 했지만 왠지 어설퍼 보였다. 강명의 상대는 적송 도장이었다. 강명은 잠시 숨을 가다듬은 뒤 회선장법이라는 천조삼의 절기를 펼치기 시작했다. 천조삼은 이 장법을 가르쳐 주면서 자신은 이것을 개방의 거지 한 명을 동전 한 닢으로 꼬셔서 배웠다고 했다. 강명은 처음에 이 장법을 배울 때 뭐 이런 거지나 쓰는 무공을 가르쳐 주냐고 따졌었는데, 사실 이 장법은 개방의 칠결제자 이상인, 즉 장로급 이상만이 배울 수 있는 무공이었다.

'오호! 회선장이라.'

강명의 손에서 강기가 맺혔다. 그리고는 정중앙으로 적송 도장의 가슴을 노리고 찔러 들어갔다.

'한가운데를? 정직하군.'

적송 도장은 태극권으로 강명의 주먹을 흘리며 사뿐하게 받아내었다. 강명은 재차 권을 찔러 들어갔지만 찔러 들어가는 족족 적송 도장의 태극권에 무마되었다.

'헉헉! 힘들다. 저 말코 도사, 꿈쩍도 안 하다니.'

강명은 오기가 치밀어 올라 죽어라 회선장법을 펼치며 적송 도장을 찔러나갔다.

마진의 상대는 정암 대사였다. 그는 합장을 하며 시종일관 미소로 마진의 공격을 받아내었다. 아니, 한 대도 맞지 않았다는 것이 옳을 것이다. 정암 대사는 금강반야선공이라는 호신강기를 펼치고 있었는데 마진은 그 강기의 벽을 때릴 때마다 그만큼의 반탄력 때문에 되려 팔이 아파왔다. 공격을 하는 만큼 자신에게 피해가 돌아오는 것이다.
 '으으… 왜 저 스님은 맞아도 맞아도 웃고만 있는 거지?'
 마진은 오만상을 찌푸리며 권을 내질렀다.
 금초의 경우는 강명이나 마진과는 달랐다. 검을 들어 사이와 맞상대를 하는 것이었다. 난화십삼검으로 사이의 분광십팔검을 상대했는데 어찌 된 일인지 빠르게 휘두르며 분광십팔검을 막아내는 것이 아닌가?
 '우앗! 검을 뺄 수가 없어!'
 금초는 난화십삼검을 펼치고는 있었지만 초식들이 자신의 맘대로 나가지 않았다. 기실 이것은 사이의 검법의 특징이라 할 수 있는데 상대로 하여금 자신의 검법에 말려들게 해 정신없이 손을 쓰게 만드는 것이었다. 십여 초가 지나자 금초는 한계를 느꼈다. 그리고 검에서 힘이 빠지며 검을 놓치려는 순간, 사이가 분광십팔검을 거두었다.
 "수고했어."
 사이는 그렇게 말하며 씨익 웃었다.
 "아, 네… 감사합니다."
 금초는 고개를 꾸벅 숙였다. 그때 강명은 계속해서 회선장을 펼치다가 거의 탈진할 지경까지 이르렀다.
 "그만 하시게나."
 적송 도장은 강명을 바라보며 걱정스럽다는 듯이 말했다.
 "헉… 헉… 도사님이… 한 대만 맞아주면요."
 적송 도장은 그 말을 듣고 쓰러질 뻔했다.
 "허허, 끈질긴 후배로다."

마진은 이때 정암 대사의 호신강기를 치다가 팔이 너무 아파서 쉬고 있던 중이었다. 정암 대사는 마진이 찔러오는 주먹을 보며 생각했다.

'이 시주는 권법을 제대로 수련한 것 같구나. 다른 이들 같았으면 금강반야선공의 호신강기에 버티지 못하고 쓰러졌을 터인데……'

"그만! 이제 됐습니다."

비무대 밑에서 소리가 들려왔다. 그 말에 금초와 마진, 강명은 동작을 멈추었다. 그들은 심장이 뛰며 적잖게 긴장했다.

'과연 어떻게 될 것인가?'

"강명, 마진, 금초, 셋 모두 합격입니다."

"이얏호!"

강명 사형제들은 기뻐서 소리를 지르며 비무대 밑으로 내려왔다.

"향혜 사매! 나 붙었어!"

강명은 천향혜에게 자랑하며 뛰어왔다. 소운과 천향혜, 그리고 쌍아와 풍아는 그런 그들을 보며 축하해 주었다.

'휴우… 어쨌든 대사형이 붙었으니 아버지의 체면은 살겠구나.'

천향혜는 장안분타에서 전전긍긍하고 있을 천조삼을 생각했다.

"다음은 장안분타의 천향혜와 소운, 여몽입니다."

"드디어!"

소운은 아까 전에는 자신이 있었는데 막상 시험이 닥쳐오니 가슴이 두근거려 왔다.

"소 오빠, 잘해요!"

"소운 형, 힘내라구."

쌍아와 풍아가 말했다. 강명은 소운의 등을 탁 치며.

입관시험(入館試驗) 139

"아우, 내가 합격했으니 너도 분명히 합격할 수 있을 거야."

강명은 오랜만에 괜찮은 말을 하는 듯했다.

"나보다 조금 못하지만 혹시 알아? 합격시켜 줄지?"

그러나 역시 아니었다.

"사형, 전에 이대마에게 한 방에 나가떨어졌잖아. 소운 형은 이대마를 물리쳤다고."

소운과 천향혜, 여몽은 비무대 위로 올랐다. 소운은 올라가기 전에 비무대 밑에 진열된 십팔반 병기 중 검을 들고 올라섰다.

"휴우, 진정하고."

소운의 상대는 정암 대사였다. 소운은 정암 대사에게 꾸벅 인사하고는 비무대의 끝쪽에 가 섰다.

"그럼."

소운은 풍검을 배웠다고는 하지만 풍검을 이용해 휘두를 줄만 알았지 초식이라곤 알지 못했다. 그래서 멀리 떨어져 검풍을 쏘아보내는 방법을 써보려 한 것이었다. 정암 대사는 소운이 뒤쪽으로 멀리 떨어져 서자 의외라고 생각했다.

'혹시 저 아이는 암기를 쓰려는 게 아닐까?'

대련에는 규칙이 없었기 때문에 암기를 써도 무방했다. 실제로 소운의 전에 당문에서 온 아이들은 암기를 쓰기도 했다.

소운은 천천히 자신이 보력심법이라 이름 붙인 내공을 끌어올리려 숨을 가다듬었다. 그리고 진기를 유도하려는데.

'이럴 수가? 왜 아무런 움직임이 없지?'

소운은 진기를 아무리 끌어올리려 해도 단전이 텅 빈 듯이 아무런 반응이 없자 당황스러웠다. 보력심법아! 왜 힘을 내지 않는 거니? 소운은 그렇게 생각하며 낭패한 눈으로 전방에 서 있는 정암 대사를 바라보았다.

"시주, 공격하시구려."

정암 대사는 소운이 가만히 서 있자 말했다. 소운은 공격을 하고 싶었지만 내공이 끌어올려지지 않아 이대마에게 상처를 내게 했던 그 위력의 풍검을 펼치지 못하게 되었다.

'어쩌지? 보력심법 없이 풍검을 펼쳐야 하나?'

정말 이상했다. 어제까지만 해도 몸 안에서 진기를 끌어올리려고 하면 바로바로 끌어올려졌었다. 그러나 지금은 어찌 된 일인지 몸속에서 아무런 반응이 없었다.

"포기하려는가?"

"아, 아니요!"

소운은 더 이상 지체할 순 없다 생각하고 풍검을 펼치기 시작했다.

'아니, 저 검술은?'

소운의 검이 회전하기 시작하자 탁자 옆에서 소운을 지켜보고 있던 신기자가 눈을 크게 뜨며 놀랐다.

소운은 검을 들어 올려 수직으로 휘둘렀다. 그러자 검풍이 정암 대사를 향해 쏘아졌다.

휘익—

정암 대사는 순간 움찔하며 금강반야선공을 더욱 끌어올려 강기의 벽을 두텁게 했다. 그런데 막상 검풍이 정암 대사의 호신강기에 부딪치자 별다른 위력 없이 사그라들었다. 마치 보통의 바람이 정암 대사를 스치고 지나가듯이.

'역시… 소용이 없어.'

소운은 낙심했다. 이곳에 올라오기 전까지만 해도 자신이 있었는데 이제는 그 자신이 사라져 버렸다. 믿었던 풍검이 이렇게 아무런 위력도 나타내지 못하자 자만했던 마음이 후회가 되었다. 이럴 줄 알았으면 다른 준비를 해보는 건데… 하는 생각이 그의 머리를 스치고 지나갔다.

정암 대사는 소운의 검술을 보며 생각했다.

'분명 강한 검기처럼 느껴졌는데 그저 검풍이었다니.'

비무대의 옆에서 심사를 하고 있던 신기자는 설마 하는 눈으로 소운의 검을 바라보았다.

'저건, 분명 십여 년 전의…….'

소운은 정암대사의 합장한 모습을 바라보며 절망에 잠겼다.

'어떡하지?'

소운이 이렇게 고전하고 있을 때 천향혜는 적송 도장이 검을 뽑아 들 정도로 몰아세우고 있었다. 적송 도장은 처음에 그녀가 허리에서 연검을 빼 들자 과연 저 검을 다룰 수 있을지 궁금해졌다. 연검은 부드럽게 휘어지는 검이어서 진기를 주입하지 않으면 다른 사람을 상하게 하기 힘든, 그래서 다루기 힘든 검이었기 때문이다. 하지만 이내 꼿꼿이 펴지며 시퍼런 검기를 내뿜자 적송 도장의 안색이 변했다.

'설마 저검은… 강호 삼대 보검 중 하나인 연성검인가?'

퍼런 검날이 종이 자르듯이 자신의 옷자락을 절단하자 적송 도장은 허리에서 검을 빼 들었다.

천향혜는 낙화십삼검으로 빠르게 적송 도장을 압박해 들어갔다. 적송 도장의 안색이 변하며 물러나는 것을 보고 일단 승기를 잡았다 생각하고 있는데 그가 검을 빼 들자 순간 위압감이 들었다. 그녀는 적송 도장의 일검에 뒤로 물러났고 다시 일검에 뒤로 후퇴했다.
 그녀는 적송 도장의 기도에 눌리고 있는 것이었다. 그녀는 계속 물러나다간 비무대 밑으로 떨어질 것 같아 빨리 반격을 해야 한다고 생각했다. 그러나 적송 도장의 검은 그런 기회를 만들어주지 않았다. 그녀가 일검 후퇴를 계속하면서 마침내 비무대의 끝부분에 이르렀다.
 '에잇! 그렇다면 이판사판이다!'
 천향혜는 찔러 들어오는 검을 피하지 않고 적송 도장의 가슴을 향해 난화십삼검 중 낙화불현의 일초를 펼쳤다.
 '어허! 이 아이가 동귀어진의 수법을 쓰는구나.'
 적송 도장은 그런 천향혜의 결심에 혀를 내두르며 태극검을 펼쳤다. 적송 도장은 이때까지는 그저 천향혜의 빈틈에 검을 찌르는 수법으로 검법을 쓰지 않고 있다가 처음으로 초식을 쓴 것이었다. 천향혜의 검은 적송 도장의 가슴을 향해 들어가다 갑자기 적송 도장의 검에 자석이 된 듯이 붙었다. 바로 태극검상의 검착이란 수법이었다.
 "후후. 아이야, 그만 하자꾸나."
 적송 도장이 천향혜의 검을 멈춘 채 웃음을 지었다. 그는 실력있는 후배를 보면 기분이 좋아지는 사람이었다.
 여몽은 자신이 다니던 도장에서 배운 육합권을 펼쳤다. 바로 강호의 삼류 무사들이 배우는 권법이었다. 사이는 여몽이 권법을 펼치자 이리저리 피했는데 여몽은 사이의 그림자조차도 때리지 못했다. 여몽은 사이를 노려보며 죽자사자 달려들기 시작했다.
 "우와! 저 자식, 성깔있는걸?"
 강명은 여몽의 모습을 보며 말했다. 마진은 소운 쪽의 비무대를 보고 있다가 걱정스럽다는 표정으로 말했다.

"소운이 왜 저렇게 서 있는 거지? 그 이대마를 물리친 검법을 펼치지 않고 말이야."

소운은 천향혜가 적송 도장에게 밀려 뒷걸음질하는 것을 보며 번뜩 생각이 들었다.

'맞아! 속보를 이용해 저 스님한테 접근해서 빠르게 풍검을 써야겠다. 이렇게 멀리 있어봐야 보력심법이 안 되면 위력이 없으니 방법이 없어!'

소운은 이렇게 결심하고 처음으로 속보를 펼치기 시작했다. 소운의 상체가 약간 뒤로 기울어진다 싶더니 갑자기 활처럼 정암 대사를 향해 뛰었다. 오 장여의 거리를 단 두 번의 발돋움으로 주파한 소운은 검을 들어 정암 대사를 향해 휘둘렀다. 물론 풍검을 응용해서.

'헉.'

정암 대사는 소운이 가만히 있다가 또다시 공격을 해오자 놀랐다.

'이 아이는 날 두 번씩이나 깜짝 놀라게 하는구나.'

퍼억— 하는 소리와 함께 소운은 정암 대사의 호신강기에 검을 부딪쳤다. 그리고는 검을 놓쳐 버렸다. 전력을 다해 휘두른 검의 힘이 고스란히 소운에게 다시 되돌려진 때문이었다.

쨍그랑—

검이 소운의 뒤쪽으로 날아가 떨어지며 소음을 냈다. 소운은 손이 순간적으로 마비되어 움직일 수가 없었다.

'이런!'

소운은 볼품없이 늘어진 두 손을 보며 큰일이라고 생각했다.

'이런 추한 꼴을 보였으니 보나마나 불합격이겠구나.'

탁자에서 소운을 유심히 보고 있던 신기자는 그 검법이 아닐 거라는 생각을 하며 고개를 흔들었다.
"자, 모두 그만."
비무대 밑에서 소리가 들려왔다. 여몽은 그때까지 사이의 뒤를 쫓고 있다가 멈추었다. 천향혜는 적송 도장에게 검을 제압당해 있다가 그만 하란 소리에 다시 회수할 수 있었다. 천향혜는 연검은 허리에 꽂으며 적송 도장에게 머리를 숙였다.
비무대 밑의 남자가 다섯 명의 심사원들에게 갔다 오더니 말하기 시작했다.
"장안분타의 천향혜, 합격입니다. 그리고 장안분타의 소운은……"
소운은 축 처진 채로 비무대를 내려갔다. 그의 눈에 절망이 스쳤다.
"역시 합격입니다. 여몽도 합격. 그래서 모두 합격입니다."
"뭐라구?"
소운은 자신이 잘못 들었나 하고 비무대 밑의 남자를 바라보았다. 그러나 기쁜 표정을 하고서 자신에게 달려오고 있는 강명 일행의 모습은… 방금 전의 말이 거짓이 아님을 말해 주었다.
"소운! 네가 합격할 줄 알았다니까!"
강명 사형제들이 기뻐하며 소운에게 달려왔다. 소운은 그 말이 믿기지 않았다. 합격이라니 어째서?
"역시 소운 형이야!"
금초는 자신이 합격했을 때보다 더욱 기뻐하며 소운을 축하해 주었다.
"그런데 말이야, 저 여몽 녀석이 합격했다는 것은 정말 못 믿겠는걸."
강명은 여몽을 보며 있을 수 없는 일이라는 듯이 말했다. 소운은 강명 등이 이렇게 기뻐해 주었지만 도무지 자신이 합격했다는 것이 실감이 나지 않았다.

'분명히 난 어설프기 짝이 없는 공격을 두 번이나 했다. 그리고 검을 놓치기까지 하고.'

소운은 어쨌든 잘된 일이라 생각하기로 했다. '합격했으니 된 거 아닌가?' 하는 마음이 들었다.

"사매, 사매도 축하해."

천향혜가 비무대에서 내려오자 마진이 그녀를 보며 말했다. 그녀는 웃으며 고개를 끄덕일 뿐이었다. 쌍아는 소운을 보며 '이제 계속해서 볼 수 있겠구나' 하고 안심했다.

잠시 뒤 몇 차례의 시험이 끝나고 쌍아와 풍아가 올라갈 차례가 되었다.

"아! 저 아이들이 풍림곡의 쌍둥이 남매군요."

인정 신니가 고수천에게 말했다.

"풍림곡주가 영약으로 어릴 적부터 단련시킨 만큼 체내에 엄청난 내공이 잠재되어 있을 것입니다."

고수천은 쌍아와 풍아를 바라보며 말했다. 대련이 시작되었다.

"도장 아저씨, 조심하세요."

풍아는 적송 도장에게 일장을 날리며 말했다. 적송 도장은 열세 살 정도의 어린아이가 그런 말을 하자 귀엽게 느껴졌다. 그런데 그에게 닥치는 그 일장은 귀엽게만 보기엔 너무도 엄청난 위력이 담겨져 있었다.

"으윽!"

적송 도장은 대련을 시작한 뒤 처음으로 신음을 흘리며 풍아의 장을 받았다.

'방심했구나. 어떻게 어린아이에게서 이러한 위력이……'

적송 도장은 놀라며 재차 장을 날리는 풍아를 보았다. 쌍아가 상대하고 있던 정암대사 역시 놀라기는 마찬가지였다. 금강반야선공을 밀치고 일장이 자신에게까지 날아온 것이었다.

'허허, 요 어린것의 기세가 아주 놀랍구나.'

결국 적송 도장과 정암 대사는 식은땀을 흘리며 쌍아와 풍아의 장세례를 받아내야 했다.

"풍림곡의 한쌍아, 한풍아, 합격."

쌍아와 풍아가 비무대 위의 대련자를 핍박하고 있는 모습을 놀란 눈으로 바라보던 대다수의 사람들은 너무도 당연한 일이었던지 감탄사조차 터뜨리지 않았다.

"우으… 저 아이들이 저렇게 대단했었나?"

단지 어린아이로만 생각했던 강명 사형제는 쌍아와 풍아의 무공에 너무도 놀라워했다.

"헤헤, 나 합격했어요."

풍아가 이렇게 말하며 소운 등에게 달려왔지만 너무도 어이가 없었던 터라 그들은 제대로 축하해 주지도 못했다. 어쨌든 그들 일행은 모두가 합격을 하는 쾌거를 이루었다. 그들이 그렇게 합격의 기쁨을 나누고 있을 때 소운이 말했다.

"우리들은 다 합격했으니 이제 편하게 구경하자."

소운의 제의에 모두들 찬성했다. 그 뒤로 시험은 저녁까지 이어졌다. 소운 등은 멋진 무공을 보이는 사람이 나오면 응원했고 쓸데없이 검만 휘두르고 들어간 사람들은 야유하며 시간을 보냈다.

이윽고 시간은 흘러 시험이 끝날 시기가 되었다.

"올해는 이례적으로 합격자 이백 명을 선발하는데 합격된 인원이 이백일 명이라 초과된 한 사람 때문에 다시 시험을 보기엔 너무 애석한 일이라 그냥 합격시키기로 했습니다."

그 말에 연무장 안에 있던 모든 아이들이 환호했다. 지금 이 연무장 주위에는 합격된 아이들만이 남아 있었고 불합격된 아이들은 눈물을 머금으며 자신의 문파와 집으로 돌아갔다.

"자, 모두들 대청 안에 연회가 준비되어 있으니 그곳으로 가 식사를 하십시오. 숙소의 배정은 연회 석상에서 하도록 하겠습니다."

아침을 먹고 나서 저녁이 된 지금까지 아무것도 먹지 못한 터라 소운 등은 모두 배가 고팠다.

"자, 빨리 가자구."

강명이 소운 등을 재촉하며 낮에 모두 모였던 대청 안으로 이끌었다.

제6장
과거지사(過去之事)

과거지사(過去之事) 6

 대청 안에는 갖가지 음식과 차가 준비되어 있었다. 하루 종일 아무 것도 먹지 못한 소운 일행은 재빨리 자리에 앉아 젓가락을 놀리기 시작했다. 그들이 뱃속을 어느 정도 채우자 대청의 단상 위에 맹주인 고수천이 모습을 드러냈다.
 "안녕들 하신가? 승천관에 입학하게 된 것을 경축드리네."
 맹주가 나타나자 음식을 먹고 있던 대청 안의 이백여 명의 아이들이 젓가락을 놓았다. 그런데 강명은 맹주가 나오든 말든 음식을 입속에 구겨넣는 것이 아닌가?
 "우걱우걱, 조 살람익 매앵주아(저 사람이 맹주야?)?"
 강명의 추태에 소운 등은 인상을 찌푸렸지만 맹주의 말을 들어야 하기에 잠자코 있었다.
 "이곳에 모인 여러분들은 단지 무공이 높아서 뽑힌 것이 아니라네.

과거지사(過去之事) 151

신기자 어르신을 비롯해서 다섯 분의 심사 위원들은 여러분들의 발전 가능성. 그러니까 인내, 끈기, 투지, 정신력 같은 부분을 집중적으로 보았고, 무공은 그저 참고 정도만 하여 여러분을 뽑게 된 것이네."

맹주의 말에 소운은 왜 자신이 뽑히게 됐는지 알 수 있었다. 무공은 비록 형편 없었어도 앞으로의 발전 가능성을 보고 합격시켰다는 말이었다. 소운은 앞으로 발전 가능성이 있다는 소리를 듣자 침울했던 마음이 조금 사그라드는 것을 느꼈다. 자신이 합격한 것이 이상하다고 생각됐기 때문이었다.

"현 비룡단원은 승천 입관생들 중 일, 이기가 주를 이루고 있고 지금은 삼, 사기가 승천관에서 수련을 하고 있네. 자네들은 이제 승천관의 오기로, 자네들이 들어오게 된다면 현재 삼기생들이 비룡단원으로 빠지게 된다네. 내일부터 본격적인 무공 연마를 시작할 텐데 먼저 승천관의 생활에 관해 알려주도록 하지. 오전에는 무공의 이론에 대해 공부하고 학문에 대해서도 공부할 수 있네. 그리고 오후에는 실전 연습으로 직접 움직이며 무공을 수련하네."

맹주의 말은 계속되었다. 주로 승천관에서의 생활에 관한 것이기 때문에 소운은 주의 깊게 들었다. 맹주의 말이 끝나자 이번엔 부맹주인 인정 신니가 나와서 승천관의 선생님들을 소개하기 시작했다. 근 백여 명에 육박하는 많은 사람들이었기에 소개는 저녁 늦게까지 계속되었다.

"근데 말이야, 저 정암 대사라는 사람 찡그린 표정을 한번 봤으면 좋겠어."

강명이 아직까지 합장을 한 채로 인자한 웃음을 짓고 있는 정암 대사를 보며 말했다. 소운 등은 강명이 설마 하니 선생님에게까지 문제를 일으키진 않겠지 하고 생각했지만 불안한 마음이 들었다.

"자, 이것으로 소개를 마치고, 밤이 늦었으니 숙소를 빨리 배정하겠습니다."

인정 신니는 숙소 별로 아이들의 이름을 불렀는데 소운은 강명 사형제와도 풍아와도 떨어졌다. 게다가 운 나쁘게도 그를 별로 좋아하지 않는 여몽과 화산지룡이라 불리는 화도인과 같은 방을 쓰게 되었다. 강명만이 금초와 같은 방을 배정받았고 나머지도 각각 흩어졌다.

"아… 뿔뿔이 흩어지는구나."

소운 일행 모두가 아쉬워하는 가운데 숙소로 안내되었다.

무림맹 총단에서 승천관은 꽤 넓은 부지를 차지하고 있었다. 모두는 승천관이란 현판이 달려진 큰 문을 지나서 한참이나 걸어서야 숙소에 도착할 수 있었다.

"그럼 내일 보자, 소운!"

강명 등과 아쉬운 이별을 한 소운은 자신의 방으로 향했다.

'휴우… 화산파의 그 거만한 화 뭐라는 애와 날 싫어하는 것 같은 여몽과 한 방이라니. 잠은 제대로 잘 수 있으려나?'

소운은 자신의 방으로 들어가며 심히 걱정스러웠다.

"안녕."

소운은 방문을 열며 말했다. 기왕이면 친하게 지내는 것이 좋겠다 싶어 인사를 한 것인데 돌아온 반응은 냉담했다. 화도인은 웬 놈이 인사하냐는 듯이 소운을 무시했고, 여몽은 소운의 눈치만 살피다가 고개를 돌렸다.

'인사를 했으면 받아야 할 거 아니야!'

라고 소리치고 싶었지만 소운은 그러지 못했다.

과거지사(過去之事) 153

"저쪽이 내 침상인가?"

여몽과 화도인이 각자 하나씩 침상을 차지하고 있어 소운은 가운데 하나 남은 침상 위에 누울 수밖에 없었다.

'에라, 모르겠다.'

소운은 침상 위에 몸을 던지며 눈을 감았다. 침상은 대나무로 만들어진 것으로 대나무 줄기가 휘며 몸을 편하게 받쳐주었다. 소운은 하루 종일 시험 때문에 피곤했던 터라 금세 곯아떨어졌다. 여몽과 화도인 역시 아무 말 없이 불을 끄고 잠을 청했다. 오늘은 정말 많은 일이 있었던 하루였다.

소운이 잠들고 한 시진 정도 지났을까? 그의 방으로 검은 그림자 하나가 다가왔다. 그림자는 창문을 타 넘고 소리없이 그의 앞까지 도달했다.

"이보게."

그림자는 나직한 목소리로 소운의 몸을 흔들며 말했다. 소운은 세상 모르고 잠을 자고 있다가 누군가 몸을 흔들자 잠결에 말했다.

"조금만 더 잘게요."

"이보게나!"

그림자는 소운의 귓가에 입을 대고 말했다. 분명 작은 목소리였지만 바로 귀에 대고 말하자 크게 들렸다. 소문은 그 바람에 잠에서 깨어나 눈을 비볐다.

"아함~ 아침인가?"

"한밤중이지."

소운은 자신의 앞에 시커먼 물체가 말을 하자 깜짝 놀랐다.

"누구… 읍!"

소운이 큰 소리를 내자 재빨리 그림자가 소운의 입을 막았다.

"사정을 설명할 테니 조용히 하게. 조용히 한다고 약속할 수 있겠나?"

소운은 입을 막고 있는 터라 말은 못하고 고개만 끄덕였다. 그러자 그림자가 소운의 입에서 손을 떼었다.

"일단 밖으로 나가지."

그림자는 자신이 들어온 창문으로 소운과 함께 나갔다. 그리고는 숙소에서 조금 떨어진 정자가 있는 정원으로 그를 인도했다.

"흠, 흠, 일단 내 소개부터 하겠네. 난 무림에서 신기자라 불리우는 추현이란 사람이네."

"신기자… 추현?"

소운은 밤이라 사물을 확인하기 어려웠지만 안력을 돋워 신기자를 바라보았다. 흐릿하지만 분명 낮에 심사를 했던 신기자가 맞는 것 같았다.

"자네는 내가 한밤중에 왜 이렇게 찾아왔는지 궁금하지 않나?"

소운은 내심 그것이 궁금했던 터라 고개를 끄덕였다.

"낮에 자네가 쓴 무공이 내가 알고 있는 사람의 것인지 확인하기 위해서라네. 그래서 이렇게 자네를 밖으로 불러낸 것이지."

"제가 쓴 무공이요?"

"그렇네. 그 검이 회전하는 무공 말일세."

소운은 죽기 전의 그가 가르쳐 준 무공을 알아보는 사람이 있자 적잖게 놀랐다.

"그것은 그가 죽기 전에 저에게 가르쳐 준 것인데……."

"뭣이? 그라고? 그가 죽었다고 했나?"

신기자는 그가 죽었다는 말에 안색이 변하여 소리쳤다.

"언제인가? 어떻게 죽었는가?!"

신기자는 소운의 어깨를 잡아 흔들며 말했다. 이때 신기자의 몸은 격동하며 몸을 떨고 있었다.

"그는……."

소운은 그가 죽었을 때를 생각해 보았다.

어느 날 아침엔가 차갑게 누워서 다시는 일어나지 않던 그의 모습. 옆에는 마치 자신의 죽음을 예상이라도 한 것마냥 편지 한 통이 놓여져 있었다. 소운은 글을 잘 읽지 못해 대부분 읽지 못했지만 이 말만은 읽을 수 있었다. '소운아, 세상에 부끄럽지 않게 잘 살아야 한다'.

"그는 어느 날 아주 편안한 미소를 지은 채 잠이 들어 있었어요. 그리곤… 깨어나지 않았죠."

신기자는 소운의 말에 하늘을 바라보며 탄식했다.

"아아! 애석한지고. 무림의 별이 그렇게 사라졌구나."

소운은 신기자가 눈에 눈물을 보이면서까지 탄식하자 되려 자신까지 눈물이 나오려고 했다. 무엇이 이토록 강호제일의 지자이며 해박하고 지혜로운 현자인 신기자를 괴롭게 만든 것일까?

"그를 아세요?"

신기자는 그렇게 탄식하고 있다가 소운의 물음에 소운을 쳐다보았다.

"자네는 '그'라고만 부르는 것을 보니 그의 이름도 모르는 것 같군?"

"네… 그냥 아저씨라고만 불렀었죠."

"그의 이름은 단우영이네."

"…단우영."

소운은 단우영이라는 이름을 조용히 되새겨 보았다. 신기자는 천천히 소운의 모습을 확인해 보았다. 처음에는 아들인가 하는 생각도 해보았지만 분명 자신이 보았던 단우영과는 닮지 않았다. 아마도 단우영이 그곳을 나간 뒤 거둬들인 아이였으리라……. 신기자는 그렇게 생각하며 말문을 열었다.

"자네는 예전에 그가 어떻게 살아왔는지 잘 모르겠군. 혹시 단우영이 자신의 과거 이야기를 해주었는가?"

"아니요, 아저씨는 저에게 많은 것들을 가르쳐 주셨을 뿐 아저씨의 이야기는 해주지 않으셨어요."

"후우… 그럴 테지. 차마 본인의 입으로 그런 이야기를 꺼낼 수가 없었을 테지. 그는 말이다… 아마도 그런 일이 없었다면 무림의 별이 되었을 친구야……."

신기자는 옛일을 회상했다. 그리고 추억에 잠겨 이야기를 하기 시작했다. 이것은 신기자에게도 소운에게도 긴 인연의 시작을 의미하는 이야기였다.

단우영은 열 살의 나이로 화산파에 입문했다네. 어떻게 입문했느냐고? 그는 자신의 할아버지와 함께 가난한 생활을 하고 있었는데 굶주림에 지치다 못해 도둑질을 하게 되었지. 그런데 그의 첫 도둑질 대상이 화산파의 전대 장문인인 화철검이었던 거야. 당연히 도둑질은 실패로 돌아가게 되었고 마을 사람들에게까지 찬밥 신세를 면치 못하는 지경에 이르게 되었지.

결국 음식을 며칠째 구경도 못한 그의 할아버지는 끝내 숨을 거두고 말았지. 그는 충격을 받고 혼절했다네. 평생을 같이 보낸 할아버지의 죽음 때문이었지. 그리고 그 역시도 아무것도 먹지 못해서 곧 굶어 죽을 지경에 처하게 되었네. 그러나 그에게도 기회가 주어졌네. 그가 도둑질하다 실패했던 전대 장문인 화철검이 그를 눈여겨본 것이었지. 그리고 그가 이제 천애고아 신세라는 것을 알자 제안했지. 화산파에 들어와 보지 않겠느냐고. 그래서 그는 열 살의 나이에 화산파의 문턱을 넘어 화산파의 일대 제자가 되었다네. 그때가 아마 삼십 년 전쯤일 게야.

그의 재능은 대단했네. 입문한 지 오 년 만에 일대 제자가 배울 수 있는 최고 무공인 분향극검과 매화검법을 극성으로 익혔지. 그를 데려온 장문인은 말할 것도 없고 장로들이나 그의 사형제들은 모두 그의 재능에 감탄했다네. 그런데 거기서부터 문제가 발생한 거지.

그는 고아 출신이라 화산파에서 일대 제자 이상이 될 수가 없었네. 그래서 더 이상의 검법을 배울 수가 없었지. 그는 실의에 빠졌네. 자신의 할아버지가 죽었을 때 느꼈던 비참한 생각이 머리를 떠나지 않았지. 신분이 비천해서, 고아여서 더 이상 발전할 수 없다고 생각했던 것이야. 하지만 결코 무공을 포기하진 않았네. 나도 들은 말이지만 십오 년 동안이나 산속에서 폐관 수련을 했다더군. 이미 배울 수 있는 것은 다 배웠는데도 말이야.

그가 산속에서 보낸 십오 년의 세월이 흐른 뒤에 화산파에서는 화산논검이란 비무 대회가 열렸지. 일대 제자 중에 최고였던 그는 그 대회에 자동으로 출전하게 되었지. 화산논검에서는 다른 문파 사람들보다 화산파 기재들의 출전 수가 더 많았거든. 아아, 그가 그 대회에 나오지만 않았어도 그런 일은 없었을 텐데…….

　그는 화산논검의 비무 대회에 참가하면서 그가 새로이 창안한 무공을 쓰기 시작했네. 바로 자네가 쓰던 그 검이 회전하는 무공을. 그는 그 무공을 매화검법과 같이 사용하였지. 그때 화산파의 최고 기재라 추앙받았던 고수천은 그의 십 초를 견디지 못하고 쓰러졌네. 화산파의 장문인과 장로들은 너무도 놀랐지. 전 강호인이 주목하고 있는 가운데 차기 장문인 감으로 내정해 놓고 심혈을 기울여 무공을 가르친 고수천이 패한 데다가 그것도 자기 문파의 일대 제자에게 쓰러졌기 때문이었지.

　고수천을 가르쳤던 화산파 장로들과 장문인의 체면이 말이 아니었네. 단우영은 계속해서 올라가 마지막 결승을 앞두고 있었지.

　그런데 결승 전날 화산파의 장문인과 장로들은 자신들의 체면을 지키기 위해 갑자기 단우영의 무공을 마공으로 규정 짓고 그를 파문시키려 그를 찾아갔네. 그는 그들이 합심해서 그를 찾아오자 내일 결승이 끝날 때까지만 기다려 달라고 부탁했다네. 그러나 이미 체면이 깎일 대로 깎인 장문인과 장로들은 그의 부탁을 일언지하에 거절하고 어서 무공을 폐지하고 화산파에서 나가라고 말했네.

　그는 내일의 결승전만 이긴다면 자신의 무공이 온 천하에 인정받을 수 있다는 희망을 품고 이 대회에 나온 것이지만 그의 사문은 그것을 받아들이지 못했지. 그는 매화검법을 계속해서 연마하면서 이 검법을 어떻게 시전하면 더욱 위력적일까 하고 궁리한 끝에 그 무공을 창안한 것이었지. 하지만 그의 무공은 끝내 빛을 발하지 못하고 화산파의 사람들 손에 매장당했네. 그는 자신을 키워준 화산파의 장문인에게 반항 한번 하지 않은 채 무공을 폐지당했네. 충분히 그들을 물리치고

과거지사(過去之事) 159

나갈 수 있었음에도 불구하고… 힘줄이 끊기고 단전이 파괴되었지. 그리고는 밖으로 내쫓겼다네."
　그는 그렇게 쫓겨 나가면서도 한 마디의 말도 하지 않았네. 단지 자신을 화산파에 입문시켜 준 장문인 화철검을 바라보며 이럴 것이면 왜 자신을 화산파의 제자로 받아들였냐는 무언의 항변을 했었지. 그의 자리를 대신해 이미 그에게 패한 고수천이 화산논검의 결승전에 출전했지. 그리고 고수천이 승자가 되었어. 화산파 사람들은 비록 명예를 지켰을지 몰라도 향후 백 년을 화산파의 천하로 만들 단우영의 무공을 그대로 사장시켰네. 그의 무공은 비단 매화검법에만 응용할 수 있는 것이 아니었어. 화산파의 모든 검법에 사용될 수 있는 것이었지. 나는 그때 그 비무 대회에 참석했던 한 사람으로서 정말 그의 재능을 안타깝게 생각한다네."

　소운은 신기자의 이야기를 들으며 그가 너무도 불쌍하게 느껴졌다.
　'그런 일을 당했으면서도 단 아저씨는 그런 웃음으로 나를 대했단 말인가?'
　소운은 그를 생각하니 가슴이 저려왔다.
　"그 뒤로 그의 소식은 끊겼네. 아무도 그를 본 사람이 없다고 했었지. 자네는 그를 어떻게 만났는가?"
　"제가 그를 처음 만난 건 제가 철이 들기도 전인 여섯 살 무렵이었을 거예요. 전 그전의 기억이 없었죠. 그는 나를 친자식처럼 길러주었어요. 처음에 그는 몸을 잘 움직이지도 못했는데 점점 더 좋아졌죠. 그리고 제가 열 살쯤 됐을 때는 저와 같이 사냥과 낚시를 다닐 정도로 몸이 좋아졌어요. 그에게는 정말 많은 것들을 배웠죠. 난 그가 오랫동

안 살 줄 알았어요. 그런데 그렇게 건강해져 갔는데…….”

소운은 말을 다하지 못한 채 울먹였다.

"후우… 자네는 그의 마지막을 같이 했구만."

신기자는 숙연해진 마음으로 소운에게 말했다. 소운은 눈물을 흘리지 않으려는 듯이 소매로 얼굴을 훔쳤다.

"참! 자네는 그의 무공을 어디까지 배웠나?"

소운은 신기자의 질문에 눈물을 닦은 후 한결 가벼워진 음성으로 대답했다.

"그게, 저도 잘 모르겠어요. 전에는 몸속에서 힘이 세지는 심법을 응용하면 풍검에서 장풍 같은 것이 나갔는데 이젠 그 심법이 안 통하더라구요."

"풍검? 그 회전하는 검 말인가?"

"네. 제가 멋대로 이름 붙인 것이긴 하지만."

"이상하군. 내가 십여 년 전에 그 화산논검에서 봤을 때는 단지 회전하면서 검풍이 발생하는 것이 아니라 아주 정교하게 멈추었다가 빠르게 회전하면서 매화검법에 완전히 녹아들어 있었는데… 그래서 아까 낮에 본 자네의 검이 그의 무공일까 반신반의 했었다네."

"그는 단지 이것은 몽둥이로 멧돼지 때려잡는 법이라고만 알려주었는걸요?"

"허허, 멧돼지 때려잡는 법이라?"

신기자는 소운의 말에 웃음을 지으며 그의 얼굴을 자세히 쳐다보았다. 단우영의 그 모습과 소운의 해맑은 눈빛이 겹쳐들었다. 얼굴은 닮지 않았지만 어딘가 비슷한 기운이 풍겼다.

"그리고 그 심법이 안 통한다는 소리는 무슨 얘기냐?"

"이것 역시 그가 가르쳐 준 것인데요, 힘이 세지는 호흡법이라고. 제가 보력심법이라 이름을 붙였죠. 그런데 그 호흡법이 어제까지만 해도 잘 되더니 오늘은 안 되는 거예요. 그 이대마라는 사람도 물러설 정도로 힘이 세지는 심법이었는데."

'이대마라고? 그 흉악한 사파 고수를 물러서게 할 정도라니?'

"그럼 내가 한번 보아주겠네."

신기자는 소운의 팔을 들어 맥문을 잡았다. 그리고 천천히 내공을 주입하기 시작했다.

"그 보력심법이라는 것을 한번 운용해 보겠나?"

소운은 신기자의 말에 보력심법을 운용했다. 그러나 역시 아무런 반응이 없었다. 신기자는 소운의 몸에 내공을 불어넣어 그의 혈맥을 구석구석 확인한 뒤에 마지막으로 단전을 향했다. 그의 내공이 단전을 향해 들어오자 전에 천조삼이 내공을 넣었을 때와는 달리 아무런 제지 없이 단전도 확인할 수 있었다.

'단전이 텅텅 비어 있군. 역시… 그런 것인가?'

신기자는 잠시 생각하는 듯하더니 소운에게서 손을 떼었다.

"자네는 혹시 내공을 연마한 적이 없지 않은가?"

"그런데요."

"자네의 몸에는 왜 그런지 모르겠지만 다른 사람의 선천진기가 주입되어 있네. 선천진기라 함은 태어날 때부터 몸이 가지고 있는 진기로 이것을 내공으로 만든다면 초인적인 힘을 얻을 수 있다고 하지만 아직 무림 역사상에 그런 사람은 없었네. 도사들이 주로 이 선천진기를 얻기 위해 수련을 쌓지만 성공한 사람은 없었지. 자네의 몸속에 있는 선천진기는 그 수련을 성공한 사람이 자신의 선천진기를 자네의 몸 안에 넣은 것이네. 그런데 그 선천진기가 강한 충격을 받았는지 자네의 온 혈맥으로 흩어져 버렸네."

소운은 선천진기라는 소리에 의문을 느꼈다. 그리고 강한 충격이라는 소리에 이대마와 쌍아하고 장을 나누며 피를 토했던 순간이 떠올랐다.

"아마 내 생각으로는 단우영이 이 선천진기의 수업을 쌓은 것으로 생각되네. 그래서 무공이 폐지되어 혈맥이 끊겼음에도 불구하고 자네와 사냥을 다닐 수 있을 정도로 건강해진 것이겠지. 그리고 자신이 죽을 때가 다가오자 자네에게 이 선천진기를 주입한 것으로 보이네."

소운은 그제야 자신의 보력심법이라든지 풍검이 그가 살아 있을 때는 별다른 위력을 보이지 않다가 그가 죽기 전에 선천진기를 자신에게 주어서 그렇게 위력을 보인 것임을 알게 되었다.

"자네의 몸 안에는 이미 선천진기가 흩어져 있어 내공이 전무한 상태이네."

"휴우, 그럼 어떻게 해야 할까요?"

신기자는 잠시 생각하더니.

"아마도 도사들이 선천진기를 쌓을 때 사용하는 심법을 배워서 몸 안에 있는 선천진기를 자신의 것으로 만들어야 할 것이네."

"선천진기를 쌓는 심법이요?"

소운은 그러한 심법을 어디서 배울지 고민이 되어 신기자에게 되물었다. 신기자는 그런 소운을 인자한 눈으로 바라보더니.

"마침 내가 젊었을 때 도(道)를 한번 얻어보겠다고 중원 각지의 도관을 휩쓸고 다녔었는데, 그때 선천진기를 쌓는 데 아주 유용한 심법을 배웠지. 태현심법이라는 것인데… 어때, 자네 한번 배워보겠나?"

"태현심법……."

신기자는 소운이 단우영과 함께 커서 그의 진전을 이어받은 것 같자 소운이 친근하게 느껴졌다.

아마 강호의 누군가 신기자가 무공을 가르쳐 준다고 하면 절세의 기연이라 여길 것이다. 신기자는 강호의 온갖 무공에 관한 지식에 통달해 있는 사람으로 무공 이론에 관한 면만 본다면 천하제일가(天下第一家)가 두렵지 않은 사람이었다. 그런 그가 단지 유용한 심법을 가르쳐 준다고 한다면 그것은 강호의 절세무공일 것이다. 신기자는 웬만한 무공들은 다 하류로 취급하니까.

"그것을 배우면 선천진기를 회복할 수 있나요?"

"그럼, 회복하다마다. 그 선천진기가 얼마만큼이나 되는지 알 수 없지만 일반 내공의 열 배 이상이나 힘을 발휘하는 것이니 아마 위력이 대단할 것이다."

"그런가요……."

소운은 선뜻 신기자에게 그 태현심법을 배우겠다고 말할 수가 없었다. 신기자에게 빚을 진다는 느낌이었던 것이다.

'그러나 지금 이 상태로 머물러 있게 된다면 단 아저씨의 무공을 익히지 못하는 것이 돼. 나중에 대성하게 된다면 신기자 어른에게 빚을 갚으면 되는 거지 뭐.'

"그럼 배우겠어요. 가르쳐 주세요."

"오, 그래. 잘 생각했네!"

신기자는 내심 단우영의 진전을 이은 소운이 강호에 커다란 명성을 떨치길 바라고 있었던 터라 그의 말에 기쁜 표정을 지었다.

"다만 선천진기를 쌓는 수업은 한 번에 되는 것이 아니라 꾸준히 노력해야만 이룰 수 있는 것이니 이 말을 명심해야 할 것이네."
"네, 명심하겠습니다."
신기자는 소운에게 노력을 해야 한다는 말을 했다.
'어느 시점에 다다르게 되면 노력만으로도 안 되는 순간이 올 테지만, 단우영처럼 너도 잘 해낼 수 있을 것이다.'
그때부터 신기자는 소운에게 태현심법을 가르치기 시작했다. 소운은 비록 글은 잘 몰랐지만 그것과는 상관없이 총명한 기질을 발휘하여 신기자가 몇 번 구결을 알려주자 외울 수 있었다.
"사람의 몸은 자연과 같아서 흐르는 물과도 길가의 바위와도 일체를 이룰 수 있다[一體有水巖]. 비바람이 몰아치는 날에도 자신의 마음이 바로 서 있다면 맑게 개인 날이 된다[明月心卽風雲]. 몸 안의 탁한 기운을 쏟아내고 자연의 기운을 받아들인다면 그것이 바로 태현(太顯). 자연의 커다란 기운이 몸 안에 나타나는 것이다……"
소운은 신기자의 음성을 들으면서 태현심법의 구결 속으로 빠져들어 이내 가부좌를 틀고 심법을 운용하기 시작했다. 심법의 구결대로 몸 안의 선천진기를 모으기 시작하자 작게나마 기가 모이는 것이 느껴졌다.
'으음, 이대마나 쌍아를 상대할 때와는 다르게 아주 적은 것 같지만 그래도 진기가 아예 없는 것보다는 훨씬 나은걸?'
얼마의 시간이 지나 소운은 눈을 떴다. 그의 눈은 전보다 맑아진 듯 현묘한 빛으로 빛났다.
"어르신! 단전에 내공이 느껴져요!"
소운은 깨어나자마자 이렇게 말했다. 그런데 신기자는 온데간데없었다. 날은 이미 밝아서 새벽녘이 되어 있었다.

"어르신……."

 소운은 단우영 이후로 이렇게 가족같이 편하게 대해준 어른은 신기자가 처음이었던지라 그가 사라지고 없자 허전함을 느꼈다.

 "고맙습니다."

 반드시 빚은 갚겠다고 다짐하는 소운이었다.

 그는 이제 숙소로 돌아가야겠다 생각하고 자리에서 일어났다. 그는 잠을 거의 자지 못했지만 몸이 개운함을 느꼈다. 그는 이것이 소위 무림인들이 내공을 운용하여 휴식을 취한다는 운기조식임을 알지 못했다. 하지만 그는 태현심법을 이용해서 몸 안에 흩어져 있던 선천진기를 약간이나마 단전으로 갈무리할 수 있었다. 단지 약간뿐이었지만 소운은 전과 다르게 몸이 가벼워지고 기력이 넘침을 느낄 수 있었다.

 단우영이 주입한 선천진기는 그의 가슴속에 머물러 있으면서 언제 흩어질지 모르는 불안정한 상태였다. 그때는 단전 속에 축적된 것이 아니기에 보통 때는 그의 몸에 도움을 줄 수 없지만 무공을 사용하게 된다면 엄청난 힘을 발휘하는 것이었다.

 그러나 지금은 좀 달랐다. 선천진기가 충격을 받고 다 흩어져 강한 위력의 무공은 발휘할 수 없지만 단전에 축적된 약간의 선천진기는 그의 기경팔맥을 돌며 몸 상태를 가뿐하게 유지시켜 주는 역할을 하는 것이었다. 그래서 전보다 개운한 느낌을 받았던 것이다.

 "후아! 새벽 공기가 상쾌한데?"

 벌써부터 가슴이 두근거리는 소운이었다. 어떤 무공을 배워서 하루빨리 강해질까 하는 기대감이 들었다. 그는 이때 목표가 생겼다. 단우영의 뒤를 이어 반드시 강호에 자신의 이름을, 아니, 단우영의 무공을 알리겠다고. 그리고 화산파에는 언젠가 자신이 복수를 할 것이라는 다짐을 했다.

"그럼 일단 숙소로 돌아가자."

소운은 자신이 앉아 있던 전각을 나와 정원을 가로질렀다. 그리고 막 숙소로 들어가려는데 이상한 소리가 들리는 것이 아닌가?

휘이이…….

소운은 어디서 많이 들었던 소리라 생각했다. 어디서 들었더라?

'맞아! 그 숲속에서!'

소운은 고연진이 펼치던 검을 생각했다. 바람과 함께 춤을 추는 듯한 그 검술. 소운은 소리가 들리는 곳으로 재빨리 몸을 움직였다. 역시 그의 예상대로 그녀가 연무장에 서 있었다. 소운은 행여나 그녀가 검술 연습을 멈출까 조심스레 바라보았다.

그녀의 움직임은 이른 새벽녘에 일어난 사람답지 않게 부드러웠다. 화산파에서 볼 때보다 더욱 부드러워 보이는 검술이었다. 분명 하나 하나 초식을 펼치고 있는 것 같은데 그 초식들 사이가 절묘하게 이어 지면서 환상적인 검무를 추는 듯이 보였다. 소운은 빨려들어 갈 것 같은 기분을 억지로 누르며 생각했다.

'그녀는 언제 보아도 아름다워…….'

소운은 그렇게 고연진의 모습을 보며 감탄했다.

'으음… 혹시 들키면 또 훔쳐본다고 검을 들이댈지 모르니 이제 돌아가야겠다.'

소운이 몸을 돌려 한 걸음 내딛는 순간, 하필이면 소운이 발을 디딘 곳에 작은 돌멩이가 있었다.

툭.

소운의 발끝이 작은 돌멩이를 건드리며 소리를 냈다. 고연진이 그 소리를 듣지 못할 리는 없는 일.

챙—

소운은 그대로 한 발을 내디딘 채 등 뒤에 와 닿는 차가운 감촉에 몸이 얼어 붙었다.

'이런 제길!'

"당신은 누구죠?"

소운은 슬쩍 몸을 돌리며 울상을 지었다. 검은 그의 등 뒤에 붙어 있다가 그가 몸을 돌리자 그의 가슴팍으로 이동했다.

"하하, 안녕하세요."

"아니, 당신은!"

고연진은 상큼한 아미를 치켜세웠다. 소운은 두 손을 들어 올린 채 자신의 가슴팍에 와 닿은 시퍼런 검날을 보며 말했다.

"그게… 사실은 말이죠, 소리가 들리길래 한번 와봤다가 당신인 것을 보고 황급히 돌아가려는 찰나."

"찰나?"

"돌멩이를 밟은 것이죠, 운 나쁘게도."

"당신은 남의 무공 수련을 이렇게 훔쳐보고 나서 이렇게 명백한 증거가 있는데도 발뺌할 생각인가요?"

'휴우… 그녀는 왜 이 시간에 무공 수련을 해가지고는……'

괜히 고연진을 원망하는 소운이었다.

'화산파에서 봤을 때보다 더 심각한 상황인걸. 으휴.'

"당신은……"

그때 소운의 머리를 스치는 생각.

"맞다! 그대는 화산파 사람이니까 혹시 단우영이라는 사람에 대해 알지 않나요?"

소운의 말에 고연진은 안색이 변했다.

"다, 당신이… 단 아저씨를 어떻게 알고 있지?"

고연진은 이때 몹시 흥분한 듯 자신도 모르게 소운의 가슴에 대고 있던 검을 움직여 소운의 가슴에 상처를 내었다. 소운은 갑자기 단우영에 대해 생각나자 그가 화산파의 사람들에게 파문당해 억울하게 쫓겨난 것을 다시금 생각했다.

"알고 있군요. 그렇다면 그가 화산파 사람들에게 파문당해 쫓겨났다는 것도 알겠네요?"

"그는……."

"그대 역시 단 아저씨가 쫓겨났을 때 어린아이였을 테니까 다른 말은 하지 않겠어요. 전 단 아저씨의 무공을 전 강호에 알릴 거예요. 그리고 단 아저씨를 파문시킨 화산파 사람들을 용서하지 않을 거라고요!"

소운은 이렇게 말하고 자신의 숙소를 향해 달려갔다. 더 이상 대화를 했다간 그녀에게 심한 말을 할 것 같은 느낌이었다. 단우영과 화산파에 관한 이야기가 생각나자 갑자기 울컥해진 그였다. 그가 달려가고 나자 고연진은 망연자실한 채 자신이 들고 있는 검끝을 바라보았다.

"단 아저씨를 알고 있었어……."

뜻 모를 말을 중얼거린 채 고연진은 힘없이 소운과 반대 방향에 있는 자신의 숙소로 돌아가기 시작했다.

제7장
무공수련(武功修鍊)

무공수련(武功修練) 7

 소운은 날이 밝을 때까지 방에 있다가 기상을 알리는 종소리에 밖으로 나왔다. 오늘부터 본격적인 무공 수업이 시작되는 것이다.
 "어어, 소운!"
 강명이 소운을 보며 반갑게 달려왔다. 금초 역시 뒤를 따라 소운을 향해 다가왔다.
 "잘 잤어, 소운 형?"
 "임마, 소운은 그 화도인이라는 놈과 한 방이잖아. 그 자식이 우리랑 총단으로 같이 올 때 우리를 얼마나 무시했냐?"
 "맞아, 그 사람이 있었지."
 "배고프다, 소운. 우리 밥 먹으러 가자."
 강명과 소운, 금초가 막 숙소의 마당 앞을 빠져나가려 할 때 저 멀리서 누군가 헐레벌떡 뛰어오는 것이 보였다.

"사형! 소운!"

마진이었다. 그리고 그 뒤로 풍아까지 뛰어왔다.

"이야, 마진 저 자식, 풍아랑 키가 똑같은걸?"

"어라? 그러고 보니 그렇네."

풍아는 금초와 나이가 똑같았지만 금초보다 작았다. 마진은 그런 풍아와 키가 똑같은 것이다. 풍아가 만약 마진만큼 나이가 든다면 마진의 키를 앞지를지도 모를 일이었다.

마진은 소운 등이 서 있는 마당까지 뛰어와서 헉헉거렸다.

"휴우… 같이 가자구. 나만 외롭게 떨궈두고 가려고 한 거야?"

풍아도 곧 소운 등에게 다가왔다.

"형들, 같이 가야지. 나, 아는 사람 없어서 밤새 외로웠단 말이야."

풍아는 볼에 바람을 집어넣은 듯 통통거리며 말했다. 소운은 그런 풍아가 귀엽게 느껴져 볼을 꼬집어주었다.

"그런데 명이 형, 밥 먹는 데는 알아?"

"엉? 글쎄… 난 향혜 사매를 만나 물어보려고 했지."

소운의 말에 머리를 긁적이는 강명이었다.

"이야! 사람 많다!"

식사장은 거대한 객점을 연상케 했다. 강명은 자기 또래의 많은 아이들을 보며 감탄했다. 소운은 지나가는 하인에게 부탁해 음식을 달라고 했다.

"어제보다 더 많은걸?"

금초가 이렇게 말하자 마진은 금초의 머리를 쥐어박으며.

"그럼, 임마. 우리 말고도 전에 입관한 사기생들이 있는데 당연하지!"
"왜 때리고 그래, 사형!"
금초는 불끈해서 소리쳤다.
"풍아랑 키도 똑같으면서!"
금초의 말에 강명과 소운은 쿡쿡하며 웃었다. 마진은 금초의 말에 안색이 붉어졌다.
"네가 내 키 작은 거에 보태준 거 있어, 임마!"
금초는 재빨리 소운의 등 뒤로 숨으며 혀를 내밀었다.
"여기들 있었네?"
어린아이처럼 앙증맞은 목소리가 들려왔다.
"어! 누나."
풍아가 그 목소리의 주인공에게 말했다. 그녀는 쌍아였다. 쌍아의 뒤로 천향혜가 보였다.
"어서 오라구, 사매."
소운 일행은 탁자 하나를 다 차지하고 있던 터라 쌍아와 천향혜가 앉을 자리는 충분했다.
"잘 잤어요, 소 오빠?"
쌍아는 소운의 옆에 앉으며 친근하게 말했다. 소운은 아까 전에 풍아가 귀여워 볼을 꼬집어주었는데 쌍아 역시 귀엽게 느껴져서 볼을 꼬집어주고 싶었다. 그러나 갑자기 젓가락이 날아오면 위험한지라 그만두었다.
"그럼. 쌍아도 불편 없었지?"
"네."
쌍아는 그렇게 대답하며 수줍은 듯 고개를 숙였다. 풍아는 누나의 그런 모습을 보며 풍림곡에서 지낼 때만 해도 전혀 볼 수 없었던 모습인지라 핀잔을 주었다.
"누나, 갑자기 안 하던 짓을 하고 그래?"
이때 소운은 잠시 한눈을 팔고 있어 쌍아를 보지 못했다. 아마 쌍아의 모습을 봤으면 아까 전에 귀여워 꼬집어주고 싶어했던 생각이 싹 사라질지도 몰랐다. 쌍아는 온갖 험악한 인상을 쓰며 풍아에게 주먹을 보이고는 '한 번만 더 그런 말 하면 죽어' 하는 전음을 보내고 있었다. 풍아는 전음이었지만 귓가를 울리는 그 공포스러움에 재빨리 누나에게서 시선을 떼었다. 풍아의 눈에 쌍아를 두려워하는 기색이 느껴졌다.
"야아, 식사 나왔다. 먹자!"
강명이 자신들의 탁자 위로 음식을 날라오는 하인을 보며 침을 삼키고 있었다.
"어이! 이봐, 그 음식 이쪽으로 가져와!"
갑자기 소운 등의 옆 탁자에서 소리가 들려왔다.
"이건 이쪽 분들의 식사인뎁쇼?"
그 옆 탁자에 있던 20대 초반으로 보이는 한 청년이 탁자를 탁탁 두드리며 소리쳤다.
"잔말 말고 이쪽으로 가져오라니까!"
그 청년의 말에 가만히 듣고 있던 천향혜가 소리쳤다.
"이 음식은 우리의 것인데 왜 당신들의 탁자에 가져오라는 것이죠? 당신들도 하인에게 부탁하면 되잖아요."
그 탁자에는 네 명의 청년들이 앉아 있었는데 천향혜가 앞으로 나서자 그중에 한 명이 음흉한 미소를 지으며 말했다.

"이제 갓 입관한 애송이가 어디서 설치는 거지? 우리가 가져오라면 가져오는 거야. 어린것이 주제도 모르고 까불고 있어."

그 청년 옆에 있던 청년도 입을 열었다.

"아! 거기에 있는 아리따운 낭자 두 명은 이곳으로 와서 식사를 해도 좋아."

천향혜는 그들의 말에 이마에 힘줄이 돋았다.

"뭐라고! 이 자식들이 정말!"

그녀의 목소리는 대단히 컸기 때문에 소운의 주위에 있던 승천 입관생들이 모두 쳐다보았다.

"훗! 성깔있어 보이는데?"

청년이 비아냥거리자 천향혜는 망설임없이 허리에서 검을 들어 출수했다.

"어쭈?"

청년은 이제 입관한 애송이의 무공이 얼마나 대단하겠냐는 생각에 자신의 검을 빼 들어 가볍게 막았다. 그런데 그녀의 검과 부딪친 자신의 검이 맥없이 뎅겅 잘리는 것이 아닌가?

"뭐야, 이거!"

청년은 천향혜의 검이 강호 삼대 보검 중 하나인 연성검이라는 것을 알지 못했다. 그 청년은 자신의 검이 반 토막 나자 혼비백산했다. 천향혜는 검이 잘린 청년의 목에 곧바로 연성검을 들이대었다. 그러자 그 청년의 뒤에 있던 다른 세 명이 즉시 검을 빼어 들었다.

"감히 청성파의 청운사공자에게 맞서다니. 네가 지금 제정신이냐?"

이때 뒤에 있던 소운 일행은 천향혜가 갑자기 손을 써 청년들에게 검을 빼 들자 큰일이라 생각했다.

"청성파고 뭐고 이렇게 아무에게나 안하무인인 놈들은 가만둘 수 없어!"

천향혜는 이렇게 소리치며 자신의 앞에 앉아 있는 청년의 목에 검을 바짝 들이댔다. 검이 살갗을 스치며 피가 흘러 나왔다.

"어, 어서 검 안 치워!"

잘라져 토막난 검을 한손에 늘어쥔 채 천향혜에게 제압당해 있는 청년이 소리쳤다. 이들은 승천 입관 사기생들로 청성파에서 보내져 이곳에서 사 년 간이나 무공을 닦아온 청운사공자라 불리는 자들이었다. 이들은 본래 행동이 포악하고 절도가 없어 같은 사기생들도 쉬쉬하며 피해다니는 자들이었는데, 어제 갓 입관한 소운 등을 보고 만만하게 여기어 이렇게 시비를 건 것이었다.

"빨리 치우는 게 좋을 것이다."

제압당해 있는 청년의 뒤에 있던 청년이 말했다. 천향혜는 한 치의 흔들림도 없이 목에 검을 들이대었다.

"사과부터 한다면!"

"뭣이?"

"우리 일행에게 전부 사과해."

이렇게 말하며 검을 더욱 들이대자 그 날카로운 예기가 청년의 목을 서늘하게 했다. 청년은 할 수 없이 말했다.

"좋아. 이 일은 내가 사과하마. 모두들 미안하군… 됐나?"

청년은 건성건성 말했지만 천향혜는 이 정도면 됐다고 생각하고 검을 거두어들였다. 제압당해 있던 청년은 약간 베인 목덜미를 어루만지더니 이내 야비하게 웃으며 소리쳤다.

"그렇게 우리가 순순히 넘어갈 것 같나!"

그 청년과 뒤에 있던 세 명의 청년들이 천향혜를 향해 검을 휘둘렀다. 천향혜는 갑자기 그들이 기습해 오자 순간 누구의 검을 막아야 할지 분간이 가지 않았다.

"이런 나쁜 놈들!"

천향혜에게 세 개의 검이 날아올 때 풍아와 쌍아가 장을 날리며 천향혜를 보호했다. 워낙 순식간에 날린 장이라 위력이 대단하진 않았지만 그 세 명의 청년들의 검을 막기엔 충분했다. 소운은 재빨리 젓가락을 들어 태현심법으로 모아둔 약간의 내공을 이용해 그들 세 명의 청년에게 던졌다. 물론 속투(速投)의 방법을 이용해서였다.

휘익—

파공성을 내며 빠른 속도로 날아간 젓가락은 한 청년의 가슴에 맞으며 산산조각 났다. 그 청년은 가슴을 강타하는 젓가락의 위력에 숨이 막혀오며 뒤로 밀려가 쓰러졌다.

소운 등의 주위가 순식간에 난장판이 됐다.

"이… 녀석들이!"

그 청운사공자들은 풍아와 쌍아의 장에 놀랐다. 그리고 소운의 암기 수법에 한 명이 당하자 상황이 불리하다 여겼다.

"다, 다음에 두고 보자!"

청운사공자는 급히 식사장을 나왔다. 누가 자신들의 모습을 본다면 갓 입관한 어린 애송이들에게 패했다는 소문이 날지도 몰랐기 때문이었다.

"쫓아가서 혼내줄까요?"

풍아가 위험할 뻔한 천향혜를 보며 말했다. 천향혜는 됐다는 듯 손을 저으며 생각했다.

'오늘 이 아이들이 아니면 큰일 날 뻔했구나. 난 이게 탈이야… 마음보다 행동이 앞서니…….'

"난 괜찮으니까 어서 자리에 앉아."

천향혜가 쓰러진 의자를 일으키며 말했다. 소운 등이 앉아 있던 탁자는 별다른 피해 없이 멀쩡했다. 단지 청운사공자가 앉아 있던 탁자는 풍아와 쌍아의 장의 여파에 부서져 있었다. 이때 그들을 보고 있던 주위의 아이들은 청운사공자가 순식간에 쫓겨간 것에 대해 수군거렸다.

"이제 식사나 하자. 이봐요."

천향혜는 하인을 불렀다.

"음식을……."

갑자기 천향혜의 몸이 굳었다. 그리고 천향혜가 바라본 곳을 같이 쳐다보던 소운과 쌍아, 풍아도 몸이 굳어버렸다.

"우걱우걱. 여어, 싸움 끝났어? 빨리 와서 먹어. 맛있다구."

그곳에는 강명과 마진, 금초가 어느새 하인에게서 음식을 뺏어 맛있게 먹고 있었다. 특히 강명은 꾸역꾸역 입에 잘도 넣은 채 천향혜를 바라보며 히죽 웃고 있었다. 참으로 어이없는 사형제들이었다.

"사형!"

천향혜가 버럭 소리를 질렀다. 그녀는 아침부터 벌써 두 번이나 큰 소리를 질러 버렸다.

아침밥을 아주 맛있게 먹은 강명 사형제 세 명과 그들의 식사를 위해서 간단한 아침 운동(?)을 한 천향혜와 소운과 쌍아, 풍아는 승천관에서의 무공 수업을 위해 어제 시험 때 모인 대청으로 갔다.

대청 안에는 어제 소개된 선생님들이 있었는데 그들 중에서 선택을 하여 수업을 듣는 것이다. 소운은 무공에 관한 지식이 전무한 터라 기초 중의 기초라 할 수 있는 권각술과 초급 검술을 배우기로 했다. 소운의 그런 선택에 다른 일행들은 어리둥절해했다.

"이봐, 소운. 무공 실력도 뛰어나면서 왜 그런 수업을 듣는 거야?"

"그게 말이지……."

강명의 말에 소운은 이제 자신이 무공에 관해서 아무것도 모르는 애송이라는 것을 밝힐 때가 왔다 생각했다. 이제까지는 이 승천관에 들어오기 위해 숨기고 있었지만 이렇게 들어온 지금은 말해도 괜찮겠다고 생각했다.

"강명 사형은 그런 것도 몰라? 무공이 높은 사람일수록 오히려 기초를 수련하는 거야."

마진이 강명에게 이렇게 말하자 금초와 쌍아, 풍아도 고개를 끄덕이며 수긍했다. 상황이 이렇게 되자 소운은 말을 꺼내기가 어려워졌다.

"그럼 나도 소운을 따라 저 수업이나 들어볼까?"

"사형, 주제를 알아야지."

강명은 소운을 따라갈까 고심하다가 이내 자신에게 맞는 수업을 찾아가기로 했다. 소운 외에 다른 사람들 역시 자신이 원하는 수업을 찾아 떠났다. 소운은 먼저 기초 검술을 배우기 위해 목검자라는 사람을 찾아갔다. 그의 앞에는 이미 몇 명의 아이들이 자신처럼 검술을 배우기 위해 기다리고 있었다.

"일각만 기다린 후에 수업하기 좋은 곳으로 옮기자꾸나."

목검자는 청수하게 생긴 노인이었다. 소운은 백발이 성성하게 자라

나 있는 목검자를 보고 꼭 도교의 사당에 가면 그려져 있는 도사 같다고 생각했다. 일각여가 흐르자 소운의 주위엔 여덟 명의 아이들이 모이게 되었다. 소운은 그동안 두 명의 입관생과 인사를 나누었는데 무당파에서 온 정현이라는 아이와 이마에 계인을 박고 있는 소림사의 각연이라는 아이였다. 그들 둘의 분위기는 마치 수도하는 중같이 엄숙한 분위기였는지라 강명 사형제들과 함께 생활한 소운으로서는 색다른 느낌이 들었다.

"자, 이제 승천관 안으로 옮기도록 하자."

목검자는 뒷짐을 진 채 승천관 쪽으로 걸음을 옮겼다. 승천관의 현판이 걸린 대문을 지나서 목검자가 당도한 곳은 연무장이 딸려 있는 전각이었다. 승천관 안에는 이러한 전각과 연무장이 같이 있는 곳이 수십 군데나 있어서 무공 수업을 하기에 좋았다.

"내 이름은 목검자일세."

소운 외 여덟 명의 아이들은 이때부터 목검자에게 기초적인 검술에 관한 이론을 듣기 시작했다.

"검에 대해서 이야기하는 것들 중에 만병지왕, 만일검이라는 소리를 많이 들었을 것이다. 그만큼 연마하기 어렵다는 얘기지. 너희들이 만약 검으로 대성하고 싶다면 오로지 검 하나만을 바라보며 검과 하나가 되도록 해야 할 것이다. 강호에서 검으로 명성이 알려진 신검세가 사람들은 잘 때도 밥 먹을 때도 검을 손에서 떼지 않고 검신일체의 마음가짐을 추구한다. 검을 마치 자신의 몸처럼 여길 정도로 연마한다는 것은 바로 검을 대성하는 가장 올바른 길인 셈이지."

소운은 목검자의 말에 초롱초롱한 눈빛으로 집중했다. 비단 소운만이 아니라 이곳에 앉아 있는 아이들 모두가 목검자의 말을 경청하고 있었다.

"너희들이 이제부터 검법을 배울 때는 상급의 검술에 눈을 빼앗겨 흉내 내기에 그치는 것보다는 자신이 배운 검법을 더욱 갈고 닦는 것이 좋을 것이다. 그 편이 오히려 실력을 기를 수 있으니까."

목검자는 예를 들어가며 검술에 관한 기초적인 지식을 가르쳐 주었다. 한 시진 정도가 지나서 목검자의 말이 끝났을 때, 소운은 정말 이곳에 오길 잘한 것 같다고 생각했다. 소운은 다시 어제의 대청으로 돌아가면서 정현과 각연에게 말했다.

"너희들도 검이 처음이니?"

"아니오, 시주."

"아니라오."

각연이 먼저 말했고 정현이 나중에 말했는데 그들은 소운에게 공손히 존대를 썼다. 소운은 그들의 어른스러운 말투에 적잖게 놀랐다.

"그게… 편하게 말해도 괜찮은데……."

"저는 이것이 편합니다. 도관의 사람들은 언제나 타인을 공손하게 대하여야 한다고 사부님께서 말씀하셨지요. 무량수불."

무당파는 도가 쪽의 사람들이 많아서 무당파의 사람들을 대개 도장이라 불렀다. 정현은 비록 무당파의 어린 제자였지만 이런 도가의 본산인 무당파에서 자라온지라 자연스레 도장들이 쓰는 어투가 입에 붙어 있었다.

"소운 시주는 검이 처음인가 보군요?"

각연 역시 불가의 스님인지라 어리긴 해도 스님 특유의 말투로 말을 했다. 소운은 그들의 공손함에 몸둘 바를 몰랐다.

"아, 그렇지… 요 뭐."

"저는 무당파에서 검법을 배우고 있는 터라 승천관의 다른 스승님들이 가르치시는 검법을 다시 배우기는 어려워 이렇게 목검자 스승님의 수업을 듣게 된 것입니다."

"저는 사문에서 내공의 기초 수련을 쌓고 소림오권을 연마하고 있는데 검술이 어떤 것인지 궁금하여 온 것입니다, 시주."

"아, 그렇군요."

소운은 정현과 각연의 말에 고개를 끄덕였다. 역시 자신만이 무공에 대한 지식이 없었던 것이다. 그들은 대청 안으로 다시 들어와 또 다른 수업을 들으러 헤어졌다. 정현과 각연은 짧은 만남이었지만 반가웠다고 말하고 내일 수업 때 다시 보자고 한 뒤 떠났다.

소운은 이번에는 기초적인 권각술에 대한 지식을 배워봐야겠다 생각하고 용호권이란 사람을 찾아갔다. 역시 목검자의 경우처럼 일각여를 기다린 뒤 승천관 안으로 들어가 권각술에 대한 것들을 배우기 시작했다.

"중요한 것은 체력이다. 체력이 바탕이 되지 않으면 힘있는 기술을 펼칠 수 없다. 체술에서 힘있게 상대를 밀어내지 않으면 바로 반격을 당해 쓰러질 수밖에 없다."

용호권은 권각술에 있어서 체력을 강조했다. 소운은 자신의 체력이 어느 정도인지 몰랐지만 분명 좋은 상태라 보기 어려울 것이라 생각했다. 제대로 된 무공 수련을 한 번도 하지 않았기 때문이다.

용호권에게 권각술에 대한 이론을 듣고 나자 점심때가 되었다. 소운은 아침에 밥을 먹은 곳으로 가서 자리에 앉았다.

"휴우… 검이건 권각술이건 쉬운 게 아니구나."

소운은 자신이 알고 있는 풍검을 생각해 보았다. 풍검은 분명 무슨 검법같이 초식을 사용하는 것이 아니었다. 소운은 자신의 무공 실력이 뛰어나지길 바란다면 풍검을 수련하는 것이 아니라 검법을 수련해야 한다고 생각했다. 권각술 역시 마찬가지였다.

"소운아!"

강명이었다. 그는 식당의 입구에서 소운을 발견하고 다가왔다.

"명이 형, 어서 와. 수업은 재미있었어?"

강명은 소운의 옆 자리에 앉으며 말했다.

"말도 마. 중급 권경반에 들어가 배우는데 도무지 무슨 소린지 하나도 모르겠는 거야. 무슨 발경인지 뭔지를 해야 권법의 본질에 다가간다나? 으휴… 정말 어렵다구."

소운은 강명의 말에 피식 웃었다. 강명이 걱정을 다 할 때가 있구나 하는 생각에서였다.

오후가 되자 본격적인 무공 수련에 들어갔다. 아이들도 이제야 활기가 도는 듯했다. 소운은 목검을 하나 들고 연무장 안에 섰다. 그리고는 그 목검으로 품(品) 자 형태로 세 번을 찌르고 휘두르는 연습을 했다. 소운의 옆에는 다섯 명의 아이들이 역시 같은 연습을 하고 있었고 앞에는 목검자가 그들을 바라보며 서 있었다.

"히얏!"

소운은 기합을 지르며 검을 휘둘렀다. 지금 소운이 하고 있는 것은 바로 삼재검법이라는 강호에 널리 알려진 검법이었다. 널리 알려진 정도가 아니라 이것을 모르는 무사가 없을 정도로 삼류로 취급되는 검법이었다. 이미 초식을 다 알고 있는 데다가 날카롭지도 못해서 하류 무사들조차도 쳐다보지 않는 검법이었다. 목검자는 검술은 기초를 단단히 해야 한다며 이 검법을 자신을 찾아온 아이들에게 가르치고 있었다.

 기실 목검자는 전진파의 일맥으로 승천관의 스승들 중 배분이 최고로 높은 사람이었다. 현 무림맹의 태상장로인 현명 대사보다도 한 배분이 높았다. 그래서 무림맹에서는 그를 무림맹으로 초빙할 때 장로의 신분으로 모셔오려 했는데 그는 이 승천관의 선생이 되겠다고 했다. 아이들을 가르치는 것이 더 좋다는 이유로.

 '이번에는 몇 명이나 남아 있으려나……'

 목검자의 무공 수업은 이론승 수업 때와는 달리 아이들이 찾지 않는 수업으로 유명했다. 강호의 삼류 검법인 삼재검이나 가르치니 처음에 배우러 왔던 아이들도 다음번에는 오지 않는 것이었다.

 '삼기 때는 두 명이었고 사기 때는 한 명뿐이었지.'

 목검자는 이번에는 한 명도 남아 있지 않을지도 모른다는 생각에 마음속으로 웃음을 터뜨렸다.

 "히야앗!"

 소운은 힘차게 검을 휘둘렀다. 소운은 초식을 펼친다는 것이 이렇게 재미있는 줄 몰랐다.

 목검자는 활기 차게 삼재검법을 연마하고 있는 아이를 보며 의외라는 듯 눈을 돌렸다. 다른 아이들은 평범하기만 한 이 초식을 그저 의미없이 휘두를 뿐이었는데 소운은 열성을 가지고 연습했다.

 '이 아이는 누구지? 이번 승천 입관 시험에서 꽤 괜찮은 아이를 뽑았구나.'

 소운은 처음 배우는 초식이라 서툴렀지만 목검을 휘두르는 손은 경쾌해 보였다.

 "자아, 그만."

목검자의 말에 소운과 아이들은 검을 멈추었다.

"세 번 찌르고 세 번 베는 것이 바로 삼재검법의 일초인 삼재선품의 특징이라 할 수 있지. 이번에는 삼재검법의 이초인 삼재사방을 가르쳐 주겠다."

목검자는 검을 들어 앞을 향해 세 번 찌른 후 뒤로 돌아 세 번 휘두르고 곧바로 오른쪽과 왼쪽으로도 세 번씩의 찌름과 휘두름을 보여주었다. 그 모습에 옆에 있던 한 아이가 투덜댔다.

"뭐야, 결국 일초를 사방으로 돌면서 펼치는 것이잖아. 참내."

평범한 검법에 화가 난 아이였다. 소운은 그 아이의 말을 듣고 자신은 그와 다르게 생각했다.

'난 앞으로 펼치는 것도 잘하지 못하는데 저분은 사면으로 돌아가며 부드럽게 펼치는구나. 나도 빨리 연습해서 저렇게 되면 좋겠다.'

목검자는 두 번 정도 더 삼재사방을 펼쳐 준 뒤에 각자 연습해 보라고 했다. 소운은 목검을 들어 앞으로 세 번 찌르는 연습을 다시 하기 시작했다. 아직은 삼재선품을 더 연습해야겠다고 생각한 것이다.

연습은 저녁까지 계속되었다. 소운을 제외한 다른 아이들은 내일부터는 다른 수업을 들어야겠다고 다짐했다. 소운은 반나절 내내 목검을 휘두른 터라 녹초가 되었다.

"우으… 뻐근한걸……."

소운은 어깻죽지를 주무르며 말했다. 이제 오늘의 수업들은 다 끝난 것이라 자유롭게 행동할 수 있는 시간이었다. 소운은 빨리 밥을 먹고 아침에 용호권이란 사람이 강조하던 체력을 기르는 방법인 기마자세를 연습해 보아야겠다고 생각했다. 바야흐로 소운이 이제야 무공의 첫 문턱에 첫발을 내디딘 것이었다.

　소운은 강명 등과 만나지도 못한 채 재빨리 밥을 먹고 그의 숙소 옆에 있는 연무장에서 기마 자세를 연습했다. 허리를 곧게 펴고 다리를 구부려 말 타는 모습처럼 보이는 이 기마 자세는 보기보다 허리와 다리에 힘이 많이 들어가는 자세였다. 소운은 일각 정도 이 자세를 취했는데 다리가 저려서 더 이상 기마 자세를 유지할 수 없었다.
　"윽! 아퍼라. 이거 생각보다 엄청 힘든걸?"
　소운은 후들거리는 다리의 중심을 잡으며 조금만 더 버티려고 애를 썼다. 그러나 도저히 참을 수가 없어서 바닥에 주저앉게 되었다.
　"에휴~ 이거 일어설 힘도 없는걸?"
　소운은 검법 연습을 한 데다가 기마 자세를 연습해서 온몸에 힘이 들어가지 않았다. 잠시 뒤 온몸이 땀으로 범벅이 된 상태로 소운은 겨우겨우 일어섰다. 그리고 식당 옆에 있는 우물로 가서 머리를 흠뻑 적셨다.
　"우아! 시원하다."
　생각 같아서는 우물로 뛰어들어 한바탕 물장구를 치고 싶었지만 이것은 식수로 사용하는 물이다. 괜히 들어갔다가 승천관의 다른 사람들이 배탈날 수도 있었다.
　소운은 잠시 머리를 말린 뒤 터덜거리며 자신의 방으로 들어갔다. 안에는 이미 여몽과 화도인이 와 있었다. 소운은 그들과의 사이가 껄끄러웠는지라 아무 말 하지 않고 자신의 침상으로 향했다. 그런데 가만히 있던 화도인이 소운을 보며 한마디 툭 던졌다.
　"이제야 기마 자세를 연습하다니. 후후."

화도인은 소운이 숙소 앞에서 수련하고 있는 것을 지나다가 본 것이었다. 소운이 가장 기초적인 기마 자세를 수련하면서 그것마저 힘겨워 하는 것을 보자 화도인은 그가 너무도 우습게 느껴졌다.

'뭐라고? 이 자식이! 너는 무공 처음 배울 때 이런 거 안 했냐!'

라고 소리치고 싶었지만 소운의 몸에는 힘이 하나도 없었다. 게다가 화도인과 상대하고 싶지도 않았다. 소운은 화도인의 말을 무시한 채 침상 위에 털썩 드러누웠다.

'휴우~ 이제 잠을 자야지.'

소운은 그렇게 생각하다가 새벽에 신기자 어른에게 가르침받은 태현심법을 생각해 냈다. 소운은 침상 위에 가부좌를 틀고 앉아서 심법을 운기하기 시작했다.

"어쭈! 꼴에 운기조식은. 뭐, 내공도 쥐뿔 없을 테지만."

화도인은 이제 대놓고 소운을 폄하하기 시작했다. 소운은 그런 화도인의 말을 한쪽 귀로 흘리며 심법 속으로 빠져들었다. 사실 이것은 위험한 행동이었다. 운기조식은 정신을 집중해 한 치의 흐트러짐도 없이 진기를 움직여야 하는데 그것에 방해를 받으면 진기가 다른 길로 빠져나가 주화입마에 들 수 있는 것이었다. 그러나 다행히 소운의 심법은 도사들이 선천진기를 쌓기 위해 수련하는 심법인지라 진기의 움직임 같은 것은 없었다. 그저 자연의 기운을 받아들여 몸 안의 선천진기를 깨우는 것일 뿐이었다. 거기에 소운의 몸 안에 흩어져 있는 선천진기들을 모으는 작업이기도 했다.

'음… 또다시 약간의 내공이 모아진 것 같아.'

소운은 태현심법을 운용하면서 생각했다. 소운은 밤늦게까지 태현심법으로 선천진기를 닦은 뒤에 약간의 잠을 청했다.

아침을 알리는 종소리가 울리자 소운은 눈을 떴다. 잠은 많이 자진 않았지만 태현심법을 운기하면서 하룻밤을 보낸 터라 그다지 졸립지는 않았다. 하지만 다리와 어깨가 쑤셔오는 것이 상당한 통증을 유발시켰다.

"아야! 역시 어제 너무 무리를 한 것일까?"

여몽과 화도인은 아무 말 없이 밖으로 나갔다. 소운 역시 몸에 근육통이 왔지만 밖으로 나가야겠다고 생각했다. 그런데 방 밖에서 소운의 이름을 크게 부르고 쿵쾅거리며 뛰어오는 소리가 들리는 것이 아닌가?

"소운아!"

방문이 벌컥 열리고 강명이 들어왔다.

"어제 어디 있었던 거야! 저녁때 같이 무림맹 안을 구경하려고 식당에서 기다리고 있었는데!"

소운은 그 말에 피식 웃으며.

"어제는 수련하느라고 밥을 빨리 먹었어. 그래서 만나지 못했을 거야."

강명은 소운에게 어린애처럼 떼를 썼다.

"그런 게 어디 있어. 수련 같은 건 같이 해야지. 설마 이 강명 형님의 무공 실력을 얕보는 거야, 아우?"

"그런 게 아니야."

이렇게 말하며 소운은 몸을 일으키려고 상체를 들었다. 배가 땅겨오며 근육들이 괴성을 질러대었다.

"우웃."

"아니, 소운 아우, 왜 그래?"

"아! 어제 수련을 너무 심하게 했나 봐. 온몸이 쑤시네."

"그래? 그럼 내가 주물러줄게. 이래 봬도 한안마 한다고."

강명은 소운에게 엎드리라고 한 다음 어깨를 주물러 주었다. 소운은 뭉쳐진 어깻살을 주무르는 손에 아팠지만 뭉쳐진 곳이 풀리며 시원함을 느꼈다.

'명이 형도 제대로 할 줄 아는 것이 있었구나.'

새삼 강명이 감탄스러운 소운이었다.

소운과 강명은 잠시 뒤에 숙소를 나왔다. 소운은 강명이 안마를 해주자 몸이 좀 풀린 듯 움직일 만했다.

"마진과 금초 녀석 어디 있는 거지?"

금초와 마진은 소운과 함께 가려고 기다리고 있었는데 강명이 큰 소리로 소운을 부르며 숙소의 복도를 미친 듯이 달려가자 재빨리 식당으로 줄행랑을 쳤다. 소운과 함께 가는 것이 물론 좋긴 했지만 저런 강명과 함께 가야 한다면 소운 역시 사양인 두 사람이었다. 결국 강명의 힘이 소운을 이긴 것이랄까? 참으로 위대한 힘이 아닐 수 없었다.

"식당으로 갔나 봐. 우리도 어서 가자."

소운은 이렇게 말했다. 둘은 식당으로 향했다. 식당에는 과연 마진과 금초가 앉아서 밥을 먹고 있었다.

"이 자식들, 사형을 놔두고 치사하게 둘이서만 밥을 먹고 있냐?"

강명은 그들이 먹고 있는 탁자로 재빨리 뛰어가서 마진과 금초의 밥을 게걸스럽게 뺏어 먹었다. 소운은 그런 강명의 모습을 보며 웃음 지었다.

"소 오빠, 안녕히 주무셨어요?"

어제에 이어 또다시 인사를 하며 나타난 쌍아였다. 뒤에는 천향혜와 몇몇의 새로운 여자들이 있었다. 바로 쌍아가 어제 새로 사귄 친구들이었다.

"응. 안녕?"

소운은 손을 들어 반가움을 표시했다.

"그런데 뒤에 분들은 누구시니?"

소운은 쌍아의 뒤에 서 있는 여인들을 보며 말했다.

"네, 어제 알게 된 언니들이에요. 인사하세요."

쌍아의 뒤에 서 있던 두 명의 여인들이 소운을 보며 인사했다. 그 뒤로 쌍아의 소개가 이어졌는데 입가에 작은 점이 있어 그것이 더 매력적으로 보이는 여인이 하북팽가의 팽언약이고, 보조개가 패어 있어 웃음 지을 때 더 예뻐 보이는 여인이 남궁세가의 남궁혜린이었다.

"안녕하세요, 소운이라고 합니다."

소운은 꽃다운 여인들에게 둘러싸여 행복을 맞이하고 있는 듯했다. 그런데 갑자기 소운의 머리를 누르며 강명이 나타났다.

"우와! 쌍아야, 이 낭자들은 누구셔?"

소운은 갑자기 나타난 강명이 뒤에서 자신을 밑으로 누르자 가뜩이나 힘없는 다리가 완전히 풀려 버릴 뻔했다.

"아… 언니들, 어서 밥이나 먹죠."

쌍아는 전에 강명이 그녀의 손을 잡았을 때 강명을 패대기친 기억이 아직 남아 있었다. 그녀는 강명이 언니들에게 추근대면 큰일이라 생각하고는 황급히 다른 곳으로 팽언약과 남궁혜린을 데리고 사라졌다. 예쁜 여자만 보면 사족을 못 쓰는 강명으로서는 상당히 아쉬웠지만 쌍아의 주먹이 무서워 접근하지는 못했다.

'아! 나의 사랑은 언제나 이루어질 것인가?'

승천관에 오게 되면 예쁜 소저를 하나 사귀어 즐거운 시간을 보내려고 계획했던 강명으로서는 이 좋은 기회를 놓친 것이 안타까웠다.

"우웃! 명이 형, 이제 손 좀 치워줘."

강명이 이때까지 소운의 머리를 누르고 있던 터라 소운은 버티기 힘들었다. 강명은 그런 소운을 보며 황급히 머리에서 손을 떼었다.

이때 풍아는 자신의 방에서 세상 모르고 잠을 자고 있었다. 풍아는 아침잠이 많아서 풍림곡에 있을 때도 잠보로 통했다. 아마 풍아가 일어난다면 자신 혼자 놔두고 사라진 강명 사형제와 소운을 원망할 것이었다.

소운은 식사를 마친 뒤 목검자에게 검술에 관한 기초 지식을 듣기 위해 어제 모였던 전각으로 향했다. 목검자는 어제 오후 소운을 눈여겨봤던 터라 소운이 검술 이론을 들으러 오자 반가운 마음이 들었다. 소운은 정현과 각연과 수인사를 나눈 뒤 기초 이론을 열심히 경청했다. 목검자의 수업을 듣고 나서 소운은 용호권의 수업을 듣기 위해 그를 찾았다.

소운은 그에게서 권각술의 장단점을 듣고는 반드시 연습해야 할 것이라 생각했다. 강호상에서 항상 무기를 들고 싸울 수 있을리는 없는 일. 검이 부러질 수도 있고 없어질 수도 있었다. 그때는 맨손으로 싸울 수밖에 없다. 두 손과 두 다리만이 유일한 무기가 되는 것이다.

용호권의 수업이 끝난 후 오후에 소운은 다시 어제 수련했던 삼재검법을 연마하기 시작했다. 연무장 안에는 목검자와 소운 단둘뿐이었다. 다른 이들은 단지 삼재검법 따위를 배우기 위해 목검자를 찾아오지는 않았다. 소운은 팔이 무겁고 목검을 휘두르기 불편했지만 꾹 참고 삼재검법을 연마했다. 어제보다는 초식이 매끄럽고 군더더기가 없어 보였다.

"많이 늘었구나."

소운은 정신없이 목검을 휘두르다가 목검자의 소리에 검을 멈추었다.

"헤헤, 감사합니다."

목검자는 소운을 바라보며 말을 이었다.

"검을 연마하는 데 중요한 것은 자신이 그 검법에 얼마만큼 조예가 깊으냐 하는 것이다. 너는 이제 삼재검법을 시작했으니 조예가 깊다고는 할 수 없다. 하지만 꾸준히 연마해서 삼재검법을 대성하는 모습을 보았으면 좋겠구나."

"명심하겠습니다."

스승과 제자 사이의 대화처럼 소운과 목검자가 말을 주고받았다. 원래 승천관에서는 한 명의 선생님당 적어도 대여섯 명의 아이들이 가르침을 받고 있었는데 목검자에게서 검법을 배우는 사람은 소운 한 명뿐인지라 아닌 게 아니라 스승이 자신의 제자 한 명에게 가르침을 주는 개인 교습이 되어버렸다.

"그럼, 이제 세 번째 초식이며 마지막 초식인 삼재변환을 가르쳐 주겠다."

목검자는 자신의 목검을 들어 소운의 앞에 섰다. 소운은 긴장한 채 목검자를 바라보았다.

목검자는 삼재변환을 펼치기 시작했다. 목검자의 검이 전방으로 세 번 찔러 들어갔다. 삼재선품인 듯 보였으나 찔러 들어간 검이 변환을 일으켜 전방 허공을 갈 지(之) 자 형태로 베었다. 소운은 짧은 순간에 변환을 일으키는 세 번째 초식이 신기하게만 느껴졌다.

"이 삼재검법의 특징은 세 번 공격하는 세 개의 초식에 있다. 사실 이 세 개의 초식은 원래 하나이며 한 초식을 펼치다가 다른 초식으로 금세 바꿀 수 있는 것이 삼재검법의 묘리라 할 수 있지."

목검자는 삼재변환 초식을 하나하나 일일이 설명해 주면서 소운이 제대로 펼칠 수 있도록 도왔다. 소운은 일초인 삼재선품부터 이초 삼재사방, 삼초 삼재변환까지 완전히 손에 익도록 계속해서 연마했다. 특히 삼초인 삼재변환이 주는 초식 변화의 재미에 시간 가는 줄 모르고 하루를 보냈다. 목검자는 그런 소운을 흐뭇하게 바라보았다. 소운이 잘 따라와 주고 있어서 기쁜 것이다.

"수고하셨습니다."

저녁이 되자 소운은 목검자에게 인사를 한 뒤에 숙소 앞의 연무장으로 향했다.

'어제 무리했는데 기마 자세가 될까? 지금도 후들후들거려.'

이렇게 생각한 소운은 연무장에 도착해서 기마보를 취해 보았다. 역시 힘이 딸렸다. 소운은 어제보다 조금만 더 오래 버텨보자는 일념 하에 숫자를 세었다. 숫자가 백이 넘지 않았을 때 소운의 기마보가 풀렸다.

"후욱! 후욱! 그래도 어제보단 많이 했어."

소운은 이마의 땀방울이 흘러 내려와 얼굴을 간지럽혔지만 웃음 지었다. 이제 겨우 이틀의 수련이었지만 소운은 나름대로 열심히 할 만한 길을 찾은 것이다.

"좋아! 이제 방 안에 들어가 태현심법을 연마하자."

소운은 이렇게 결심하고 급히 몸을 일으켰다. 그러나 다리에 힘이 들어가지 않아서 그대로 바닥에 넘어져 버렸다.

"아앗! 에고… 좀 쉬었다가 움직여야겠구나."

저녁이 되자 시원한 바람이 불어 소운의 머리에 흐르는 땀을 어느 정도 식혀주었다. 소운은 잠시 뒤 우물가에서 몸을 씻고는 방으로 들어갔다.

그 후로 소운은 한 달 동안 꾸준히 기초 이론과 검법 수련을 했다. 그사이 소운의 팔은 연약했던 한 달 전과는 달리 조금씩 근육이 붙어 탄력있는 팔이 되어갔다. 또 소운은 그동안 강명에게 글자를 조금씩 배워서 이제 어려운 한자를 제외하곤 웬만큼 쓸 수 있게 되었다.

"히야압!"

소운의 목검이 허공을 가르며 갈 지(之) 자 형태를 만들었다. 삼재 변환의 초식이었다. 목검자는 소운의 삼재검법을 바라보며 흐뭇한 미소를 짓고 있었다.

"소운아, 그만하고 이리 와보거라."

목검자의 수업에는 소운, 단 한 명이 배우고 있었다. 그래서 목검자는 소운의 검법을 하나하나 세심하게 배려하며 가르칠 수 있었다.

"예, 스승님."

어느새 소운은 목검자를 스승이라 부르고 있었다. 목검자는 소운이 다가오자 말하기 시작했다.

"이제 너의 삼재검법이 어느 정도 성취를 이루었다고 할 수 있다. 그러나 그것으로 만족하면 안 된다. 너는 그 삼재검법을 너의 마음대로 펼칠 수도, 거두어들일 수도 있게 노력해야 한다. 그렇게 자유자재로 검을 다룰 수 있게 돼야 비로소 그 검법을 알았다고 할 수 있다."

'내 마음대로 검을 움직여? 지금은 내 마음대로 초식을 펼치는 것이 아닌가?'

소운은 그것이 궁금해서 물어보려고 했다. 그러나 목검자는 그런 소운의 마음을 알고 있다는 듯이 말했다.

"지금 네가 펼치고 있는 것은 분명 삼재검법이다. 그 삼재검법의 초식 하나하나를 네가 익혀서 펼치고 있는 것이지. 하지만 그것은 정해진 검로 대로 너의 검을 움직이는 것뿐이다. 진정한 너의 마음이 들어 있지 않은 무의미한 칼질에 지나지 않는다. 검에 너의 마음을 실어라. 검과 너의 마음이 하나가 되어 검법을 펼칠 때, 그제야 비로소 '그 검법을 대성했다' 라고 말할 수 있는 것이다."

이것은 목검자가 말년에야 깨닫게 된 검도 원리였다. 목검자는 소운이 이것을 빨리 깨달아주길 바랐다.

"그저 초식만을 펼치는 것은 죽은 검, 사검에 지나지 않는다. 검을 자신의 의지대로 펼칠 수 있을 때 그 검을 살아 있는 검, 생검이라 부르게 된다."

목검자는 소운의 의아한 눈빛을 보며 아직은 갈길이 멀다고 생각했다.

"좋아. 내가 삼재검법의 생검, 살아 있는 검법을 보여주마."

목검자는 목검을 들었다. 그리고 소운의 앞에서 삼재검법을 펼치기 시작했다.

"아니, 이럴 수가……!"

목검자의 삼재검법을 보며 소운은 눈을 크게 떴다. 목검자가 삼재검법을 펼치자 마치 검이 살아 있는 것처럼 요동 쳤다. 싱싱한 물고기가 수면 위로 뛰어올라 파닥거리듯 목검자의 검 역시 파닥거리며 움직이는 듯했다. 분명히 삼재검법의 초식들인데 무언가 느낌이 달랐다.

삼초인 삼재변환까지 끝낸 목검자를 바라보면서 소운은 새로운 경외심이 들었다.

"살아 있는 검이라……."

소운은 단지 딘지 마음을 담는 것으로 저런 검법을 펼칠 수 있다는 게 믿기지 않았다. 잠시 놀라 있던 소운은 자신이 어디서 저런 검법을 본 적이 있다 생각했다.

'어디였더라… 맞아, 화산파의 그 숲 속에서!'

소운은 고연진이 펼쳤던 검법이 마치 살아서 춤는 것 같았다고 생각했다. 하지만 목검자의 검법은 춤을 추는 정도가 아니라 그 검 자체가 의지를 지닌 것처럼 생명력있게 움직인 듯했다.

"어떠냐, 삼재검법의 생검을 본 소감이?"

"너무 대단했어요."

소운은 목검자의 질문에 정말 대단했다는 표정으로 대답했다. 목검자는 들고 있던 목검을 내리며 소운에게 말했다.

"이것이 앞으로 네가 나에게 배워야 할 것이다. 지금까지 노력한 것보다 배는 더 노력해야 할 것이다."

"네, 스승님!"

소운은 힘차게 대답했다. 그는 검술의 새로운 경지를 본 것이다. 만약 무림맹의 당주급이나 그 이상의 사람들이 지금 목검자의 무공을 보았다면 너도나도 달려들어 가르쳐 달라고 했을 것이다. 검이 살아서 움직인다. 이것은 무림사에 획을 그을 만한 경이적인 무공이 아닐 수 없기 때문이었다.

소운은 목검자의 수업을 마친 뒤 다른 연무장으로 찾아갔다. 오늘부터 권각술을 배워보려는 것이다. 소운은 용호권 선생을 찾아갔다. 용호권이 있는 연무장에는 이미 열 명이 넘는 아이들이 열심히 수련을 하고 있었다.

"안녕하세요."

"어, 소운 아니냐?"

소운은 오전의 이론 수업 때 용호권의 말을 아주 열심히 들었기에 용호권은 소운을 알고 있었다.

"저… 권각술을 같이 수련하려고요."

"그래? 그거 잘됐구나."

소운의 열심히 듣는 모습이 보기 좋아 소운의 인상을 좋게 보고 있던 용호권은 소운의 말에 적극 찬성했다.

"그런데 전에 권법이나 각법을 배운 적이 있니?"

"저… 없는데요."

소운의 말에 용호권이 놀랐다.

"내가 가르치고 있는 반은 중급의 권각술 반이란다. 하나도 모른다면 수업을 따라오기 힘들 텐데……."

소운은 용호권의 이론 수업을 들으며 그에게서 권각술이 배우고 싶었던 터라 이곳을 찾아온 것이었다. 그런데 오후의 수업은 중급 이상이라니……. 소운은 다른 곳을 찾아가야 하는 게 아닌가 걱정했다. 그런데 연무장에서 수련하고 있던 한 아이가 소리쳤다.

"어라, 소운아!"

그는 다른 아이들 보다 키가 좀 작았는데 그래서 그런지 주먹을 뻗어도 별로 위력있어 보이지는 않았다.
"마진 형이네?"
마진은 용호권의 밑에서 수련을 하고 있었다.
"음… 마진아, 소운을 알고 있니?"
"그럼요. 소운하고 얼마나 친하다구요. 그런데 소운아, 무슨 일이야?"
"응. 여기서 한번 배워보려고."
"잘됐다. 소운 네 정도의 실력이면 금방 다 배울 수 있을 거야."
용호권은 마진에게 물었다.
"소운의 실력이 괜찮은가 보구나?"
"그럼요. 그 이대마란 놈도 한 방에 물리친걸요?"
사실은 한 방에 물리친 것도 완전히 물리친 것도 아니지만 마진은 이렇게 부풀려 말했다. 마진의 말에 용호권은 놀란 표정을 지었다.
"그 정도면 이곳에서 배워도 충분할 것 같구나."
"아! 그것은……."
"자아, 소운. 이리 와."
마진은 소운의 손을 잡아 끌었다.
"괜찮아, 괜찮아. 내가 도와주면 되잖아."
마진은 친구 하나 없이 무공 수련하기가 너무도 심심했던 터라 소운을 보내주지 않으려 꼭 잡았다. 소운은 중급 반이란 소리에 다른 기초반을 찾아갈까 생각했으나 용호권에게 배우고 싶은 마음과 열심히 하면 된다는 생각에 그냥 배우기로 마음 먹었다.
소운은 사실 지난 한 달 동안 저녁때마다 기마 자세를 연습했다. 그러한 것이 효과가 있어서 이제는 한 시진 정도는 너끈히 버틸 수 있게 되었다. 물론 그렇게 되기까지 다리에 근육통이 생기는 수많은 고초를 당했지만.

"좋아. 그렇다면 소운을 위해서 요즘 배우고 있는 형의권을 한번 시전해 보자."

용호권이 이렇게 말하자 소운을 제외한 다른 아이들은 힘차게 대답하며 일렬로 선 채 준비했다. 소운은 그들의 모습에 용호권의 지도력을 알 수 있었다. 그는 척 보기에도 위엄있어 보이는 무사로 보였다.

"자, 시작!"

소운은 그 후 형의권에 대해서 배울 수 있었다. 몇 가지 동작이었는데 주먹을 내지르는 동작 두 가지와 발차기 동작 두 가지였다. 형의권은 서른여섯 가지의 동작들로 이루어진 용호권의 독문절기였다.

그는 각 파의 권각술에 통달해 있었는데 그 장점들을 모아 형의권을 만든 것이다. 그래서 형의권을 보면 소림사의 나한수라든지 소림오권과 비슷한 점이 있었고 무당파의 천화포접권과도 유사한 부분이 있었다.

저녁때가 되어 소운은 숙소 앞의 연무장에서 기마 자세를 유지한 채 낮에 배운 형의권 중 주먹을 내지르는 동작을 하고 있었다. 이때 소운의 앞으로 강명과 마진, 금초와 풍아가 나타났다.

"소운! 치사하게 그럴 수 있어?"

강명은 기마 자세를 취하고 있던 소운에게 와 다짜고짜 말하기 시작했다.

"어떻게 내 수업은 같이 안 들으면서 마진과 같이 들을 수가 있냐고! 사람 차별하는 거야?"

강명은 소운이 자신과 같이 수업을 듣지 않는다고 투덜대었다. 소운은 그런 강명의 말에 어이가 없어 웃음을 지었다.

"명이 형, 그게 아니라 내가 간 곳에 우연히 마진 형이 있었던 거라구."

"그럼, 내 수업에도 우연히 들어오란 말이야. 나도 얼마나 심심한데."

"큭큭. 명이 사형, 소운은 사형보다 나랑 더 놀기 좋아하는 걸 어쩌겠어."

마진은 소운에게 오기 전에 강명을 만나서 소운과 수업을 함께 들어서 재미있었다고 자랑을 늘어놓았다. 그에 강명이 삐쳐서 소운에게 이렇게 투덜거린 것이었다. 마진과 강명은 소운이 수련을 하기 위해 수업을 들어온 것이 아니라 자신들과 놀기 위해 수업을 들어왔다고 여기고 있었다.

"어쨌든, 소운! 그 벌로 오늘은 나랑 놀아줘야겠다."

"응?"

"우리 무림맹 밖으로 한번 가보자."

"저기… 난 무공 수련을……."

"가자니까."

"그냥 난 빠질래."

"뭐라구? 안 되겠다. 얘들아!"

강명은 뒤에 서 있던 마진과 금초, 풍아를 보며 소리쳤다.

"소운 아우를 어서 모셔라!"

금초와 풍아가 각각 소운의 팔을 잡았고 마진은 소운의 등을 떠밀었다. 소운은 난데없이 나타난 강명 사형제들과 풍아에게 납치되어 연무장 밖으로 나갔다.

제8장
협인악인(俠人惡人)

협인악인(俠人惡人) 8

 소운은 강명 사형제와 풍아에게 강제로 이끌려 무림맹의 앞에 있는 마을로 향했다. 무림맹의 유동 인구가 워낙 많은지라 무림맹의 앞에는 자연스레 마을이 생기게 되었다. 이 마을의 이름은 무림맹의 앞에 있다 해서 무입촌이라 불렸다.
 "오늘 한번 신나게 놀아보자!"
 강명이 활기 차게 소리쳤다. 금초와 마진, 풍아는 그 소리에 화답하며 경쾌하게 발걸음을 옮겼다. 단지 소운만이 난데없이 납치 아닌 납치를 당해서 그다지 활기 차 보이지 않을 뿐이었다.
 "내가 있잖아, 너희들이 보지 못한 화끈한 거 구경시켜 줄게."
 강명은 뒤에서 따라오는 일행을 보며 기대하라는 말을 했다.
 "사형, 그게 뭔데?"
 금초가 궁금해서 물어보았다.

"호호호, 잠시 뒤면 알게 될 거야."

강명의 눈이 초승달 모양으로 그려지며 의미심장한 웃음을 흘렸다.

그들이 도착한 곳은 무입촌의 뒷골목에 있는 홍등가였다. 붉은 불빛이 거리를 수놓고 있었으며 많은 사람들로 붐비고 있었다. 그리고 무엇보다 강명을 제외한 다른 일행들의 눈길을 끈 것은······.

"아이, 공자님, 이쪽으로 와봐요. 내가 화끈하게 해드릴게."

"어머, 잘생긴 공자님이네."

홍등 밑에서 지나가는 남정네들을 유혹하고 있는 몸을 파는 창부들이었다. 강명은 입가에 웃음을 지은 채 창부들을 바라보았다.

"우와! 강명 사형, 저기 여자들은 돈이 없나봐. 옷도 제대로 안 입었네?"

금초가 이렇게 말했다. 그리고 같이 오던 풍아도 말했다.

"화끈하게? 가뜩이나 더운데, 왜 화끈하게 해준다는 거지?"

금초와 풍아는 이런 모습들을 한 번도 본 적이 없었고 여자에 관해서 거의 문외한인지라 이런 소리들을 해대었다. 강명은 금초의 어이없는 말에 머리를 쥐어박으며 말했다.

"이 자식이, 모르면 가만히 좀 있어라. 옷을 제대로 안 입은 게 아니라 일부러 저렇게 입고 나온 거야."

소운은 강명이 홍등가로 들어서자 얼굴이 붉어진 채 고개를 들지 못했다. 소운은 이곳이 무엇을 하는 곳인지 알고 있었다. 그가 살던 곳에서 이러한 모습들을 많이 보아왔으므로.

"소운아, 왜 얼굴을 붉히고 그래. 우리 눈요기를 위해서 저렇게 입고 나오셨는데 성의를 무시하면 안 되지."

강명은 대놓고 여인들을 바라보았다. 마진과 금초, 풍아 역시 넋을 잃고 바라보았다. 소운은 천향혜가 이 자리에 있었으면 대사형이란 사람이 사제들을 다 망쳐 놓는다고 화를 냈을 것이라 생각했다.

"어라? 저기 저번에 우리 밥을 뺏어 먹으려고 했던 놈들 아냐?"

마진이 가리킨 곳에는 예전에 식사를 하다가 다툼을 일으켰던 청성파의 청운사공자가 있었다. 그들 주위에는 청성파의 다른 청년들도 있었는데 청운사공자보다 나이가 더 들어 보였다. 게다가 청운사공자는 그들에게 굽신거리며 비위를 맞추어주는 듯해 보였다.

"그때 쌍아와 풍아의 장에 놀라 도망가더니 저렇게 버젓이 돌아다니네?"

마진의 말에 강명은 맞장구를 쳤다.

"맞아. 하마터면 그때 향혜 사매한테 맞아 죽을 뻔했지."

"강명 사형이?"

금초가 강명을 보며 말했다. 강명은 천향혜가 저 청운사공자들과 시비가 붙어 위험에 처해 있을 때 밥을 먼저 챙겨놓고 있었던 터라 나중에 천향혜에게 온갖 잔소리를 들었다.

"그럼, 그때 난 뼈도 못 추릴 뻔… 뭐야?! 내가 아니라 저 녀석들이 말이야!"

강명은 뒤늦게 말을 번복했다.

그들이 그렇게 청운사공자에 대한 이야기를 하고 있을 때, 앞쪽에 있던 청운사공자 중 하나가 고개를 돌리다가 그들을 보게 되었다. 그는 갑자기 동료들에게 뭐라고 급하게 말하더니 그들에게 다가왔다.

"너 이 자식들, 잘 만났다!"

청운사공자 중 천향혜의 검에 목이 잘릴 뻔한 청년이 말했다. 그 청년의 이름은 담채호였다.

"훗! 우리에게 놀라 꽁지 빠지게 달아나신 분들 아니신가?"

마진의 말에 청운사공자의 안색이 변했다. 이때 청운사공자의 옆에 있던 두 명의 나이 들어 보이는 청년 중 하나가 말했다.

"뭐야. 니들, 이런 애송이들에게 당했다는 거냐? 큭큭큭……."

그들 두 명의 청년들은 청운사공자를 보며 웃었다. 청운사공자는 가뜩이나 붉은 안색이 더욱 붉어졌다. 강명은 그 두 명의 청년이 청운사공자를 비웃자 자신도 같이 웃었다.

"후후후, 이런 애송이들한테 당하다니……."

강명의 말에 마진의 안색이 흙빛이 되며.

"사형, 사형은 그렇게 말하면 안 되지."

소운은 재빨리 강명에게 작게 소곤거렸다. 어째 상황이 안 좋게 돌아가는 것 같았다. 싸움이라도 일어나면 큰일이었다.

"이 자식들, 가만 안 두겠어!"

청운사공자는 자신들의 체면이 말이 아니자 다짜고짜 검을 빼 들었다. 청운사공자의 옆에 있던 두 명의 청년들은 팔짱을 끼며 뒤로 물러났다. 마치 흥미있는 싸움거리를 지켜보거나 한다는 듯이.

"싸움인가?"

소운은 나직이 중얼거렸다. 저들이 저번에 쌍아와 풍아의 장에 밀려 달아나긴 했어도 자신들보다 한 기 위인 사기생들이었다. 만만히 볼 무공 실력이 아닌 것이다.

청운사공자가 갑자기 검을 빼 들자 강명 사형제와 풍아도 긴장했다. 금초는 허리에서 장검을 빼 들었고 소운도 검을 내 몸같이 여기라던 말을 실천하느라 비록 목검이지만 항시 지니고 다녔던 목검을 빼 들 수 있었다.

홍등가의 골목길에서 갑자기 싸움이 일어나려 하자 사람들이 그것을 구경하기 위해 주위로 모여들었다. 사람들이 많이 지나다니는 골목길이라 구경하는 인원이 꽤 많아 보였다.

"너희들, 승천관에서 다시는 얼굴을 들고 다니지 못하도록 짓밟아주마!"

청운사공자가 소리치며 소운 등에게 달려왔다. 대비를 하고 있던 소운 일행은 각각 한 사람씩 맡아서 싸움을 벌이기 시작했다.

"으라차차차!"

강명은 주먹을 휘두르며 청운사공자 중 한 명에게 달려갔다. 이 청년의 이름은 담진이었다. 강명은 근 한 달 간 권법반에서 권경을 배우고 있었다. 그가 비록 그 수업을 지루하게 여겼지만 권경을 제대로 배우지 않은 것은 아니었다. 게다가 장안분타에 있을 때 천조삼에게 맞아가며 기초를 탄탄히 키웠던 터라 담진을 상대하는 데 부족함이 없었다.

담진은 청성파의 검법인 청운적하검을 펼쳤다. 그러나 강명은 평소에 천향혜의 난화십삼검을 수도 없이 피해왔던 터라 담진의 화후가 높지 않은 청운적하검은 상대하기가 훨씬 수월했다.

청운사공자 중 다른 한 명인 담명에게는 마진과 금초가 달라붙었다. 금초가 난화십삼검으로 담명의 검을 막아내고 마진이 권을 펼쳐 공격하는 식으로 대응하자 이내 담명의 손발이 어지러워졌다.

풍아의 경우는 강명 사형제들과는 달랐다. 그는 담채호를 맞아 연속적으로 장법을 펼쳤는데 풍림곡주의 절기인 연환장이었다. 양손을 번갈아가며 끊임없이 장법을 펼치는 연환장은 처음에 한 장을 가까스로 막아낸다고 해도 그 뒤로 계속 펼쳐지는 장에는 당할 장사가 없다는 절기였다. 게다가 그것이 내공이 풍부한 풍아가 펼쳤음에야 담채호는 담명과 담진보다 훨씬 힘든 싸움을 하게 된 것이었다.

"우웃!"

소운은 머리 위로 날아오는 검을 피하며 목검으로 풍검을 펼쳐 청운사공자 중 마지막 한 명인 담화인을 찔러 들어갔다. 분명히 한 달 새에 소운의 내공이 증진돼 있어 지금 펼치는 풍검이 무척 위력있어 보였다. 그러나 그 위력이 무슨 소용인가? 맞지 않는 검은 펼치지 않느니만 못한 것이다. 소운은 자신의 풍검을 이리도 쉽게 피하며 공격해 들어오는 담화인을 보며 큰일이라 여겼다.

'이거 어쩌지? 맞지 않으니 아무 소용이 없구나.'

소운은 지금까지 풍검을 펼치면서 제멋대로, 즉 아무렇게나 검을 휘둘렀었다. 그러나 지금 담화인은 사문의 검법인 청운적하검의 초식대로 소운을 공격하며 움직이고 있었다. 담화인의 발은 청운적하검의 초식에 따라 이리저리 보법을 밟으며 움직였다. 소운은 이렇게 마냥 휘둘러서는 승산이 없다 생각했다.

담화인은 소운의 검이 무시무시한 검풍을 뿜어대며 자신을 향해 짓쳐오자 놀랐다. 그런데 자세히 보니 자신의 가슴 한가운데를 노리고 오는 것이 아닌가. 그래서 얼른 보법을 밟아 옆으로 피했다. 너무도 쉽게 피한 것이었다. 담화인은 이것이 무슨 속임수인가 했지만 몇 번 더 소운의 풍검을 피하게 되자 이내 소운의 검법이 위력은 있지만 정교한 손놀림이 없는 반쪽짜리 검법임을 알게 되었다. 그것을 깨닫게 되자 소운에게 더욱 강맹한 공격을 퍼붓기 시작했다.

'삼재검법을 펼쳐 볼까?'

소운은 지난 한 달 사이 자신이 열심히 연습한 삼재검법을 펼쳐 볼까 생각했다. 목검자 스승님은 자신 아직 살아 있는 검을 알지 못한다며 삼재검법을 더욱 연마하라고 했었다. 미완성인 검법을 펼쳤다가는 금세 당할 것 같았기에 지금껏 삼재검법을 펼치지 않았던 것이다.
 '에라, 모르겠다. 이판사판이다.'
 소운은 삼절검법 제일초인 삼재선품을 펼치며 담화인을 공격했다. 담화인은 자신의 공격에 어쩔 줄 모르던 애송이가 갑자기 검법을 펼치자 당황했다. 그러나 곧 그 검법이 삼재검법임을 알았을 때, 담화인은 아까 전보다 더욱 소운을 깔보는 마음이 생겼다.
 "검에 마음을 담아서."
 소운은 아직 이것을 체득하지는 못했지만 무슨 주문처럼 중얼거렸다. 소운의 목검이 담화인의 몸 쪽을 향해 세 번 찔러 들어가자 담화인은 비웃음을 흘리며 소운의 목검을 맞받아쳤다. 지금까지는 풍검을 응용하고 있던 터라 그 위력에 섣불리 검을 마주치지 못했지만 삼재검법을 펼치자 바로 이런 공격이 나온 것이었다.
 소운은 담화인이 자신의 목검과 검을 부딪쳐 잘라내려고 하자 삼재선품에서 바로 삼재변환으로 초식을 바꾸었다. 소운의 검이 갑자기 변환을 일으키며 담화인을 향해 빠르게 베어오자 담화인은 놀라서 뒤로 피했다.
 '어쭈! 삼재검법으로 날 물러서게 하다니.'
 소운은 아직 싸움 경험이 부족해 이번에 잡은 승기를 바로 기회로 잡지 못했다. 담화인이 물러서자 자신도 역시 검을 멈춘 것이다. 그나마 다행인 것은 소운 자신이 삼재검법으로 담화인을 상대할 수 있다는 것이었다. 소운은 이제 조금 자신감이 생겼다.
 이때 강명은 담진에게 회선장을 펼쳐 어깨를 강타하고 있었다. 담명도 금초와 마진의 합동 공격에 패퇴해 쓰러졌고, 담채호는 풍아의 장에 얻어 맞아 피를 흘리기까지 했다. 상황이 이쯤 되자 소운에게 다시 공격을 가하려던 담화인은 주춤할 수밖에 없었다.

"이야! 대단하군, 대단해."

뒤에서 상황을 지켜보고 있던 두 명의 청년이 말했다.

"저 담가 녀석들이 비록 망나니 같은 짓거리를 하고 다녔다지만 같은 청성파 사람으로 패배한다는 것은 있을 수 없는 일. 니들 애송이 녀석들은 나의 검을 한번 받아봐야 할 것이다."

이들 두 명의 청년들은 청운사공자의 사형들로 승천관에서 상당한 무공 실력을 가진 것으로 알려진 서귀보와 남재주였다. 이들은 청성파의 속가 제자들로 청운사공자보다 배분은 낮지만 강한 무공 실력으로 청성파에서 입지를 굳힌 자들이었다.

"쟤들은 또 뭐지?"

강명은 담진의 어깨를 격타한 후 기고만장해 있었다. 그래서 서귀보와 남재주를 보며 네놈들은 뭐 하는 놈들이냐 하는 눈빛을 쏘아보냈다.

"얘들아, 귀찮으니 한꺼번에 덤벼라."

서귀보와 남재주는 청운사공자보다 분명 실력이 한 단계 위였다. 그들 청운사공자 네 명이 서귀보 한 사람에게만 달라붙어 싸움을 한다고 해도 이길 수 없을 만한 실력이었던 것이다.

"뭐야, 다 늙은 아저씨 같은 주제에."

강명이 이렇게 말하며 서귀보에게 회선장을 펼쳤다. 서귀보는 강명의 말을 듣고 능글능글 웃으며 말했다.

"조심해라, 애송아."

퍼억! 휘리릭…….

놀랍게도 달려들었던 강명이 단 한 방에 뒤로 나가떨어졌다. 서귀보는 검을 뽑지도 않은 채 주먹만으로 강명을 상대했던 것이다. 강명의 몸이 회전을 하며 바닥에 널브러졌다.

"아! 사형!"

마진은 강명이 힘없이 당하자 놀라서 서귀보를 상대했다. 소운은 이 두 명의 무공 실력이 대단하다고 생각하며 경각심을 키웠다. 금초도 검을 빼 들었고 풍아 역시 장을 날렸다. 세 명이 힘을 합치자 서귀보도 약간은 주춤한 듯하더니 그가 검을 빼 들자 세 명이 다시 밀리기 시작했다.

소운은 자신을 쳐다보고 있는 남재주를 보게 되었다.

'저 네 명 중에 한 사람도 상대하기 버겁던 내가 과연 저 사람을 상대할 수 있을까?'

걱정이 되는 소운이었다. 남재주는 소운을 보고 말했다.

"후후! 이리 오거라, 애송아."

소운은 이마에 식은땀이 흘렀다. 그만큼 긴장하고 있는 것이다. 목검을 단단히 쥐고 소운은 남재주를 향해 삼재검법을 펼치기 시작했다.

"하하하! 삼재검법이냐? 네 사부가 누군지 정말 우습구나. 삼재검법이라니……. 큭큭큭!"

남재주는 소운을 비웃어대며 소운의 목검을 가볍게 피했다. 삼재검법은 너무도 평범한 검법이었던 것이다.

'아아, 목검자 스승님처럼 살아 있는 삼재검법을 펼칠 수만 있다면…….'

그러나 이것은 바램일 뿐 아직 소운은 생검의 삼재검법을 펼칠 수 없었다. 그렇다고 맞지도 않는 풍검을 펼쳐 남재주를 압박할 수도 없는 일이고. 남재주는 소운의 삼재검법을 피하며 계속해서 웃음을 흘렸다.

서귀보는 간간이 날아오는 풍아의 연환장에 놀라기는 했지만 금초와 마진 쪽으로 피하여 연환장을 펼칠 수 없게 만들었기에 풍아의 장법이 위력을 발휘하지 못했다. 차라리 금초와 마진이 뒤로 물러나 있었다면 풍아가 서귀보를 상대하기가 조금 수월했을지도 몰랐다. 그러나 금초와 마진은 강명이 어이없이 당하는 것을 보고 이성을 잃었는지라 악착같이 서귀보에게 달려들었다.

"큭큭! 싸움의 기본도 모르는 애송이들."

서귀보나 남재주는 승천관에서 다른 사람들과 많은 비무를 빙자한 싸움을 해왔던 터라 싸움에 대한 경험이 풍부했다. 강호에서의 싸움은 실력이 삼 푼, 경험은 칠 푼이라 했다. 그만큼 싸움에 대한 경험이 중요하다는 소리. 아직까지는 금초와 마진, 풍아 등은 싸움에 대한 경험이 별로 없었다.

소운은 삼재검법을 펼치면서 남재주가 전혀 동요의 기색도 없이 자신의 검을 피해내자 방법이 없다 생각했다.

'풍검을 삼재검법만큼만 움직일 수 있다면……'

소운은 맞지 않는 풍검을 움직여 맞히게 된다면 남재주를 상대할 수 있을지도 모른다고 생각했다.

'음… 한번 풍검으로 삼재검법을 펼쳐 볼까?'

소운의 머리 속에 풍검이 회전하면서 세 방향으로 공격해 들어가는 모습이 그려졌다. 소운은 그 즉시 풍검을 시전한 채 삼재선품을 펼치기 시작했다.

"이얏!"

강맹한 세 가닥의 검풍이 갑자기 남재주에게 들이닥쳤다.

"아니, 이 녀석이!"

남재주는 평범한 삼재검법을 펼치던 소운이 전혀 예상치 못했던 공격을 하자 미처 피할 수가 없어서 몸을 엎드려 옆으로 굴렀다. 강호인들이 비웃는 나려타곤이라는 수법이었다.

'우와! 괜찮은 방법인데?'

소운은 자신의 일검을 남재주가 기겁하며 피하자 풍검과 삼재검법을 함께 펼친 것이 성공했다고 여겼다. 그래서 재차 삼재검법의 이초인 삼재사방을 풍검을 사용해 펼치려고 하는데.

투욱—

"으윽!"

진기가 이어지지 않았다. 소운은 풍검을 사용한 삼재검법을 힘있게 펼치려 했다. 그런데 그만 기혈이 끓어올라 검을 놓쳐 버렸다. 이어지지 않는 진기로 풍검에 삼재검법까지 펼치려다가 몸에 무리가 온 것이다. 남재주는 바닥을 구른 뒤에 재빨리 일어났지만 미처 방비할 틈도 없이 소운이 공격해 오자 낭패라고 여기고 있던 찰나였다. 그런데 소운이 비명을 지르며 검을 놓치는 것이 아닌가? 남재주는 소운의 고통스런 표정을 보며 의아한 생각이 들었다.

"이 녀석이 맞을까 봐 아픈 척하는 건가?"

소운은 순간 온몸이 저릿저릿한 고통을 느꼈다.

"큭큭! 어쨌든 날 바닥에 구르게 한 대가로 네놈은 좀 맞아줘야겠다."

남재주는 이렇게 말하면서 소운의 얼굴을 발로 걷어찼다. 소운은 이마에 발길질을 얻어맞아 비명을 지르며 쓰러졌다. 소운의 비명을 듣자 서귀보에게 악착같이 달려들고 있던 금초와 마진은 손을 빼서 소운을 도우려 했다. 그러나 서귀보는 그것을 알아채고 금초와 마진이 손을 뺄 틈을 주지 않았다. 금초와 마진 뒤에서 장을 날리고 있던 풍아는 재빨리 목표를 바꿔 남재주에게 장을 날렸다.

"어디서 청성파 사람에게 까부는 것이냐!"

남재주는 사정없이 쓰러진 소운의 몸을 걷어찼다. 소운은 남재주의 발길질에 울컥 피를 토하며 공중에 몸이 약간 떴다가 다시 바닥으로 추락했다. 풍아는 남재주에게 연환장을 날리며 소리쳤다.

"소운 형 건드리지 마!"

풍아는 자신의 전력을 다해서 이 연환장을 펼친 것이라 보통의 강호 고수들이 펼치는 장법의 수준을 넘어선 강대한 장이 남재주에게 쏟아졌다. 남재주는 그 장법을 무시하고 소운을 공격할 수만은 없던 터라 몸을 비켜야 했다. 가까스로 쓰러진 소운을 구해낸 풍아는 남재주를 노려보았다.

"할아버지가 아무에게나 함부로 이 장법을 펼치지 말라고 했지만, 당신만은 용서할 수 없어!"

풍아는 이렇게 소리치며 내공을 모았는데 이때 풍아의 양쪽 소매가 부풀어올랐다. 남재주는 그 모습에 심상치 않은 기운을 느꼈다.

'풍아야, 용화장은 위험한 장법이니 생사의 갈림길에 놓여 있지 않다면 사용하지 말거라.'

풍아의 할아버지인 풍림곡주가 용화장을 가르쳐 주면서 한 말이었다. 그만큼 위력이 대단하다는 소리였다. 풍아는 용화장을 남재주에게 펼치려고 팔을 내밀었다.

"그만! 그만들 하세요!"

갑자기 홍등가 골목을 둘러싸고 있던 사람들 속에서 맑고 고운 목소리가 들려왔다. 구경하고 있던 사람들을 헤치며 한 명의 여인이 나타났다. 그녀는 소운이 잘 알고 있는 고연진이었다.

"풍아였지? 그 장법을 거두어줄래?"

고연진은 내공을 바짝 끌어올려 막 출수를 하려던 풍아에게 말했다. 그녀가 갑자기 나타나자 서귀보와 금초, 마진의 싸움 역시 소강상태에 접어들었다.

"당신은 운이 좋은 줄 알아요. 지금 풍아가 펼치려던 장법은 용화장이었다구요."

고연진의 말에 남재주의 안색이 변했다. 용화장은 풍림곡주의 독문무공이며 강호에서 세 손가락 안에 꼽히는 최고의 장법이었다. 남재주는 저 꼬마가 용화장을 펼치려고 했다면 분명 풍림곡주의 자식이거나 가까운 친지일 터. 괜히 잘못 건드렸다간 청성파와 풍림곡 사이가 나빠질 수도 있었던 상황이었다는 것에 식은땀을 흘렸다. 풍림곡과 사이가 벌어져 무력 충돌이라도 일어나게 된다면 그 빌미를 만든 자신은 완전히 사문에서 매장당할지도 모르는 일이었다.

"젠장! 귀보야, 오늘은 물러나자."

서귀보는 마진과 금초를 상대하면서 거의 그들을 가지고 노는 수준으로 무공을 펼치다가 남재주의 말에 아쉬운 듯 마진과 금초를 바라보았다. 서귀보는 내심 장난치지 말고 빨리 마진과 금초를 손봐줄 걸

하는 후회를 하고 있었다.

"쳇! 니들 둘, 다음을 기대하거라."

서귀보와 남재주가 청운사공자들과 장내를 떠날 때까지 마진과 금초는 분노에 몸을 떨고 있었다. 이렇게까지 자신들이 무능력한 모습을 보인 것은 처음이었기 때문이다. 마진과 금초는 이내 정신을 추스르며 쓰러진 소운과 강명을 찾았다. 강명은 쓰러져 있지만 다행히 눈을 말똥히 뜨고 있었고, 소운은 부상이 심한지 완전히 정신을 잃고 있었다.

고연진은 서귀보와 남재주 등이 떠난 뒤에 풍아에게 말했다.

"그는 어떻니?"

"모르겠어요. 저 자식들이 소운 형을 마구 발로 찼어요."

"안 되겠구나. 내가 그를 데리고 빨리 약전당에 가봐야겠다."

고연진의 말에 풍아가 고개를 끄덕였다. 소운의 상태가 위급해 보이는지라 빨리 치료해 주길 바라는 것이었다. 고연진은 소운을 업은 채 경공술을 펼쳐 홍등가 골목을 빠져나갔다.

강명은 서귀보에게 맞은 뒤 기절해 있다가 방금 전에야 정신을 차렸다. 다행히 장내 상황이 다 정리되어 있던 터라 급히 일어나지 않고 생각에 잠길 수 있었다.

'내가 그들의 무공에 뒤처져서 지금 이런 모습으로 누워 있는 건가?'

강명은 자신이 무공을 열심히 배우지 않은 것이 조금 후회되었다.

'그 발경이라는 것만 완벽히 알았어도 그 자식의 면상을 확실히 때릴 수 있는 거였는데……'

강명은 이렇게 생각하다가 저쪽에서 자신이 누워 있는 모습을 바라보는 홍등가의 창부들을 보았다.
 '헤헤, 그래도 눈요기는 실컷 했어.'
 마진과 금초도 서귀보 한 사람을 상대하지 못한 자신들의 무공에 실망하는 눈치였다. 오늘의 싸움은 강명 사형제들에게는 의미있는 싸움으로 다가왔다. 풍아는 소운이 무사하길 빌며 쓰러져 있는 강명을 일으켜 세웠다.

 고연진은 사실 소운을 만나 단우영에 관한 이야기를 하려고 숙소 옆에서 연습하고 있던 그를 찾아갔다. 그런데 강명 일행이 나타나 소운을 데리고 사라지자 엉겁결에 소운을 뒤따라온 것이다. 그런데 소운 등이 홍등가로 들어가자 돌아갈까 망설이다 비명 소리가 들리고 병장기 부딪치는 소리가 들리자 한걸음에 골목 안으로 달려갔다.
 그때 마침 풍아의 부풀어 있는 소매를 보게 되었고, 전에 화산파에서 풍아를 소개할 때 풍림곡주의 손자였다는 것을 생각해 냈다. 그래서 급히 소리를 지르며 풍아를 만류했다. 자칫 잘못하면 살인을 저지를 수도 있는 무공인 것이다.
 고연진은 등에 업은 소운을 빨리 무림맹의 병자들을 치료하는 약전당으로 데려갔다. 가는 도중에 소운은 두 번이나 피를 토해 고연진의 등을 피로 물들였다. 소운은 갑자기 기혈에 충격을 받아 몸을 움직이지 못하고 있다가 남재주가 사정없이 발길질을 하는 바람에 기혈이 뒤틀리는 지경까지 이르렀다.
 "당주님! 여기 급한 환자가 있어요!"
 고연진은 약전당의 문을 박차고 들어가며 소리쳤다. 그녀의 소리에 약전당의 총책임을 맡고 있던 약전당주 왕허준이 놀라 뛰어나왔다.

"어디? 어떤 환자 말이냐?"

왕허준은 고연진의 등 위에 업혀 있는 소운을 바라보았다.

"어서 빨리 이쪽으로 눕히거라."

왕허준은 소운의 팔목을 잡고 재빨리 진맥해 보았다.

'기혈이 제멋대로 흐르고 있구나. 위험한걸.'

왕허준은 소운의 상의를 벗겨 침을 놓기 시작했다.

소운은 풍검으로 삼재검법을 펼치다가 기혈이 끓어오르는 고통을 당했다. 기실 새로운 무공이란 것은 그만큼 위험이 크고 제대로 펼치지 않으면 기혈이 역류할지도 모르는 단점이 있는 것이라 소운 역시 그 단점에 당하고 만 것이었다.

소운의 경우는 풍검의 운용 방법과 삼재검법의 운용 방법이 맞지 않아 두 개의 무공이 충돌을 일으킨 경우라 할 수 있었다. 게다가 소운의 몸속에는 선천진기가 잠재되어 있을 뿐, 아직 완전히 갈무리한 것이 아니었기에 풍검에 삼재검법까지 펼치기에는 내공이 부족하였다.

"그는 어떤가요?"

고연진이 아직 깨어나지 못하고 있는 소운을 보며 말했다.

"흐음… 일단 침을 놓아서 기혈이 뒤틀리지 않도록 막았다. 내상을 심하게 입은 것 같으니 한 달 정도는 치료해야 할 것 같구나."

"그런가요……."

왕허준의 말에 고연진의 얼굴이 어두워졌다. 소운이 다침으로 해서 한동안 단우영에 관한 이야기를 듣지 못하게 되어버린 것이다.

'과연 그것뿐일까?'

무심화 고연진은 소운이 걱정되는 마음이 과연 단우영에 대한 이야기를 듣지 못해서 그런 것일까 생각해 보았다.

짹짹— 호르륵—
소운은 재잘거리는 새소리에 눈을 떴다.
"여기는……?"
소운은 머리와 가슴에 통증을 느끼며 천장을 올려다보았다. 곧 약 냄새가 진동하는 조그마한 방이라는 것을 알게 되었다.
'분명 나는 어제 그 청년에게 얻어맞고 쓰러졌었지? 명이 형과 마진 형이 날 이곳으로 옮겨놓았나 보구나.'
소운은 이제 일어나야겠다고 생각하고 상체를 일으키려 했다. 그런데 자신의 왼쪽 팔에 묵직한 느낌이 들었다.
'뭐지?'
"아니!"
소운의 왼쪽에는 고연진이 엎드려서 곤히 잠을 자고 있었다. 소운은 그녀가 왜 이곳에 있을까 하는 궁금함보다는 잠든 그녀의 얼굴이 너무도 아름다워서 잠시 넋을 잃고 바라보았다.
"우음……."
그렇게 잠시의 시간이 흘렀다. 갑자기 고연진이 뒤척이더니 눈을 반짝 떴다.
"어마, 잠들어 버렸네……."
소운은 고연진과 눈이 마주치면 큰일이라 생각하고 얼른 잠이 든 척했다.
고연진은 벌떡 일어나서 주위를 둘러보았다. 그녀는 어젯밤 늦게까지 혹시 소운이 깨어나지 않을까 기다렸다. 평소 그녀의 행동으로 보아선 예상치 못한 일이다. 천하의 무심화 고연진이 무공 외 다른 곳에 관심을 갖는 것이 있다고 누가 생각이나 하겠는가?

"저 사람은 아직 일어나지 않았구나."

고연진은 소운의 얼굴을 바라보았다. 어딘지 모르지만 단우영과 닮아 있는 것 같기도 했다. 얼굴 형태는 분명 달랐지만 분위기랄까? 느낌이 단우영과 비슷했다.

'소운이라고 했었나?'

고연진은 화산파에서 자신을 보며 어쩔 줄 몰라 하던 모습을 떠올렸다. 그 뒤 소개할 때도 별다른 신경을 쓰지 않았었는데 승천관 안에서 또다시 보게 된 것이다.

소운은 고연진이 가만히 있자 눈을 가늘게 떠 그녀를 보았다. 이젠 슬슬 일어나야겠다는 생각에 소운은 신음 소리를 냈다.

"음……."

소운은 천천히 눈을 떴다.

"어! 일어났네요? 어제 일 기억하나요?"

"여긴……."

"약전당이에요. 어제 싸움을 하던 중에 당신이 쓰러져서 싸움이 끝났어요. 부상이 심한 것 같아 약전당으로 급히 데려온 것이죠."

소운은 어제 자신을 고연진이 데려왔다는 것을 알 수 있었다. 그런데 왜 그녀가?

"단 아저씨에 관한 것을 물어보기 위해 당신을 찾았는데 홍등가에서 싸움을 벌이고 있더군요."

'아! 그에 관한 것 때문에 날 찾은 것이구나.'

내심 다른 기대를 하고 있던 소운은 고연진의 말에 조금 실망이 되었다. 고연진은 계속 말을 이었다.
"당신은 단 아저씨와 무슨 관계죠? 그의 아들인가요?"
소운은 단우영에 관해 물어보는 고연진을 물끄러미 바라보았다. 그녀는 화산파 사람으로 단우영과 사이가 나빴을 것이 분명했다. 소운은 단우영에 관한 일을 말해 줄지 말지 망설였다.
소운의 망설이는 듯한 모습에 고연진이 말했다.
"저는 사문에서 알고 있는 단 아저씨에 대한 말들을 믿지 않았어요. 아니, 도저히 인정할 수 없었죠. 단 아저씨는… 그렇게 다정하고 좋은 사람인데 마공을 배워 파문을 당했다니……. 그는 저에게 무공을 가르쳐 주었는데, 그건 분명히 마공 따위가 아니라 화산파의 검법인 매화검법이었다구요."
소운은 단우영에게 무공을 배웠다는 고연진의 말을 듣고 생각했다.
'그녀는 그에 관한 사실을 알고 있나 보구나.'
"그는 몸도 제대로 가누지 못하는 상태에서 화산파를 떠났죠. 아니, 쫓겨났어요. 그리고는 강호를 떠돌아다니다가 장안성의 외곽에 버려진 한 어린아이를 만났어요……."
소운은 자신과 단우영에 관한 이야기를 고연진에게 말하기 시작했다. 고연진은 그의 이야기를 침착하게 듣고 있다가 단우영이 끝내 죽음을 맞이했다는 말에 눈가에 눈물이 맺혔다. 그녀의 아름다운 얼굴에 눈물이 맺히자 말을 하고 있던 소운은 자신마저도 눈물이 흐를 것만 같은 기분이 들었다. 소운은 그 뒤로 자신이 이 승천관에 들어오게 된 사실까지 말해 주었다. 고연진은 끝까지 듣고는 소운을 바라보았다.
'저 사람이 단 아저씨와 비슷한 느낌이 드는 것은 그와 같이 십 년

을 살았기 때문인가?'

소운의 말이 끝나자 방 안에는 잠시 침묵이 돌았다. 소운은 무언가 말을 하려다가 이내 그녀의 촉촉하게 젖어 있는 눈을 보고는 입을 다물었다. 단우영을 이 정도로 생각하고 있는 사람이 화산파에 있었다니 놀라울 뿐이었다. 어색한 침묵이 감돌며 소운이 안절부절못하고 있을 때 방 밖에서 갑자기 소운을 찾는 소리가 들려왔다.

"소운! 어디 있는 거야!"

두 사람이 침묵을 지키고 있던 방의 방문이 벌컥 열리며 강명이 뛰어들었다. 뒤이어 금초, 마진, 풍아가 달려들었다. 그들이 들어오며 방 안이 소란스러워지자 고연진은 슬쩍 몸을 일으켰다.

"그럼, 전 이만 가볼게요."

고연진은 소운에게 인사한 뒤 밖으로 나갔다. 강명은 밖으로 나가는 고연진을 바라보며 소운에게 말했다.

"뭐야? 소운, 저 낭자를 울린 거야?"

고연진의 눈가에는 아직 눈물이 맺혀 있던 터라 강명이 보고 물은 것이다. 그 말에 소운은 안색이 변하며 말했다.

"아냐아냐, 울린 게 아니야."

"호호, 극구 부인하는 것을 보니 정말인가 본데?"

"그건 그렇고, 소운 형, 몸은 괜찮아요?"

풍아가 소운에게 말했다. 강명도 그것이 궁금한 터라 소운을 추궁하던 것을 멈추었다.

"글쎄, 가슴하고 머리가 좀 아픈 것을 빼면 괜찮은 것 같은데?"

"소 오빠!"

이때 쌍아가 소운을 부르며 방 안으로 들어왔다.

"다쳤다면서? 어디? 어디가 아픈 거야?"

쌍아는 안색이 초췌해진 소운을 바라보며 걱정스러운 듯이 물었다. 그녀는 한 달 사이에 소운과 많이 친해져 말을 놓게 되었다. 그녀까지 방 안으로 들어오자 방 안의 소란스러움이 더해졌다.

"왜 저 강명 같은 사람이랑 어울려서 이렇게 맞고 다니는 거야."

쌍아는 강명을 째려보며 소운에게 말했다. 강명은 쌍아의 눈초리에 움찔했지만 방 밖으로 쫓겨나지는 않았다.

강명 등이 방 안에 들어와 꽤 소란스러워졌는지라 약전당의 당주인 왕허준이 무슨 일인가 하여 소운이 누워 있는 방 안으로 들어왔다. 왕허준은 버젓이 앉아서 강명 등과 이야기를 나누고 있는 소운을 보며 눈을 휘둥그레 떴다.

"아니, 어떻게 일어나 있는 것이냐?"

한 달은 누워 있어야 할 중상을 입은 소운이 앉아 있자 왕허준이 놀라 뛰어왔다. 가뜩이나 좁은 방 안에 다섯 명의 인원이 들어와 있었기에 왕허준은 그들 사이를 비집고 소운에게 다가가는 데 시간이 좀 걸렸다.

"넌 분명 내상을 아주 심하게 입어서 일어날 수가 없을 텐데 어떻게……?"

왕허준은 이렇게 말하며 소운의 맥문을 잡았다. 왕허준은 맥이 힘차게 뛰고 있음을 알게 되었다.

"어떻게…….''

자신의 어제 진단이 잘못된 것이란 말인가? 하지만 어제는 분명히 맥이 미약하고 불규칙적으로 뛰었는데. 왕허준은 생각에 잠겼다. 강명은 갑자기 방 안에 들어와서는 다짜고짜 소운의 손목을 잡고 이리

저리 생각을 굴리고 있는 왕허준이 못마땅했다.

"댁은 뉘시오?"

강명이 퉁명스럽게 말하자 생각에 잠겨 있던 왕허준이 강명을 보게 되었다.

"뉘신데 이 방에 이렇게 허락도 없이 들어오는 것이오?"

강명은 더욱 불경스럽게 고개를 건들거리며 말했다. 왕허준은 가뜩이나 소운의 상태가 왜 이렇게 변했는지 알송달송하여 가슴속에 울분이 쌓이고 있었는데 강명이 이런 식으로 말하자 대뜸 소리쳤다.

"뉘.신.지.요? 이놈이 어디서 약전당주한테 '뉘신지요' 래! 네놈이 나보다 나이가 많냐? 직위가 높냐? 얼굴이 잘생겼냐? 어따 대고 뉘신지요래, 이 자식이!"

강명은 침을 튀겨가며 자신에게 소리치는 왕허준을 보며 마지막 말은 절대 아닐 거라고 생각했다.

"맞아, 사형. 특히 얼굴 쪽은 완전히 상대도 안 되면서 어디 약전당주님께 까불어?"

마진이 재빨리 눈치를 보며 말하자 왕허준의 안색은 의기양양 득의의 기색이 넘쳤고 강명의 얼굴은 뭐 씹은 것마냥 찌그러졌다.

소운은 자신의 손을 잡고 뭐라 중얼거리며 생각하는 듯하던 왕허준을 보며 이 사람이 의원이겠거니 생각하고 자신의 상태를 물어보려다가 강명과 시비가 붙자 물어보려던 마음이 싹 가셨다.

"약전당주님……."

소운은 작게 말했다.

"엉? 왜 그러냐?"

강명을 보며 눈을 부라리고 있던 왕허준이 소운의 말에 반색했다.

"시끄러우니까 모두 나가주세요……."

방 안에 있던 일행들은 모두 쫓겨났다. '그러길래 환자 앞에서 조용했어야지' 나가면서 쌍아가 이렇게 중얼거렸다.

사실 소운의 상태는 지금 다 나은 상태라고 볼 수 있었다. 단지 외상인 머리와 가슴의 상처만이 남아 있을 뿐이었다. 소운이 비록 진기가 역류했다고는 했지만 그 진기는 일반의 내공과는 다른 선천진기라는 것이었다. 인간이 본래 가지고 있지만 세상의 탁기에 더러워져 사라져 버리는 진기. 본래 인간의 몸속에 잠재되어 있는 것이라 일반의 내공과는 효과가 판이하게 다른 것이었다. 그 효과 중의 하나가 바로 자연적인 상처 치유였다. 선천진기가 온몸을 돌면서 자연적인 치유력을 향상시켜 주는 것이다. 소운의 경우는 그것이 선천진기에 의한 상처이기에 더욱 빠르게 회복될 수 있었다.

모용신지는 약전당의 앞을 지나다가 큰 목소리가 들리자 환자들이 너무도 아파서 소리치는 것이려니 치부해 버렸다. 그는 오늘부터 상급 검도반인 적송 도장의 수업을 들으려고 그에게 가고 있는 중이었다. 이번에 들어온 오기 입관생 중에서 상급의 수업을 듣는 입관생들은 없었다. 모용신지는 중급의 검술 수업을 듣다가 그것이 너무 쉬워서 상급 수업으로 자리를 옮기는 것이다.

모용신지는 승천관의 길을 따라 적송 도장이 있는 전각으로 걸어갔다. 그가 지나가면 길을 가고 있던 소녀들이 모두 그를 쳐다보며 추파를 던지기도 했다. 모용신지는 이런 일을 하도 많이 당해본 터라 이제는 아무런 느낌 없이 지나다닐 수 있었다.

처음 일주일 간은 너무 노골적으로 바라보는 소녀들 때문에 얼굴이 붉어져서 다녔지만 어디 천하제일가의 자손이 그런 것에 연연할 수 있겠는가? 이제는 자신을 바라보는 소녀들을 향해 간간이 미소까지 지어 보일 수 있었다. 어차피 저런 것은 다 동경일 뿐이다. 실제로 그에게 말을 거는 소녀들은 한 명도 없었다. 심지어는 남자 아이들까지 그에게 말을 걸지 않았다. 수려한 외모와 출중한 무공 실력 때문에 질투하는 이들도 많았다.

모용신지는 자신을 이곳으로 보내면서 강호의 친구들을 많이 사귀라는 아버지의 말을 어느 정도는 이해했다. 천하제일가의 사람들은 뛰어난 사람들이기에 오히려 가까이 하기를 거부한다는 역설적인 상황이 계속되는 것이었다. 모용신지 자신의 아버지도 말년에는 별다른 친구가 없었기에 명절이면 한 번씩 찾아오는 유일한 친구인 개방장로 천화신개를 극진히 대접하지 않았는가? 모용신지는 자신의 가문 사람들에겐 친구를 만들기 힘들게 하는 피가 흐르고 있다고 생각했다.

"흐음, 이곳인가?"

상급의 수련부터는 장소가 고정되어 있기 때문에 적송 도장의 수업장을 찾는 것은 그리 어렵지 않았다. 모용신지는 지금부터 적송 도장에게 무슨 말을 꺼내 자신을 가르쳐 달라고 해야 할지를 생각했다.

"우와! 승천관 최고 미남 모용신지잖아?"

모용신지의 뒤쪽에서 감탄하는 음성이 들려왔다. 모용신지는 이런 소리를 많이 들어봤기에 별다른 신경을 쓰지 않고 적송 도장이 있는 곳으로 들어가려고 했다.

"쌍아야, 그럼 못써. 저분이 듣고 있는데 그런 소리를 하면 실례지. 게다가 사람의 겉모습을 보고 판단하는 것은 아주 어리석은 일이야."

그 말은 좋게 말한 것 같지만 어떻게 들어보면 모용신지가 겉만 번 지르르 하고 속은 텅 빈 사람이라는 뜻으로도 들렸다. 그는 자신에 대해 이런 말을 하는 사람은 처음이었기에 고개를 돌려 그 사람들을 바라보았다. 그의 시선이 닿은 곳에는 귀엽게 생긴 열세 살 정도의 소녀와 열대여섯 정도의 성숙한 아름다움을 풍기는 소녀가 서 있었다. 그는 잠시 그 둘의 미모에 감탄했다.

"향혜 언니, 나도 안다구. 그래서 내가 소운 오빠를 좋아하는 거 아니겠어?"

그 두 명의 소녀는 바로 쌍아와 천향혜였다.

"그래, 소운은 분명 겉만 보기 좋은 사람은 아니지……."

쌍아와 천향혜는 모용신지의 앞을 지나쳐 자신들의 갈 길을 걸어가기 시작했다. 모용신지는 자신을 별로 신경 쓰지 않고 다니는 사람들은 처음 보았다. 그래서 마음속에서 무언가 전에는 느껴보지 못했던 감정들이 튀어나오는 것 같았다.

'허! 그간 나도 모르게 자만하는 심정이 되어 있었나?'

모용신지는 두 명의 소녀가 나눈 이야기를 생각하며 피식 웃음을 지었다. 그리고 그 두 명의 소녀가 대화하는 중에 나온 소운이란 사람이 누구일까 궁금해졌다.

"음… 일단 적송 도장님을 만나뵈러 가야겠다."

모용신지는 다시 전각 안으로 걸음을 옮겼다. 전각 안에는 바위를 연상케 하는 단단한 몸집의 적송 도장이 앉아 있었고 그 앞에는 허연 백발이 성성한 노인이 자리해 있었는데 그는 바로 목검자였다.

"허허, 그래서 말이지, 그 소운이라는 아이가 삼재검법을 팔성의 경지까지 성취했다네."

"팔성이요? 대단한데요. 삼기와 사기생 중에도 한 달 만에 팔성을 이룬 아이는 없지 않습니까?"

"그렇지. 요즘은 그 아이 보는 재미로 살고 있다네."

"후후후, 목검자 선배님이 그런 말씀 하실 때가 다 있군요."

"그렇지. 사람의 마음은 변화무쌍하니까."

모용신지는 그들이 대화하고 있자 그것을 끊기가 실례인 것 같아서 묵묵히 듣고 있었다. 그런데 그들의 대화 속에도 소운이라는 이름이 나오자 의아해졌다.

소운? 소운이라……. 모용신지의 머리 속에 소운이라는 이름이 각인되기 시작했다.

"흠흠!"

모용신지는 그들의 대화가 멈추어지는 것을 바라진 않았지만 더 이상 기다리기도 뭐해서 이렇게 기침을 했다.

"어, 모용신지구나. 무슨 일이냐?"

적송 도장은 모용신지가 온 것을 보며 반겼다. 적송 도장은 모용신지를 장래가 촉망되는 소년이었기에 기억하고 있었다.

"저기… 도장님의 수업을 받고 싶어서 왔습니다."

"그래? 그거 듣던 중 반가운 소리구나. 오늘은 수업이 끝났으니 내일 이맘때쯤보다 한 시진 정도 빠르게 오너라. 그때부터 수업을 하니 말이다."

"알겠습니다, 도장님."

모용신지는 공손하게 인사한 뒤에 전각을 나왔다. 적송 도장은 밖으로 나가는 모용신지의 등을 보며 말했다.

"저 아이야말로 이번 승천 입관생들 사이에서 용 중의 용. 최고의 기재라 할 수 있죠."

"그런가? 내가 보기에는 부모님의 후광을 입고 단지 무공 수위만 높아서 기고만장해 있는 어린애로밖에는 안 보이는데."

"후후, 선배님. 선배님의 눈에 어린아이로 안 보이는 사람이 어디 있겠습니까?"

적송 도장은 목검자의 말에 웃으며 말했다.

모용신지는 아까 전에 들었던 소운에 대해 계속 생각하며 자신의 숙소로 향했다. 분명히 뭔가 특별한 것이 있는 사람 같았다. 적송 도장의 옆에 앉아 있던 사람은 놀랍게도 까마득히 배분이 높은 전진파의 목검자라는 분이었다. 다시 생각해 보니 그런 사람이 대단하다고 칭찬할 정도면 어느 정도의 무공 수위일지 예상조차 할 수 없었다.

모용신지는 그렇게 소운에 관해 생각하며 숙소 앞까지 도달했다. 저녁때가 되려면 아직 시간이 좀 남았는지라 숙소에는 아이들이 별로 없어 보였다. 그런데 가만히 숙소로 들어가려는데 숙소 옆 연무장에서 기합 소리가 들리는 것이 아닌가?

'누구지?'

모용신지는 이 시간에 무공 연습을 하고 있는 사람이 있다는 것이 놀라워 숙소 옆의 연무장으로 가보았다. 그곳에는 허름한 백의를 입은 자신 또래의 소년이 기마 자세를 한 채 권법을 연마하고 있었다. 아직 주먹을 내지르는 것이 썩 위력있어 보이지는 않았지만 하체만큼은 안정되어 있었다.

'기마 자세를 하며 권을 연마하는 모습을 보니 이제 막 무공을 시작하려는 사람 같구나. 비록 이제 시작이지만 시작이 반이라는 소리가 있으니 열심히 하길.'

모용신지는 그 백의 소년이 별 볼일 없는 권을 연마하고 있자 이렇게 마음속으로 응원해 준 뒤 숙소로 돌아가려고 했다. 마지막에 이 소리만 들리지 않았다면…….

"소운 형!"

연무장 저편에서 십이삼 세쯤 되어 보이는 소년이 그 백의 소년에게 다가왔다.

"소운 형, 우리 밥 먹으러 가요!"

모용신지는 이 백의 소년이 소운이라는 사람임을 알 수 있었다.

'이럴 수가…….'

분명 보기에도 별다른 무공을 배운 것 같지 않았다. 저렇게 볼품없어 보이는 아이를 목검자가 그렇게 칭찬하다니. 모용신지는 이해가 가지 않았다. 분명 소운이라는 아이가 두 명이거나 목검자가 무언가를 착각한 것이라 생각했다.

"어, 풍아야. 벌써 끝났니?"

"네. 어서 밥 먹으러 가요. 금초랑 명이 형이랑 마진 형이 기다려요."

"그래, 그럼 가자."

소운은 이마에 맺힌 땀을 훔치며 풍아와 함께 연무장 밖으로 나갔다. 모용신지는 그런 소운을 보며 고개를 설레설레 저었다.

제9장
출호적수(出好敵手)

출호적수(出好敵手) 9

소운 일행은 식당으로 모두 모여 식사를 시작했다.
"맞아. 소운아, 그거 들었어?"
"응?"
"그거 말이야, 내일이 바로 그간의 성취를 그 수업의 선생님께 검증받는 날이래."
소운은 오후에 약전당에서 나와 오늘 수업에 들어가지 못하고 계속해서 숙소 옆의 연무장에서 수련하고 있었다. 그래서 마진의 말은 금시초문이었다.
"한 달에 한 번은 그 수업 시간에 했던 내용을 시험 보는 것이다 이 말이지. 그래서 성취가 미미한 사람은 일단 주의를 준 다음에 다음 달에도 성취가 미미하면 놀고 먹으려고 이곳에 온 것으로 여기고 승천관에서 돌려보낸대."

"뭐야! 돌려보낸다고!"

이것은 처음 듣는 소운이 소리친 것이 아니라 강명이 말한 것이었다.

"야! 자질이 부족해서 그럴 수도 있잖아!"

"아무리 자질이 부족해도 두 달 동안 조금의 성취라도 없을 리가 없잖아. 하다못해 열심히 했다면 팔 힘이라도 세졌을 테니까."

"이런, 내가 듣는 수업에서는 그런 소리 없었는데."

"다 내일 깜짝 놀라게 하려는 속셈이지."

"낭패다!"

강명은 큰일이라 생각하고 자신의 앞에 놓인 밥을 입속으로 마구 집어넣기 시작했다.

"사형, 왜 그래?"

금초가 급하게 밥을 먹는 강명을 보며 말했다.

"임마, 빨리 먹고 무공 수련해야지."

"쳇. 그런다고 하루아침에 실력이 느나……."

마진이 강명을 보며 중얼거렸다. 평소 같으면 마진의 머리를 잡아 흔들며 한바탕 했을 강명이지만 당장 닥쳐온 내일 일이 더 급했다.

'음… 목검자 스승님이 실망하지 말아야 할 텐데…….'

소운은 이렇게 생각했다.

다음날 소운은 목검자가 있는 전각 안으로 들어갔다.

"스승님, 어제는……."

"아! 다쳤다고 들었다. 몸은 괜찮니?"

"네, 말짱해요."

목검자는 소운이 어제 나오지 않아서 알아보니 승천관의 다른 입관생들과 시비가 붙어 부상을 당했다고 들었다. 목검자의 수업은 소운단 한 사람만이 들었는지라 소운이 빠지자 수업을 하지 못하는 지경에 이른 목검자는 평소 친하게 지내던 적송 도장을 찾아가 자신의 제자에 대한 자랑을 늘어놓았던 것이다.

"저기, 제 친구들이 그러던데 오늘이 시험을 보는 날이라 하던데요?"

"시험?"

"네, 그간의 성취를 검증한다고……"

"아, 그것 말이구나."

"네."

"그럼 하자."

"네?"

목검자는 전혀 모르는 것 같다가 소운이 그렇게 말하자 간단하게 하자고 말해 버렸다. 소운은 무언가 미심쩍었지만 하늘 같은 목검자에게 반대할 수는 없는 일.

"그런데 제가 한 달 간 한 것이 별다른 성취를 보이지 않은 것 같아요."

목검자는 소운의 말에 하얀 눈썹을 치켜떴다.

"왜 그렇게 생각하는고?"

소운은 이틀 전에 있었던 청운사공자와 두 명의 청년 등과 검을 마주한 일을 목검자에게 이야기하기 시작했다.

"삼재검법으로 공격해 들어갔는데 너무도 쉽게 피하고 쉽게 막혔어요. 그 살아 있는 검을 아직 알지 못하기 때문에 삼재검법을 쓰지 않으려 했지만 그들을 상대하려면 어쩔 수 없었죠."
"그래서 그들에게 패했느냐?"
"글쎄요. 그게 패한 건지 저 혼자 자멸한 건지 구분이 안 가요. 그들을 이기려고 무리하게 풍검을 운용한 삼재검법을 펼치다가……."
"풍검? 그게 무엇이지?"
"아… 제가 어릴 적에 배운 것인데 검을 회전시켜서 검풍을 얻는 거예요."
"검을 회전시켜? 어디 한번 보여주겠니?"
목검자는 소운의 말에 궁금함을 느껴 풍검을 펼쳐 보라고 했다.
"네? 그럼 조금만."
소운은 무공이 대단한 목검자 앞에서 단우영의 무공을 펼친다는 것이 조금 긴장되었다. 소운은 목검을 들어 이내 풍검을 펼치기 시작했다.
휘이익—
검이 회전하면서 바람 소리를 냈다. 소운은 목검을 더욱 회전시키며 가로 베기를 했다. 그러자 검에서 바람이 나가며 목검자를 스쳐 지나갔다. 목검자의 새하얀 수염과 머리가 그 바람결에 휘날렸다.
소운은 거기까지 펼친 채 목검을 거두었다.
"그것은……."
목검자는 소운의 풍검을 보고 잠시 생각하는 듯하더니 말했다.
"그것은 당분간 펼치지 않는 것이 좋겠구나."
"네?"
소운은 목검자의 말에 놀라며 말했다. 자신의 이 무공이 무슨 문제가 있는 것인가?

"지금 너의 내공과 그 약한 손으로는 그 무공을 쓸 수가 없다. 지금은 비록 그 검의 회전이 약하여 손바닥이 안전할지 모르지만 내공이 증가하여 검의 회전이 더욱 증가된다면 너의 손은 찢겨지고 말 것이다. 게다가 넌 그 무공을 펼칠 만한 내공의 화후가 아직 부족하다. 부족한 내공으로 그것을 무리해서 펼치면 자칫 주화입마에 드는 수가 있다."

소운은 목검자의 말에 망연자실해졌다. 자신이 갈고 닦아서 강호에 그 이름을 높여야 할 그의 무공을 사용할 수가 없다니……. 목검자는 검에 대해 일생을 바친 기인이었다. 게다가 무림맹의 최고 배분으로 강호 경험이 풍부한 노검사이기도 했다.

'저것은 분명 십 년 전에 그 아이가 쓰던 무공이 틀림없다. 나의 생검에 견줄 만한 검리가 드디어 나타났다고 좋아했는데, 애석하게도 화산파에 죄를 지어 파문당하고만 아이였지. 그 진전을 소운이 이어 받았나 보구나. 그런데 저 소운이라는 아이는 그 무공의 중요한 점을 모르고 있는 것 같구나.'

목검자는 계속해서 생각했다.

'으음, 생검과 그 아이의 무공이 저 소운이라는 아이 한 명에게 집중된다? 이것이 무림에 복이 될지 화가 될지 모르겠구나…….'

목검자는 소운의 심성을 보건대 침착하고 곧아서 장차 무림에 득이 되면 되었지 해가 되지는 않을 것이라 생각했다.

"소운아, 지금부터 내 말을 명심해야 한다."

소운은 목검자가 신중하게 말하자 자세를 바로잡고 경청했다.

"너의 그 회전하는 무공과 살아 있는 검은 강호상의 무공과 그 괘를 달리하는 것이지만 그 위력은 가히 상상을 불허할 정도다. 이것은 정통에 어긋나는 것이 아니며, 오히려 검의 본질과 가장 가까운 무공들이라 할 수 있다. 나도 말년에야 형식적인 검법의 틀에서 벗어나 이 살아 있는 검을 깨우칠 수 있었지만 너는 이 형식적인 검의 틀 속에 빠져서는 안 된다. 검의 본질을 추구하되 그것이 고정적인 것이 아닌 너 자신의 마음속에 있는 검을 찾아야 한다."

소운은 목검자의 말 중에 이해가 안 가는 부분이 많았지만 일단은 있는 그대로 받아들이기로 했다.

"앞으로 네가 해야 할 일은 첫째 삼재검법에 정통하는 것이고, 둘째로 내공 연마에 힘써야 하는 것이다. 네가 어떤 무공을 펼치건 내공이 부족해서 펼치지 못하는 지경에 이르지 않도록 말이다. 셋째로 살아 있는 검을 추구해야 한다. 검초 하나하나에 너의 마음을 담아서 펼칠 수 있어야 하겠다. 마지막으로 네가 그 회전하는 무공을 펼치기 위해선 외공의 연마가 급선무다. 금종조나 철포삼 같은 전신을 단련하는 외공이 아니라 너의 그 두 손을 단단하게 만드는 쇄금술을 연마해야 한다. 너의 손이 강철같이 단단해지고 너의 내공이 모든 무공을 펼칠 수 있을 만큼 안정이 돼 있다면 너는 그 회전하는 무공의 진수를 맛볼 수 있을 것이다."

목검자의 긴 말이 끝나자 소운은 자신이 이뤄야 할 것이 너무도 많다는 것을 실감했다. 목검자는 소운에게 수련의 방침을 말해 주면서 과연 소운이 이러한 수련들을 해낼 수 있을 만한 자질인지 생각해 보았다. 무엇 하나 만만한 수련이 없었다. 목검자 자신도 검도 하나만을 연마하는 데 평생을 보냈을 만큼 쉽지 않은 길이었다. 천 명 중의 한 명 나올까 말까 한 기재라 해도 이러한 무공을 습득해 낼 수 있을지 모르는 일이었다.

"그렇다면… 이렇게 가만히 있을 시간이 없겠네요. 어서 연습을 시작해야겠어요."

소운은 목검자에게 이렇게 말했다. 소운의 말에 걱정하고 있던 목검자는 무언가 깨달은 듯 머리를 탁 쳤다.

'맞아. 소운에게는 그 누구도 가지지 못한 것이 하나 있었지.'

소운은 목검을 들어 삼재검법을 수련하기 시작했다.

'소운은 아무도 듣지 않는 나의 수련을 열심히 따라왔다. 그만큼 무공에 관해 순수하다는 소리. 순수한 것만큼 무서운 것이 없다. 순수하다는 것은 그만큼 그 무공에 빠져들어 다른 사심 없이 수련을 한다는 소리니까. 아무 생각 없이 오로지 무공 수련만을 생각하는 이에겐 천하의 기재도 당해내지 못하는 법이지. 암, 그렇고 말고……'

목검자는 하얀 수염을 쓰다듬으며 소운의 수련을 지켜보았다.

적송 도장은 무척이나 놀랐다. 오늘 처음 수업을 들으러 온 이가 벌써 삼 년째 자신의 수업을 듣고 있는 사기 수련생들을 압도하고 있는 것이었다.

"후욱! 후욱!"

모용신지의 검이 허공을 갈랐다. 무형의 강기가 검끝에서 끝도 없이 쏟아져 나오며 전방의 화강암으로 이루어진 바닥을 갈라 버렸다.

"이것이 도장님이 한 달 동안 수업하신 검기 방출입니까?"

"그렇다네."

"그러면 저 역시 이곳에서 수업받을 자격이 있겠군요."

모용신지라는 새파란 애송이가 감히 상급 반의 수업을 들으러 오자 원래 적송 도장의 수업을 듣고 있던 사기생들이 모용신지를 못마땅해

했다. 마침 오늘이 그들이 성취를 시험하는 날이기도 했는지라 모용신지에게 자신들이 배웠던 검기 방출을 해보라고 시켰던 것이다. 그러나 모용신지는 그것을 해냈다. 그것도 아주 위력적으로. 사기생들은 경악에 찬 표정을 지으며 모용신지를 바라보았다.

'이 아이 때문에 내 수업을 받던 이들이 다른 곳으로 옮길지도 모르겠구나.'

적송 도장은 기재를 가르친다는 기쁨도 있었지만 그 기재 때문에 다른 아이들을 가르치는 재미 역시 잃기 싫었다.

"모용신지, 자네는 저곳에서 수련하도록 하게. 이 아이들이 행여나 다칠지 모르니."

적송 도장의 생각은 모용신지를 따로 가르쳐 이 아이들이 모용신지의 무공을 보며 실의에 빠지지 않게 배려한 것이지만 모용신지의 말은 그의 의도와 달랐다.

"주변에 피해가 가지 않을 만큼 제 무공을 조절할 수 있습니다."

모용신지의 말은 여기서 그들과 같이 수련하게 해달라는 것이었다. 모용신지의 말에 아까 그의 검기에 경악하고 있던 사기생들 중 한 명이 중얼거렸다.

"쳇! 나대기는. 이래서 천하제일가 놈들은 싫다니까."

그 말에 모용신지의 이마에 힘줄이 돋았다.

"절 욕하는 것은 괜찮지만 가문을 욕하는 것은 용서할 수 없습니다."

모용신지의 기세가 워낙 험악했는지라 그 사기생은 찍소리도 못하고 동료들 사이로 몸을 숨겼다.

"대아야! 어디서 그런 소리를 하는 게냐. 너는 승천관의 선배로서

후배를 지도해야 할 입장이 아니더냐!"

적송 도장은 그 사기생에게 소리쳤다. 적송 도장은 벌써부터 골치가 아파오는 것 같았다.

'흐음… 목검자 선배님이 많은 인원을 가르치지 않는 것에는 다 이유가 있었구만……'

적송 도장은 어제 찾아왔던 목검자가 부러워지기 시작했다.

"아야야… 소운, 틀렸잖아. 거기선 주먹을 뻗을 때 한 발을 내밀어야지. 네가 움직이지 않고 주먹을 휘둘러서 애꿎은 내 팔만 얻어맞았잖아."

마진은 소운을 나무라며 소운이 방금 전에 남긴 팔의 상처를 어루만졌다. 지금 둘은 저녁 시간에 숙소 옆에서 수련을 하고 있는 중이었다.

"그런가? 형의권은 너무 어려운 것 같아."

"후훗, 그렇지? 나도 한 달이 다 돼서야 동작을 다 배웠어."

"응. 난 이제 겨우 스무 가지의 동작을 익혔을 뿐이야."

"소운아, 너도 조금만 더 노력하면 다 깨우칠 날이 올 거야."

"응. 고마워, 마진 형."

마진은 소운을 가르친다는 득의의 심정 때문에 중요한 사실 한 가지를 간과하고 있었다. 소운은 비록 지금 형의권을 다 배우지 못하고 있는 중이지만 그는 이 권법을 배운 지 겨우 삼 일이었다. 마진은 삼십 일이나 걸렸다고 생각해 보면 이것은 대단히 빠른 진전인 것이다.

"어라? 저기 강명 사형이네?"

숙소로 강명이 걸어오는 모습이 보였다. 그런데 터벅터벅 힘없는 발을 내디디며 고개를 푹 숙인 채 걸어오는 것이 아닌가? 평소 같으면 소운을 발견한 뒤 눈에 불을 켜고 달려왔을 강명인데 오늘은 뭔가 달라 보였다. 아니, 아침만 해도 이러지 않았는데 지금은 너무도 이상해 보였다.

"사형, 왜 그래?"

마진이 강명에게 물었다. 강명은 처진 고개를 들어 힘없이 마진을 바라보며 말했다.

"마진아… 선생이 나보고 조심하래. 다음 달에도 못하면 쫓아낸대……."

"뭐? 사형이 듣는 수업이 뭔데?"

"중급 권경반인데."

"아유, 진짜! 그러길래 내가 주제에 맞는 수업을 들으라고 했잖아. 이제 겨우 권법의 초급을 배우는 사람이 분수도 모르고 권경 수업을 듣다니!"

강명은 소운이 보기에 사상 최초로 울상을 지으며 마진에게 매달렸다.

"마진아, 뭐 방법이 없을까?"

"방법이 어디 있어? 그냥 나가."

"뭐?"

"나도 사형 얼굴 안 보고 좋지 뭐."

"이 자식이!"

강명은 갑자기 마진의 머리를 휘어잡고 꿀밤을 날리기 시작했다.

"이 형님에게 어따 대구 그 딴 말을 지껄여."

소운은 강명을 가만히 지켜보고 있다가 말했다.

"저… 명이 형."

"응? 소운아, 왜?"

강명은 마진의 머리를 쥐어박고 있는 와중에도 소운에게 상냥하게 물었다.

"저기… 방법이 있어."

"뭐라고!"

강명은 소운의 말에 마진의 머리에서 손을 놓으며 소운에게 달려들었다.

"뭔데? 뭔데?"

소운은 화색이 도는 강명에게 자신의 생각을 말했다.

"나도 형의권을 잘 몰라서 진이 형에게 따로 배우고 있거든. 명이 형도 그 권경이라는 것을 잘 아는 사람한테 따로 배우면 되잖아. 무공 수련한다는데 누가 거절하겠어?"

강명은 소운의 말을 잔뜩 기대하고 있다가 막상 그의 말을 듣고 나니 또다시 맥이 빠졌다.

"쳇! 수련하면 권경을 할 수 있는 것은 분명하지. 하지만 내가 원하는 것은 수련 안 하고 어떻게 다음 달에 쫓겨나지 않는가야."

소운이 내놓은 의견은 근본적인 해결책인 권경을 습득하는 것이었지만, 강명은 단지 다음 달에 쫓겨나지 않기 위한 미봉책을 바라는 것이었다. 소운은 강명의 말에 이해가 가지 않는다는 말투로 말했다.

"그럼, 그것을 배우지 않고 어떻게 다음 달의 평가에서 빠져나갈 수 있단 말이야?"

"휴우… 나도 몰라. 그래서 지금 이렇게 심난한 거잖아."

과연 심난한 것일까? 강명은 자신이 수련을 하면 통과할 간단한 일을 이렇게 복잡하게 생각하고 있는 것이다. 소운은 강명이 갑자기 두려워졌다.

'나도 이렇게 물들어 버리면 어쩌지?'

저녁이 지나 밤이 찾아오자 무공 수련을 하고 있던 소운과 마진은 숙소로 들어갔다. 강명은 그때까지 궁리를 하고 있다가 한숨만 내쉬며 밤하늘에 떠 있는 달을 보더니 조용히 코를 골기 시작했다. 강명에게 깊은 생각이란 무리였다.

다음날 아침 소운은 일찍부터 일어나 쇄금술에 관해 알아보기 위해 금나수라는 선생을 찾아갔다. 금나수는 소운에게 철수장이라는 가장 보편적인 쇄금술에 대해 가르쳐 주었다. 쇄금술이란 모래를 손으로 찍어서 손을 튼튼하게 만드는 기초적인 방법이었다.

소운은 금나수의 말을 듣고 모래를 구하기 위해 무림맹의 옆에 흐르는 황하의 한 지류인 청천강으로 향했다. 처음에는 부드러운 모래부터 시작해야 한다고 해서 강변에 있는 모래사장의 작은 모래를 모으기 위해서였다.

"덥구나, 더워."

소운은 나무 사이로 비치는 햇볕이 따갑다고 느꼈다. 소운은 울창한 숲 사이로 난 길을 따라가는 중인데 숲 안에서조차 이렇게 더우니 이제 완전한 여름이 되었다고 생각했다.

"강에 가면 수영이나 할까?"

소운은 땀을 훔치며 이렇게 말했다가 이내 고개를 저었다.

"아니야. 오후에 목검자 스승님께 가서 검법 수련을 받아야지. 놀 시간이 없어."

소운은 숲을 지나서 강변에 도착했다. 이곳은 말이 강이지 주위로 계곡들이 즐비해 있고 물 또한 그리 깊지 않았기에, 오히려 골짜기 사이를 흐르는 시냇물이라 해야 함이 옳았다. 다만 이 청천강이 거대한 황하를 이루는 데 한몫하는 강이었기에 내라 부르지 않고 청천이라는 이름이 붙은 강이 된 것이다.

"다 왔다. 어서 모래를 찾아야지."

소운은 강 주변에서 모래사장을 찾기 시작했다. 그런데 그런 소운의 눈에 한 명의 소년이 강 위의 돌들을 밟으며 검을 휘두르고 있는 모습이 보였다. 그 소년은 마치 천상의 귀공자 같은 수려한 외모를 지니고 있었는데, 작은 돌을 밟고 저렇게 높이 뛰는 모습이 그 무공 또한 만만치 않게 보였다.

"아! 저 사람이 모용신지라는 사람이구나."

소운은 그의 무공을 넋 놓고 바라보았다. 자신은 지금 꿈도 꾸지 못하는 경지에 있는 모용신지이기에 소운의 감탄은 더했다.

'나와 나이도 얼마 차이 나지 않는 것 같은데 저 사람은 벌써 저런 무공을 펼치는구나.'

모용신지는 공중에서 수면 위로 검을 내려쳤는데 그 여파로 삼 장 정도의 수면이 갈라지며 바닥이 드러났다가 이내 흘러오는 물에 다시 잠겼다. 비록 청천강이 수심이 깊지 않다고는 하지만 적어도 허리까지는 오는 높이였다. 소운은 모용신지의 무공에 경탄을 금치못했다.

"우와, 대단하다. 대단해!"

모용신지가 검을 거두고 강 한가운데의 돌 위에 서 있을 때 소운이 다가가며 말했다.

"누구지?"

모용신지는 갑자기 나타난 소운 때문에 흠칫했지만 나타난 사람이 자신이 본 적이 있는 사람이자 경계심을 거두었다.

'저 아이는 소운이 아닌가?'

일전에 소운이 무공 수련하는 것을 잠깐 본 뒤로 그에 대한 생각을 까맣게 잊었던 모용신지는 막상 소운이 자신의 앞에 나타나자 다시금 소운에 대한 말들이 생각나기 시작했다. 목검자가 극구 칭찬하고 자신을 신경 쓰지 않던 두 명의 낭자가 이야기하던 소운. 모용신지는 그 소운이 바로 자신 앞에 있는 소년인지 확인해 보아야겠다고 생각했다.

"난 소운이라고 해. 반가워."

"난 모용신지다."

"후후, 알고 있어. 네가 얼마나 유명한데. 입관 시험 때 펼친 그 검법은 정말 대단했다구."

모용신지는 소운의 얼굴을 자세히 들여다보며 말했다.

"너, 혹시 목검자라는 분의 수업을 듣지 않니?"

"뭐? 스승님? 너도 알고 있구나. 목검자 스승님은 허연 수염에 완전히 할아버지 같은 분이셔."

모용신지는 자신의 예상이 틀렸음을 시인해야 했다. 목검자가 칭찬한 소년은 바로 자신의 앞에 있는 소운인 것이다.

'이 소운이라는 아이는 과연 그 사람이 칭찬한 만큼 검술이 뛰어날까? 한번 대련해 보자고 해볼까?'

모용신지는 소운과 검을 한번 섞어보고 싶어 몸이 달아올랐다.

"저기 혹시……."

모용신지는 소운에게 자신과 비무를 하자고 말하려고 했다. 그런데 그때 소운과 모용신지의 뒤쪽에서 갑자기 커다란 돌덩이 하나가 날아와 강물 위로 떨어졌다. 그 돌 때문에 물이 튀어서 소운과 모용신지는 옷이 젖어버렸다.

"하하, 이게 누구신가? 강호 제일의 천재 소년과 장안분타의 허름한 거지 소년 아닌가?"

그들의 뒤쪽으로 화도인이라는 소운과 방을 함께 쓰고 있는 화산파의 제자가 나타났다. 화도인의 양 옆에 화무인과 화상인도 보였다.

"아니, 저들이 왜 이곳에 온 거지?"

소운은 화산오룡 중 화무인, 화상인, 화도인에 대해서 별로 좋은 감정을 가지고 있지 않은 터라 눈살을 찌푸렸다.

"거기 거렁뱅이 소년, 뭘 그렇게 인상을 쓰고 있나? 너한테는 지금 볼일이 없으니 좀 꺼져 줄래?"

화도인이 소운에게 이렇게 말했다. 소운은 한 달여를 지내오면서 가만히 있던 화도인이 저렇게 나오자 내심 속이 상했다. 소운은 그래도 화도인과 잘 지내보려고 말을 붙여보는 노력을 했던 것이다. 물론 화도인이 그런 소운의 노력을 무시했지만 어쨌든 자신에게 저런 소리를 하는 것을 보면 화도인은 애초에 소운과 잘 지내보려는 생각 따위는 없었다는 말이 된다.

"이봐, 말이 너무 심한 거 아니야?"

모용신지가 화도인을 보며 말했다.

"말이 심해? 큭큭큭! 사형, 저놈이 지금 말이 심하대요."

화도인의 말에 화무인과 화상인이 웃음을 지었다. 이번에는 화산오룡 중 최고참인 화무인이 말했다.

"모용신지, 네놈은 너무 까불었다. 감히 우리가 시험을 보는데 네놈이 설치다니. 크크, 오늘 한번 맛 좀 단단히 봐야 할 것이다."

이들 화씨 사형제들은 모용신지를 손봐주려고 호시탐탐 기회를 노리고 있었다. 화산파에 있을 때부터 주위의 이목을 한 몸에 받아온 그들이기에 모용신지의 얼굴이라든지 무공에 샘이 나서 모용신지를 극히 싫어하고 있었다.

"까불다니? 그리고 맛 좀 단단히 봐야 할 건 오히려 너희들 같은데? 이 더운 날에 그렇게 허무맹랑한 소리를 하다니 말이야."

"네가 감히 천하제일가의 명성을 등에 업고 그렇게 설치나 본데, 네놈의 가문이 비록 천하제일의 가문일지는 몰라도 당금 무림의 최강 방파는 화산파라는 이 말씀. 네놈이 모르지는 않겠지?"

"난 내 가문을 내세워 누구를 핍박해 본 적 없다. 네놈들이야말로 화산파가 최강이라는 말로 다른 이들을 깔고 뭉갰나 보구나. 보아하니 시비를 걸고 싶나 본데 오는 싸움 말리지 않는 것이 우리 가문의 수칙이다."

"저 자식이……!"

화무인 등은 비록 개개인의 무공이 모용신지에게 밀릴지는 몰라도 셋이서 함께 덤비면 충분히 누를 수 있을 것이라 생각하고 모용신지가 홀로 남게 되는 틈을 노린 것이다. 그러다 마침 모용신지가 강변에 홀로 나와 무공을 수련하고 있다는 정보를 듣고 이렇게 달려온 것이다. 강변에는 소운도 있었지만 화무인 등이 생각하기에 그는 무공 약한 거렁뱅이일 뿐이었다.

"조심하는 게 좋을 거다, 모용신지."

화도인이 이렇게 말하고는 검을 빼 들어 모용신지를 공격하기 시작했다. 그에 보조를 맞추어 화무인과 화상인 역시 공격해 들어왔다. 모용신지는 자신의 검을 들어 올려 화도인의 검을 맞서 들어갔다.

소운은 워낙 순간적으로 벌어진 싸움이라 미처 생각할 사이도 없이 화씨 사형제의 위세에 밀려 뒤로 물러났다. 싸움의 형국이 마치 모용신지가 소운을 등지고 보호하면서 화씨 사형제를 상대하는 모습처럼 보였다.

"건곤구궁!"

모용신지는 승천관에 입관해서 배운 검법인 건곤팔검을 펼쳤다. 건곤팔검은 무당파의 절기로 입관 시험 때 적송 도장의 검법에 반한 모용신지가 제일 먼저 배운 무당파의 검법이었다.

"매화개산!"

화씨 사형제는 목상진이라는 화산파의 진법을 펼치며 모용신지를 상대해 나갔다. 소운은 그들의 대결에서 눈을 떼지 못했다. 현란한 초식들이 난무하며 검을 주고받는 모습은 소운의 경지에서는 꿈꾸기 힘든 것이었다. 소운은 그제야 자신의 검법이 무척이나 평범하다는 것을 느꼈다. 모용신지의 검이나 화씨 사형제들의 검은 소운으로서는 처음 보는 빠르고 화려한 검초들을 펼치고 있었다.

소운은 자신도 저런 검법을 배워봤으면 하는 생각이 들었다. 하지만 소운은 잘못 생각하는 것이었다. 목검자가 저런 검법들을 모를 리가 없는 일. 하지만 왜 군이 삼재검법을 고집하며 자신에게 배우러 오는 아이들이 떠나가도 바꾸지 않는 것일까? 이런 생각이 소운에게 부족한 것이다.

"건곤화령!"

모용신지는 건곤팔검 중 마지막 초식을 펼치며 이 검법으로는 저 화씨 사형제들을 이기기 힘들겠다 생각했다.

'역시… 천뢰검법을 펼쳐야 하나?'

가문의 검법은 되도록이면 쓰지 않으려 했던 모용신지는 이제 생각을 바꿔야겠다고 생각했다.

소운은 모용신지가 주춤하며 뒤로 밀리는 듯하자 자신도 손을 써야겠다고 생각했다. 비록 지금 쓸 수 있는 무공이 삼재검법 하나이긴 했지만 저렇게 모용신지가 당하는 것을 두고 볼 수만은 없는 일이었다.

'삼재검법으로 저들을 어떻게 물러나게 하지? 아니야, 한 사람만 물러나게 해도 나머지는 모용신지 혼자서 상대할 수 있을 거야.'

소운은 이렇게 생각하고 삼재검법으로 저 중에 한 명을 물러나게 할 만한 방법을 생각해 보았다.

'전에 삼재검법을 펼칠 때는 손을 쓰기도 전에 이미 그 방향을 알고 피해 버렸었지. 만약에 손을 쓰는 것을 보지 못한다면 승산이 있을지도 몰라.'

소운은 전에 단우영이 가르쳐 주었던 것 중에 은신보를 생각해 내었다. 지금껏 한 번도 해보진 않았지만 분명히 할 수 있을 것 같았다.

'좋아. 한번 해보자!'

모용신지는 막 뒤로 밀리다가 천뢰검법을 시전하려고 했다. 그런데 자신의 옆으로 무언가 휙 스쳐 지나가는 것이 느껴졌다.

"어어! 윽!"

화도인이 갑자기 뒤로 물러섰다. 소운이 은신보로 몸을 숨기고 재빨리 일격을 가한 것이다. 그러자 그들이 이루고 있던 목상진이 순식간에 깨져 버렸다. 모용신지는 이 기회를 놓치지 않고 화무인과 화상인을 압박해 들어갔다.

화도인은 순식간에 자신의 앞에 나타나 목검으로 펼친 삼재검법으로 자신의 가슴을 때린 소운을 보며 가소로운 마음과 함께 증오심이 들었다.

"감히 거렁뱅이 주제에!"

소운의 삼재검법은 화도인에게 큰 위력을 발휘하지 못했다. 화도인은 가슴이 잠깐 화끈했을 뿐 별다른 피해를 입지 않았다. 소운의 일격은 오히려 화도인의 분노만 증폭시킨 결과를 가져왔다.

소운은 자신이 한 명을 물러서게 하자 기쁨에 젖어 있다가 이내 날아오는 살기 짙은 검에 황급히 몸을 숙여야 했다. 화도인은 인정사정 보지 않고 소운을 향해 검법을 펼쳤다. 소운이 만약에 은신보를 펼치지 않았다면 벌써 검상을 몇 군데나 입었을 것이다.

"죽어라!"

소운이 피하는 것도 한계가 있는지 어깨 쪽에 검을 한 방 맞고 말았다. 소운은 삼재검법을 펼쳐 방어할까 생각해 보았지만 효과가 없을 것임을 알기에 더욱 빨리 발을 놀렸다. 소운의 발에서 점점 힘이 빠지고 화도인의 검이 소운에게 몇 번의 찰과상을 남겼을 때 갑자기 소운과 화도인을 향해 누군가 말했다.

"그만 하시지. 이미 너의 친구들은 뻗어 있다고."

모용신지였다. 모용신지의 앞에는 곤죽이 된 채 쓰러져 있는 화무인과 화상인이 보였다. 모용신지는 그들 셋이 사형제지간이라는 것을 모르기에 친구들이라는 말을 썼다.

"어엇! 사형!"

화도인은 재빨리 쓰러져 있는 화무인과 화상인에게 다가갔다. 그리고는 그들의 상태를 확인해 보았다. 다행히 그들은 정신만 잃었을 뿐

출호적수(出好敵手) 255

많이 다치지는 않았다. 모용신지는 그들의 혈도를 짚어 쓰러뜨린 후 발길질을 몇 번 했을 뿐이었다.

"소운, 괜찮아?"

"응. 괜찮아."

모용신지는 화도인의 검에 자칫하면 큰 부상을 당할 뻔한 소운에게 다가갔다. 소운은 이리저리 피하느라 힘이 빠졌지만 그래도 쓰러지진 않고 있었다.

모용신지는 몇 번 보지도 않았는데 소운을 생각하는 마음이 드는 자신이 좀 놀라웠다. 두 명의 소녀가 소운에 대한 이야기를 꺼냈을 때부터 어쩌면 모용신지는 그의 모습을 기억하고 있었을 것이다. 그러니 모용신지가 소운을 생각하는 마음이 드는 것이 이상한 일은 아니었다.

모용신지는 사실 그들에게 밀려서 조금 위험했는데 소운이 나타나서 한 명을 막아주는 사이 나머지를 쓰러뜨리게 되자 같이 싸웠다는 동지애마저 느끼게 되었다. 모용신지는 지금껏 힘을 합쳐 싸우는 일은 한 번도 하지 않았기에 처음 드는 감정이었다.

"이 자식들, 두고 보자."

화도인은 정신을 잃은 화무인과 화상인을 일으켜 세우며 모용신지와 소운을 향해 말했다. 소운은 요 근래에 두고 보자는 말을 너무도 많이 듣는다 생각했다.

화씨 사형제들은 모용신지에게 괜히 시비를 걸었다가 패하고 가슴속에 분노를 불태우며 강변에서 떠나갔다. 화도인의 눈은 특히 소운에게 고정되어 있었는데, 바로 네놈 때문에 일이 틀어졌어 하는 눈빛이었다. 화씨 사형제는 한 가지 간과한 것이 있었다. 모용신지의 무공은 이게 전부가 아니라는 것을. 모용신지는 혼자서도 능히 그들을 물리칠 수 있었던 것이다.

"어라. 소운, 피가 많이 나잖아?"

소운은 어깨와 옆구리 쪽에 검상을 입어 그곳으로 피가 배어 나왔다. 깊게 찔리지는 않고 스쳐 지나간 검상이 대부분이었지만 그 상처가 세네 개나 되자 무시 못할 양이었다.

"빨리 약전당에 가보자."

모용신지는 소운을 부축하며 말했다. 모용신지와 강변을 나서며 소운은 생각했다.

'약전당주님이 내 이런 꼴을 보면 또 놀라실 텐데……'

부상을 입어서 들어왔다가 나간 지 이틀도 안 된 놈이 또다시 들어온다면 분명 놀랄 것이라는 생각을 한 소운이었다.

화연인은 자신의 사저인 고연진이 하룻밤 들어오지 않더니 좀 변했다고 생각했다. 언제나 무표정이었던 얼굴에 간간이 미소를 짓는 것이 보통 사람의 얼굴처럼 보이는 것이다. 물론 고연진의 얼굴이 보통 사람 같다는 것은 말이 안 되는 소리지만 말이다. 승천관의 대다수 소년들이 고연진을 보며 입을 다물지 못할 만큼 아름다운 그녀였기 때문이다.

"고 사저, 무슨 좋은 일 있어요?"

"응? 없는걸……."

고연진은 화연인의 말에 잠깐 멈칫했지만 무덤덤히 화연인의 말을 받았다. 화연인은 그런 고연진의 모습이 더욱 미심쩍어서 캐물으려 했다.

"화매, 화매! 큰일 났어!"

고연진과 화연인이 머물고 있는 방의 문이 열리며 한 여인이 들어왔다. 이 여인은 고연진, 화연인과 한 방을 쓰고 있는 추풍령이라는 십육 세의 소녀였다.

"무슨 일인데요, 추 언니?"

"글쎄, 화매의 사형들이 모용신지와 소운이라는 사람하고 비무를 했는데 패했다나 봐. 지금 승천관 안에 소문이 쫙 났어."

"네?"

"게다가 화무인이라는 사람과 화상인이라는 사람은 아주 떡이 되도록 맞았다나 봐."

"그들이 그 정도로 됐다면 상대편은요?"

"그게… 소운이라는 애가 검상 몇 군데를 입어서 약전당에 가 있다고는 하는데……."

화연인은 추풍령의 말에 놀라서 얼른 밖으로 나갔다. 고연진은 추풍령의 말 중에 소운이 언급되자 깜짝 놀란 사람처럼 가슴을 진정시킬 수 없었다.

'그가 비무를? 그는 내 사형들과 손을 섞을 사람이 아닌데…….'

어쨌든 약전당에 한번 가봐야겠다고 생각하는 고연진이었다.

"소 오빠, 왜 허구한 날 싸움질이야!"

쌍아는 하얀 천을 둘둘 말고 있는 소운을 째려보며 말했다. 소운은 쌍아의 다그침에 별다른 할 말이 없어서 고개만 숙일 뿐이었다. 분명 자신은 싸움을 하려 했던 것이 아닌데, 청운사공자의 경우도 그렇고 화산오룡의 경우도 그렇고 그들이 먼저 싸움을 시작했기 때문에 어쩔 수 없이 손을 쓴 것이었다.
"이게 뭐야. 상처가 이렇게나 많잖아!"
"쌍아야, 이건 말이지… 그냥 긁힌 정도밖에……."
"긁힌 게 이 정도면! 사람이 죽은 건 그냥 정신을 잃은 정도가 되게!"
쌍아는 소운이 걱정돼서 이런 소리를 했다. 풍아는 그런 쌍아를 보며 이제 누나가 노골적으로 소운에 대한 관심을 드러낸다 생각했다.
"생각해 보니 정말 대단한 거네. 화산파 제자 세 사람을 물리치다니."
금초가 소운을 보며 말했다. 강명이 금초의 말을 받으며.
"난 그런 소운의 형님이고 말이야. 하하하하!"
"사형! 쫓겨날 위기에 처한 사람이 누군데?"
"쉿! 이 자식. 그건 비밀이야, 임마!"
"훗!"
모용신지는 소운이 다쳤다는 소리에 순식간에 달려와 방 안을 난장판으로 만들고 있는 이들을 보며 웃었다. 그들은 분명 방 안이 온통 소란스럽게 떠들고 있지만 소운에 대한 관심과 걱정하는 마음은 한결같았다. 자신은 이런 친구들이 있는가? 모용신지는 이런 친구들을 가지고 있는 소운이 부러워졌다.
"그런데 이분은……."
그나마 가만히 있던 천향혜가 모용신지를 보며 말했다.
"모용신지잖아. 몰라?"
강명이 천연덕스럽게 천향혜를 보며 말했다.
"사매가 이렇게 잘생긴 사람을 모를 리가 없을 텐데…… 혹시… 내

숭떠는 거야?"

천향혜는 강명을 잡아먹을 듯이 노려보았다.

"아! 저는 모용신지라고 합니다. 만나서 반가워요."

모용신지는 방 안에 있는 이들을 향해 예의 바르게 인사했다. 그의 말에 방 안의 소란스러움이 잠시 멈춰졌다.

"음… 모두들 인사해. 명이 형부터……."

소운이 이렇게 말하자 모두 자기의 이름을 말하기 시작했다.

"난 강명이야. 보아하니 너보다 나이가 많을 것 같은데 형님이라고 불러라."

"형님?"

"너, 나이가 몇인데?"

"열다섯인데……."

"난 열일곱이니까 두 살이나 많잖아. 당연히 형님이라 불러야지. 해봐, 강명 형니임!"

"강명……."

"아, 증말. 사형! 뭐 하는 짓이야. 아무한테나 그렇게 막 대하면 안 되지!"

마진이 강명에게 화를 내며 말했다.

"난 마진 형님이라 부르거라. 큭큭, 열여섯이거든."

"사형!"

이번에는 천향혜가 마진에게 화를 냈다.

"난 금초라고 해. 편하게 불러. 형보다 두 살이나 어리니까."

"난 풍아예요. 금초랑 나이가 똑같죠. 헤헤."

모용신지는 금초와 풍아가 어린아이같이 귀엽게 생긴 용모라고 생각했다.
"음… 저는 천향혜라고 합니다."
"야야, 사매. 나이도 똑같은데 반말 써. 소운한테 하듯이 하란 말이야."
 강명이 천향혜가 소개하는 데 끼어들며 말했다. 천향혜는 아무도 없을 때 강명을 한번 손봐줘야겠다고 생각했다.
"난 쌍아예요. 풍아의 쌍둥이 누나죠."
 그제야 모용신지는 쌍아와 풍아가 어딘지 모르게 닮은 이유를 알 수 있었다.
"자, 이제 소개가 끝났으니 한번 놀아볼까?"
 강명은 다들 수업 때문에 이렇게 모이기 힘든지라 이 기회에 신나게 놀아보려고 말한 것이었다.
"당신은 소 오빠 생각도 못해? 이렇게 천을 친친 감은 채 누워 있잖아. 어딜 놀러 가겠다는 거야?"
 쌍아가 강명에게 말했다. 쌍아는 아직까지 강명이 밉게만 보여서 그에게 오빠라는 말을 하지 않고 있었다.
"그게 말이지……."
 모용신지는 이들과의 만남이 정말 좋은 인연이 될 것 같다는 생각을 했다. 물론 모용신지의 이 생각이 먼훗날에 어떻게 될지는 모르겠지만…….
 벌컥—
 갑자기 방문이 열리며 한 소녀가 나타났다.
"어라, 고 낭자잖아?"
 고연진은 방 안에 이렇게 많은 사람들이 있자 당황했다. 무심화라는 그녀의 별호답지 않게 얼굴까지 붉어졌다. 모용신지는 고연진을 보며 충격을 받은 듯 몸이 굳었다.
 '어, 어머니? 아니야… 어머니의 모습과 비슷하지만 그녀가 아니야.'
 모용신지는 고연진의 모습에서 눈을 떼지 못했다.
 "어라, 고 낭자 아니야? 저번에는 울면서 가더니 다 풀어졌나 보네?"
 강명이 멋도 모르고 이렇게 말하자 쌍아의 눈에 쌍심지가 켜졌다.
 "저기… 그는 괜찮나요?"
 고연진은 문밖에서 이렇게 말했다.
 "난 괜찮아요."
 소운은 강명 등에게 가려서 고연진이 잘 보이지 않았지만 밖을 향해 이렇게 소리쳤다. 쌍아는 그런 소운의 말에 벌떡 일어나더니 방문을 쾅! 닫으며 말했다.
 "안 괜찮으니 신경 쓰지 말고 어서 가욧!"
 쌍아의 반응에 방 안에 있던 사람들은 움찔하며 숨을 죽였다.
 고연진은 쌍아가 눈에 불을 켜고 다가와 문을 닫자 생각했다.
 '내가 왜 이러지? 아무튼 그가 괜찮다고 했으니 이제 돌아가야겠다.'
 고연진은 약전당의 문을 나갔다.
 한편 방 안에서는 쌍아의 말 때문에 냉기가 감돌았다. 쌍아는 묵묵히 소운의 곁에 앉아 아까와 같이 소운을 걱정스런 눈으로 쳐다볼 뿐이었다. 풍아는 생각했다. 누나가 한번 건드린 남자는 평생 다른 여자에게 말을 걸지도 못하는 남자가 될 것이라고.
 잠시 뒤 강명이 조금씩 말을 꺼내서 방 안에 다시 열기가 감돌 무렵 방문이 또 벌컥 열렸다. 쌍아는 순간 눈을 돌리며 눈에 불을 켰다. 찰나의 순간에 고개를 돌려 문밖의 사람을 째려보는 수법이 무슨 무공에 못지 않게 빠르고 살기 짙었다.

"고 낭자, 자꾸 이러면 곤란……."

강명은 방 안의 분위기를 흐리는 고연진을 탓하며 밖에 있는 사람을 확인했는데… 밖에 있는 사람은 고연진과 같이 고씨이긴 했지만 아리따운 고연진이 아닌 얼굴에 위엄스런 흉터가 있는 무림맹주 고수천이었다.

"매, 맹주다!"

강명은 귀신을 보고 놀란 사람마냥 소리쳤다. 고수천은 그런 강명의 비명에도 아랑곳하지 않고 방 안에 있는 모용신지와 소운을 쏘아보았다.

"너희들이 이번에 청천강 부근에서 싸움을 일으킨 아이들이냐?"

"그렇습니다."

모용신지는 고수천에게 대답했다.

"모용신지, 너는 천하제일가의 사람으로 어찌 함부로 무공을 쓴단 말이냐?"

"그것은……."

"너와 손속을 나눈 화무인과 화상인은 한 달을 움직이지 못하는 중상을 입었다. 아무리 너의 무공이 뛰어나다고 해도 어떻게 그런 상처를 입힐 수가 있느냐!"

모용신지는 어딘가 일이 잘못됐음을 느꼈다. 자신은 화무인 등의 혈도를 짚어서 발길질을 몇 번 해준 것뿐인데 중상이라니? 한 며칠은 고생할지 몰라도 한 달이나 일어나지 못할 중상은 아니었다.

"그들이 먼저 시비를 걸었어요!"

침상 위에 앉아 있던 소운이 고수천에게 말했다. 고수천은 뒤에 앉아 있던 소운에게 일갈을 터뜨리며.

"닥쳐라! 화도인의 말을 들어보니 네가 아무 이유도 없이 검을 들이대서 어쩔 수 없이 싸웠다는데?"

"그런 말도 안 되는!"

모용신지와 소운은 고수천이 너무도 화산오룡의 말만을 믿고 그 둘을 다그치자 화가 났다. 고수천은 그런 둘의 기색에도 아랑곳하지 않고 말했다.

"승천관 안에서의 비무는 실력을 키운다는 면에서 공공연하게 이뤄지고 있다. 그러나 너희들은 상대방의 동의도 없이 강한 무공 실력 하나만 믿고 상대를 핍박했다."

고수천의 말을 들으면 들을수록 소운과 모용신지의 얼굴은 검푸르게 변했다.

"그래서 너희들에게 벌을 내리겠다. 다만 아직 너희들이 승천관에 입관한 지 얼마 안 됐음을 감안하여 벌을 내린다."

모용신지는 자신의 검을 움켜쥐며 분노를 삭혔다.

"모용신지는 한 달 간 무림맹 밖을 나갈 수 없고 무림맹 안에서도 오직 승천관 내에서만 지내야 한다. 그리고 아무 이유 없이 상대를 공격한 너는 정안봉에서 면벽칠일(面壁七日)을 한 뒤에 일 년 간 무림맹 밖을 나가지 못하는 금지령을 내리겠다."

고수천의 말에 방 안에 있던 강명 등은 모두 반발심이 들었다. 그러나 상대는 맹주인 고수천이었다. 자신들의 사부들도 있고 맹주인 고수천에게 함부로 대한다면 사문에 먹칠하는 일이었다. 그들이 이러지도 저러지도 못하고 있는데 고수천은 횡하니 약전당의 밖으로 사라졌다.

"소운……."

모용신지는 자신이 벌을 받은 것보다 소운이 더 걱정되었다.

"휴우… 면벽칠일? 뭐, 골방에 앉아 벽을 바라보고 칠 일 간 있으라는 소린가?"

소운은 나직이 한숨을 내쉬었다. 생각 같아서는 고수천에게 항의하고 싶었지만 고수천은 단우영의 자리를 뺏어 십 년 전의 비무 대회에서 우승한 사람이었다. 소운은 아직 화산파에게 원수를 갚을 때가 아니라 생각했다.

"미안해, 소운."

모용신지는 소운에게 사과했다.

"괜찮아. 내가 괜히 끼어들어서 이렇게 된 건데 뭘."

방 안에 있던 일행은 갑자기 벌어진 일련의 사태에 뭐라 할 말이 없어 침묵만을 지켰다. 그들은 아직 어렸기에 하늘 같은 신분의 무림맹주 고수천에게 무슨 말을 할 수가 없었다.

고수천은 약전당을 나오며 생각에 잠겼다.

'물론 화도인, 그 아이의 말이 틀릴지도 모른다. 하지만 그들은 패했다. 십 년 전의 그 일 때문에라도 화산파는 절대 약한 모습을 보여선 안 된다. 그 두 명의 아이들을 벌을 준 것은 이 싸움의 명분이 화산파에 있었다는 것을 나타내는 것이기 때문에 어쩔 수 없었다.'

제10장
면벽칠일(面壁七日)

면벽칠일(面壁七日) 10

 소운은 간단한 행장을 꾸리기 위해 자신의 숙소로 돌아갔다. 맹주의 처사는 너무한 감이 있었지만 결정은 이미 내려졌기에 승천관을 떠나지 않는 한 그 결정에 따라야 한다. 소운이 방문을 열고 들어가니 이미 화도인이 있었다.
 "후후후, 면벽칠일이라. 뭐, 좀 약한 감이 없잖아 있지만 우리 장문인이 워낙 인자해서 말이지."
 소운은 화도인을 쏘아보았다.
 "어쭈, 그렇게 보면 뭐가 달라지나? 산속에서 한 삼 일 생활하다 보면 아마 너의 그 본성이 나올 거다. 큭큭, 그 거지 같은 본성 말이야."
 화도인은 소운과 원수 진 일이 없지만 소운 같은 사람을 깔보는 마음이 그의 마음속에 깊이 자리하고 있었다.
 "몸조심해라. 쿡쿡쿡!"

화도인의 말에 내심 참으며 소운은 간단한 짐을 챙겨 숙소 밖으로 나왔다. 밖에는 모용신지를 위시해 아까 전까지 함께 있었던 일행들이 모두 나와 있었다.

"소운, 내가 꼭 놀러 갈 테니 기다려."

"그래, 나도 갈 테니 심심해도 참고 있어."

강명과 마진이 안쓰러운 눈빛으로 쳐다보았다. 쌍아는 동그란 눈망울에 눈물이 가득 담긴 채 소운을 바라보았다. 풍아는 씩씩거리며 화씨 사형제들에게 쳐들어갈 기미였고 금초는 그런 풍아를 만류하고 있었다.

모용신지가 소운에게 말했다.

"소운, 원래 싸움을 일으킨 내가 가야 하는 것인데……."

"아냐, 괜찮아. 그리고 모두들 너무 걱정하지 마. 옛날 달마 대사라는 분도 면벽구년의 수련을 통해 소림사의 무공을 창안했다고 하잖아. 난 겨우 칠 일이지만, 헤헤, 혹시 알아? 달마 대사보다 훨씬 대단한 무공을 창안해 낼지?"

이것은 소운이 오전의 검리 시간에 목검자에게 들은 이야기였다. 소운이 담담한 신색으로 말하자 모두는 조금 안심이 되는 듯했다.

"칠 일 간 못 본다고 나 잊지 말고."

소운은 모두에게 인사한 뒤 무림맹의 호위 무사를 따라 정안봉으로 가기 시작했다.

"내가 놀러 갈게에~!"

강명의 외침을 들으며 소운은 웃음 지었다.

정안봉은 무림맹에서 십 리 정도 떨어진 곳에 있는 봉우리였다. 예

전부터 승천관에서 문제를 일으킨 입관생들을 이곳으로 보내 벌을 받게 한다고 했다. 호위 무사는 소운을 정안봉의 기슭에 있는 어느 동굴 앞까지 안내하더니 말했다.

"안에 들어가면 벽곡단이 있으니 그것으로 끼니를 때우시오. 그럼 칠 일 후 이 시간에 다시 오겠소."

호위 무사는 이 말을 남기고 정안봉을 내려갔다. 소운은 혼자 남겨진 채 횅하니 뚫린 동굴의 입구에 서 있게 되었다.

"휴우… 이제야 혼자라는 게 실감나는군."

호위 무사와 함께 이곳으로 올라올 때는 그래도 덜했는데 이제야 혼자라는 느낌이 드는 소운이었다. 소운은 동굴의 주위를 둘러보았다. 작은 소로와 이 장여의 공터를 제외하면 나무만이 빽빽이 둘러싸여 있는 산봉우리였다. 앞으로 이곳에서 칠 일을 보내야 한다고 생각하니 벌써부터 막막해졌다.

"그간 못했던 수련이나 계속하자."

소운은 이렇게 생각하고 동굴 안으로 들어갔다. 동굴 안에는 돌 침상 하나와 벽곡단이 들어 있는 항아리. 그리고 돌 벽이 전부였다. 안이나 밖이나 횅하니 적막한 느낌이 드는 것은 똑같았다.

"썰렁한데?"

소운은 동굴 안에서 느껴지는 한기에 몸을 움츠리며 돌 침상 위에 가부좌를 틀고 앉았다.

"태현심법을 연마해야겠다."

태현심법은 신기자가 가르쳐 준 심법이었다. 소운은 태현심법의 구결에 따라 심법을 운용하기 시작했다.

소운은 몸 안에 흩어진 선천진기를 이 심법으로 모았는데 그것이

쉽지 않았다. 흩어진 선천진기를 강물에 비유하자면 소운이 하는 것은 그 강물을 바가지로 퍼내서 모두 가지려는 것과 같았다. 태현심법으로 흩어진 선천진기를 모으기가 그만큼 힘든 것이었다. 그래서 신기자는 이 심법을 꾸준히 연마해야 한다고 소운에게 말했던 것이다. 바가지로 강물을 퍼내다 보면 언젠가는 그 강물의 수위가 줄어들 테고, 그러다 보면 바닥이 보일 수도 있기 때문이었다.

소운은 지금 단전에 약간의 선천진기를 모아두고 있었다. 선천진기로 볼 때는 한 달하고도 며칠의 공력. 그 위력이 일반 진기의 열 배라고 보았을 때 소운은 이제 일 년의 내공 수위를 가진 것이다. 내공을 수련한 지 한 달이 조금 넘었음을 감안한다면 소운의 내공 진척 속도는 가히 경이적인 것이었다. 강호상에서 이렇게 단시일 내에 빠르게 진척되는 무공은 사파의 무공들이 아니면 불가능했다. 아니, 사파의 무공들조차 소운의 내공 증진 속도에는 비할 바가 못 된다.

그러나 소운의 내공은 이제 일 년의 수위밖에 되지 못했다. 천향혜나 강명 사형제들은 십 년이 넘는 내공 수위를 가지고 있으면서도 그렇게 위력적인 모습을 보이지 못했다. 그만큼 무공을 익힌다는 것이 하루아침에 이루어지는 것이 아닌 것이다.

"후우……"

소운은 태현심법의 구결을 운용하자 동굴 안에서 느껴지던 한기가 가시는 것을 느꼈다.

'내공을 연마하면 할수록 몸이 더 편안해지는 것 같아.'

소운은 태현심법으로 몸 안의 탁기를 없애며 선천진기를 닦았다. 태현심법은 도가 계열의 선천진기를 닦는 심법이라 일반적인 내공심법과는 달리 대주천이나 소주천없이 그저 선천진기를 축기(蓄氣)만 하는 심법이었다. 소운의 몸 안에 있는 내공을 발출하려면 이 태현심법으로는 불가능한 것이었다. 소운은 태현심법을 끝내고 한쪽에 놓여진 목검을 들었다.

"삼재선품! 삼재사방! 삼재변환!"

이제는 눈 감고도 펼칠 수 있을 정도로 숙달이 된 삼재검법이었다. 괜히 강호에서 평범한 삼류 무공으로 치는 것이 아니었다. 누구든지 칠 일 정도만 수련하면 그 초식을 펼칠 수가 있는 검법이니 말이다. 그러니 어느 누가 삼재검법을 수련하려 하겠는가?

"살아 있는 검이라……."

소운은 아무리 삼재검법을 펼쳐도 목검자처럼 검이 살아서 요동 치는 느낌을 가질 수가 없었다. 그래도 소운은 다시 삼재검법을 펼치기 시작했다.

"어허! 검에 마음을 담으라고 하지 않았느냐!"

소운은 삼재검법을 펼치다가 그 말에 움찔해서 주위를 둘러보았다. 그러나 주위에는 나무들뿐이었다. 소운은 잘못 들었나 하고 고개를 갸웃했다.

"누구세요?"

소운의 등 뒤에서 어깨 위로 손이 턱 걸쳐졌다. 소운은 깜짝 놀라 뒤를 돌아보았다.

"스승님!"

하얀 백발의 목검자가 웃음을 지으며 서 있었다. 소운은 누군가 오는 것을 알아채지 못했던 터라 갑자기 손이 올라왔을 때는 가슴이 덜컥 내려앉는 줄 알았다.

"자꾸 수업을 빠져서 무슨 일인가 했더니 싸움을 했더구나."

면벽칠일(面壁七日) 273

"스승님……."
소운은 목검자의 말에 그를 볼 면목이 없어졌다.
"허허허, 말년에 가르치는 제자가 하루를 멀다 하고 싸움이라… 그래, 내가 모용신지라는 아이에게 대강 사정은 들었다만 싸움이라는 것은 되도록 피하는 게 좋겠구나. 무공 수련을 해야 할 때 싸움 때문에 벌을 받아서야 되겠니?"
목검자는 오후가 되어도 소운이 나오지 않자 행방을 찾았다. 그래서 면벽칠일이라는 벌을 받았다는 것을 알게 되었고, 어차피 수업은 소운 한 명만이 듣는지라 이곳 정안봉까지 찾아온 것이다.
"스승님, 그런데 이곳에는 어쩐 일로……."
"수업을 해야 하지 않겠느냐."
목검자는 소운을 바라보며 당연하다는 듯이 말했다. 소운은 그런 목검자의 말에 더욱 쥐구멍이라도 찾고 싶은 심정이 되었다.
"아무렴 어떠냐? 수업은 소운, 너 혼자밖에 듣지 않는 것을. 이곳은 한적하고 무공 수련하기 좋으니 승천관보다 더 좋지 않느냐? 이곳에서 칠 일 간 수련하도록 하자꾸나."
소운은 목검자의 말에 고개를 끄덕였다. 그리고 살아 있는 검에 대해서 조금 더 물어봐야겠다고 생각했다.
'감사합니다, 스승님.'
이때부터 소운은 칠 일 동안 목검자와 검술에 관한 수련을 했고 목검자의 깊은 검리에 대한 이론을 들을 수 있었다.

소운이 면벽칠일을 끝마치고 돌아오자 강명 등은 좋아서 소운을 들고 헹가래를 치기까지 했다. 어쨌든 소운은 별 탈 없이 면벽칠일을 마치고 돌아온 것이다. 모용신지는 강명 사형제들과 풍아 패거리에 끼기 시작했는데 이것은 모용신지와 있으면 소녀들이 줄을 서며 따라붙는다는 강명의 흑심이 작용했다는 뒷이야기가 있다.

모용신지는 태어나서 처음으로 여자들이 그를 멀리하는 것을 보게 되었다. 모용신지의 수려한 외모를 강명의 음흉함이 덮어버렸다고나 할까? 강명은 모용신지마저 이겨 버린 것이다. 그것이 비록 안 좋은 쪽으로 이겼다는 것이지만.

소운은 지난 칠 일 간 목검자의 깊은 검리를 들으며 검법에 관한 꽤 많은 수양을 쌓았다. 앞으로의 수련을 어떻게 해 나가야 할지 방향을 잡는 계기도 되었다. 소운은 정안봉에서 돌아온 후부터 더욱더 검술 수련에 매진했다. 그리고 용호권이 가르치는 형의권과 기초적인 쇄금술을 연마해 나갔다.

소운이 모래를 잔뜩 퍼와 찌르는 수련이었는데 강명이 그 모래를 보고 물을 쏟아서 모래성을 만들고 놀자, 소운은 쇄금술을 수련할 때는 강명이 찾기 힘든 산속에서 하기로 했다.

소운의 몸은 점점 튼튼해져 갔다. 처음 한 달은 팔에만 근육이 붙었는데 형의권을 수련하면서부터는 온몸의 근육이 고르게 발달했다. 그렇다고 소운이 근육질의 거한이 된 것이 아니라 그저 어깨가 조금 벌어지고 온몸이 군더더기없는 날렵한 몸매가 된 것뿐이다.

소운은 이제 목검자와 삼재검법을 수련하면서 대련을 하기도 했다. 처음에는 목검자의 기도에 눌려 검을 뽑지도 못하고 주춤거렸으나, 점점 실력이 붙더니 어느새 목검자와 초식을 주고받는 수준까지 올라섰다. 물론 그 초식이란 게 삼재검법뿐이었지만…….

그리고 소운과 한 방을 쓰는 화도인은 무슨 생각이었는지 더 이상 소운에게 시비를 걸지 않았다. 아니, 아예 무시하고 있다는 말이 옳았다. 소운은 자신이 은신보라 이름 붙인 서리할 때 들키지 않는 수법과 속보라고 이름 붙인 빨리 걷는 법도 간간이 연마했다. 목검자와 대련할 때 삼재검법만을 가지고는 상대가 안 돼 은신보와 속보를 적절하게 사용해야 했기 때문이다. 목검자와의 대련은 소운의 실력을 기르는 데 아주 좋은 경험이었다.

소운은 태현심법 역시 꾸준히 연마했다. 매일 밤 거의 잠을 자지 않고 태현심법을 운공하며 밤을 지새웠다고 해야 함이 옳을 것이다. 하지만 태현심법만을 가지고는 단지 기를 축적하는 것밖에는 하지 못했다. 일반적인 내공심법으로 운기조식을 하는 것이 아니라서 이 내공심법의 수련만 가지고는 잠을 자지 않고 버틸 수 없었다.

그러나 소운의 단전에 갈무리된 내공은 선천진기였다. 이 선천진기는 소운이 잠을 잘 때나 움직일 때나 상관없이 온몸을 순환하며 몸의 피로를 풀어주는 역할을 했다. 소운이 피곤하다 느끼면 자연적으로 순환하여 피로를 풀어주는 것이었다. 그래서 소운은 잠깐밖에 잠을 자지 않았지만 낮 동안 전혀 무리없이 지낼 수 있었다.

세월은 강물처럼 흐른다. 처음에는 느릿하게 별로 흐르는 것 같지 않다가, 하류로 내려갈수록 이쪽저쪽에서 모여든 강줄기가 하나의 거대한 흐름을 만들어내는 것처럼…… 그래서 어느 순간에 휩쓸렸는지도 모르게 바다로 향하게 된다. 처음에는 가벼운 마음으로 승천 입관 시험에 지원했던 소운도 이제는 뚜렷한 목적을 가지고 무공 수련에 박차를 가하고 있었다.

이제 승천 입관 시험이 있은 지 일 년이 흘렀다. 오늘은 소운 등이 입관한 지 꼭 일 년째 되는 날이었다. 그것을 축하하기 위해 자리가 마련되어 있기에 지금 소운은 대청으로 향하고 있었다. 일 년 새 금초의 키와 비슷했던 소운의 키는 집게손가락 한마디 정도가 자라서 이제는 강명과 비슷한 지경까지 이르렀다. 강명은 그런 소운과 비교하며 마진을 놀렸다. 너는 왜 그리 키가 안 크냐고. 마진은 물론 발광을 하며 강명에게 달려들었지만…….

"소운, 이쪽이야!"

대청 안에는 음식과 술병이 차려져 있었다. 강명 등은 먼저 자리를 잡아놓고 앉아 있었다.

"오늘 같은 날 무슨 수련을 한다고 이제야 나타나는 거야?"

강명이 소운에게 말했다. 강명은 일 년 전에 무공을 열심히 수련하지 않아 쫓겨날 위험에 처했었는데 다행히 모용신지가 권경에 대해 자세히 가르쳐 주어 쫓겨날 위험을 면했었다. 지금도 가끔씩 쫓겨날 것 같으면 모용신지를 찾는 강명이었다.

"응, 미안."

소운은 자리에 앉았다. 이곳에는 이미 강명 사형제들과 쌍아, 풍아, 천향혜가 앉아서 음식을 먹고 있었다.

"우리 용 아우가 올 시간이 됐는데……."

강명은 모용신지에서 용 자만 빼내어 용 아우라고 부르길 즐겼다. 이것이 다른 이들에게도 퍼져서 금초나 풍아 같은 경우 용이 형, 쌍아는 용 오빠라 부르게 됐다.

소운은 대청 안에 이미 많은 아이들이 와 있었기에 주위를 두리번거리며 그들의 모습을 살펴보았다.

'그녀는 안 보이네?'

소운이 이렇게 생각할 무렵 대청 안으로 화산오룡이 들어왔다. 소운은 화씨 사형제들의 뒤로 고연진이 들어오는 것을 보았다. 고연진은 대청 안으로 들어오다가 소운과 눈을 마주쳤다. 소운은 그녀에게 살짝 고개를 숙이며 인사했다. 고연진은 입가에 작은 미소를 지은 채 소운의 인사에 화답했다.

'사매가 저런 녀석을 아는 체하다니.'

화무인은 소운과 고연진이 인사를 주고받은 것보다 자신의 앞에서는 언제나 무표정인 그녀가 웃음을 지었다는 사실이 더욱 화가 났다.

"어라, 저기 용 아우가 오는걸? 용 아우, 이쪽이야!"

대청 안으로 모용신지가 모습을 드러내자 많은 아이들, 특히 소녀들이 그를 바라보며 넋을 잃었다. 모용신지는 소운 등이 앉아 있는 상으로 걸어왔다.

"어서 와, 용이 형."

금초가 모용신지에게 말했다. 모용신지의 수려한 외모는 처음 보는 사람들의 마음을 사로잡을지는 몰라도 소운 등은 모용신지를 계속 보아왔기 때문에 외모에 대한 별다른 감정이 들지는 않았다.

"소운, 이곳에 있었구나. 같이 가려고 연무장에 갔었는데 벌써 가고 없더라구."

모용신지는 소운을 보며 말했다. 모용신지와 소운은 동갑내기였기 때문에 지난 일 년 간 다른 이들보다 더 많이 친해질 수 있었다.

"응, 오늘은 좀 빨리 끝냈어."

소운 등은 즐겁게 대화를 나누면서 시간을 보냈다. 잠시 시간이 흐르자 대청의 단상 위로 무림맹의 수뇌급 인사들이 모습을 드러냈다. 단상 위에는 대청에 차려진 것과 같은 음식과 술병이 놓여져 있었다.

맹주인 고수천은 대청에 모인 소년 소녀들을 보며 입가에 웃음을 띠었다.

"여러분, 잠깐만 주목하길 바란다."

대청 안에 있던 아이들은 모두들 들고 있던 젓가락이나 잔을 놓고 고수천의 말에 주목했다.

"오늘은 여러분이 승천관에 입관한 지 일 년이 되는 날이다. 앞으로 무림을 이끌어 갈 자네들이 여기 한자리에 모여서 무공을 갈고 닦은 지 일 년이 됐다는 소리지. 아직 이곳에 있은 시간보다 있어야 할 시간이 많지만 여러분들은 지금부터 더욱더 노력해서 무림을 영도하는 고수로 거듭나길 바란다. 자! 그런 의미에서 모두 잔을 들어라!"

고수천은 호탕하게 소리치며 자신의 앞에 있는 술잔을 들었다. 소운은 고수천이 별로 탐탁지는 않았지만 다른 아이들이 모두 술잔을 드니 따라 들 수밖에 없었다. 소운의 술잔에는 죽엽청이 찰랑거리며 담겨져 있었다.

"정도의 발전을 위하여!"

고수천이 술잔을 들이키자 대청 안의 모든 이들도 역시 술잔을 들이켰다. 소운은 엉겁결에 술을 먹으며 자신은 분명 술을 처음 먹어보는 것이라 생각했다.

"아우~ 써."

소운은 술을 무슨 맛으로 마시는지 궁금해졌다. 이 쓰기만 한 것을 왜 마시는지…….

천향혜는 술 한 잔을 마신 다음 젓가락을 놀려 돼지고기 한 점을 집어 들었다. 그러다가 소운의 젓가락과 부딪치게 되어 고기를 떨궜다.

"미안."

"아냐, 괜찮아."

천향혜는 처음 소운을 보았을 때 허름한 옷차림에 자신에게 돌덩이를 던진 이후로 그를 밉게 보았었는데, 일 년이 지난 지금은 그에 대한 생각이 많이 바뀌어 있었다. 소운이 자신의 사형제들보다 훨씬 성실하고 점잖은 성격인 것 같다고 인식을 달리하고 있었다.

"으음……."

소운은 머리가 어질어질했다. 술 한 잔에 취기가 올라오는 것이다. 소운은 술을 처음 먹었지만, 자신이 술이 받지 않는 체질임을 실감해야 했다. 소운은 주위에서 하는 말들이 점점 끊겨서 들렸다. 말이 점점 느리게 나오고, 주위의 움직임이 너무 느리게 돌아간다고 생각했다.

천향혜는 소운이 좀 취한 것 같자 등을 두들겨 주었다.

"소운, 취한 것 같으니 그만 먹어."

천향혜는 소운이 술을 많이 마신 사람처럼 비틀거리자 이렇게 말한 것이다. 그녀는 소운이 술을 한 병쯤 마신 것으로 생각하고 있었다. 그녀의 말에 앞쪽에 있던 마진이 소운에게 말했다.

"그래, 소운아. 그만 해라. 자식이 벌써부터 취해가지고는."

아무리 먹어도 취기가 없는 무식하게 술만 센 강명과는 다른 소운이었다. 모용신지 역시 술에 취한 것 같지는 않았고, 단지 소운만이 헤롱헤롱거리고 있을 뿐이었다.

"소 오빠, 괜찮아요?"

쌍아가 소운에게 물었다.

"구럼. 멀쩡해엥."

소운은 혀가 꼬이는 목소리로 말했기 때문에 그 말이 신빙성이 있어 보이지는 않았다.

"괜찮다궁, 괜찮앙. 오랜만엥 놀아보려궁 하는뎅… 끅. 꺼억……."

갑자기 소운이 옆으로 쓰러지며 그의 입속에서 방금 전에 먹었던 음식들이 도로 튀어나왔다. 그런데… 하필이면 그 방향이 천향혜가 앉아 있는 쪽이었을 줄이야. 차라리 모용신지 쪽으로 쓰러졌다면… 강명은 천향혜의 바지가 소운의 토사물에 오염되는 모습을 보며 생각했다.

'이런! 크, 큰일이다……!'

천향혜는 근 일 년 간 소운에게 쌓아온 좋은 감정들이 단 한 순간에 날아가 버리는 것을 느끼며 비명을 질렀다.

"끼아악!"

대청 안에 있던 사람들은 무슨 영문인지 천향혜 쪽을 주시했다. 그들은 차라리 안 봤으면 좋을 뻔했다. 천향혜가 바지에 토사물을 잔뜩 묻힌 채 비명을 지르며 벌떡 일어나는 모습. 입맛이 뚝 떨어지는 모습이었다. 소운은 그대로 바닥에 엎어졌다. 천향혜는 그 오물의 냄새와 불결함 때문에 비명을 지르며 밖으로 뛰쳐나갔다. 그런 모습들을 보며 강명은 혀를 끌끌 찼다.

'소운아, 이제 어떡해. 너, 죽었어 임마.'

소운은 그러한 사실도 모른 채 술이 주는 알딸딸한 기분에 취해서 웃음을 짓고 있었다. 모용신지나 다른 일행들이 보기에 그 미소는 마치 죽음을 앞둔 사형수가 마지막으로 자조적인 웃음을 띠는 것으로 보였다.

현 강호는 마도련과 무림맹이 사파와 정파를 나눈 채 대립하고 있는 상황이었다. 이 두 세력은 너무도 거대해서 섣불리 움직여 다른 한 편을 치기 어려웠다. 한 번 두 세력 간에 싸움이 일어났다 하면 시체가 산을 이룰 만큼 양측의 피해가 막심했던 것이다. 그래서 강호는 두 세력이 팽팽히 맞서고 있는 가운데 때 아닌 평화로운 시기를 맞고 있었다. 언제 폭풍이 불어닥쳐 깨질지 모르는 살얼음 속의 평화를 말이다.

이곳은 어둠이 깔려 있는 음산한 느낌이 드는 방이었다. 용 형상의 초들이 불타며 촛불이 일렁거리는 가운데 갈색의 망사 뒤편으로 한 인물이 태사의에 앉아 있었다. 망사에 가려져 그 모습을 확인할 수 없음에도 불구하고 그 인물 앞에 있는 두 명의 인물은 무릎을 꿇은 채 꼼짝도 하지 않고 있었다.

"일계를 시작하라."

"존명!"

두 인물은 태사의를 향해 오체투지했다. 태사의 위의 인물은 의미심장한 웃음소리를 내며 말했다.

"이제 시작인가?"

제11장
풍전등화(風前燈火)

풍전등화(風前燈火) 上 11

 무림맹의 외곽 성벽 위로 수십 명의 혈의인들이 모습을 드러냈다. 밤이 깊은 가운데 달마저 구름에 가려져 있어 음산한 느낌이 드는 성벽이었다. 단지 무림맹 안쪽에서 흘러나오는 약한 빛만이 성벽 위를 어렴풋이 비추어줄 뿐이었다.
 혈의인 중에 가장 앞쪽에 있는 수장으로 보이는 자가 말했다.
 "조용하고 신속하게 처리해야 한다. 무림맹 놈들 대다수가 지금 술에 곯아떨어져 있을 테니."
 "넵!"
 혈의인은 전음으로 뒤쪽에 있는 다른 혈의인들에게 각각의 임무를 지시한 뒤 무림맹 안으로 몸을 날렸다. 그들이 성벽 위에서 밑으로 소리없이 내려가는 동안, 성벽 위에 있는 초소에는 두 명의 보초가 목이 찔린 채 피를 흘리며 죽어가고 있었다.

"치, 침입자… 커억!"

성내 순찰을 돌고 있던 보초 한 명을 단칼에 찔러 버린 혈의인은 재빠른 몸 동작으로 무림맹 안으로 들어갔다.

소운은 몸이 어질어질한 가운데 자신이 방 안에 누워 있음을 알아챘다. 그런데 자신이 이곳에 어떻게 와 있는지 도무지 생각이 나질 않았다.

'술이란 것이 무서운 것이구나.'

소운은 아직까지도 속이 울렁거리며 공중에 붕 뜬 기분이 들었다. 정신이 몽롱한 것이 그런대로 기분이 나쁘지는 않았다. 소운은 이래서 술을 먹는 건가 하고 웃음을 지었다.

'음, 그래도 태현심법은 수련해야 하니까 술이나 깨도록 세수라도 해볼까?'

세수를 한다고 해서 술이 깬다고 볼 수는 없지만 소운은 그래도 수련은 해야 하기에 몸을 일으켜 세웠다.

"음… 여기는?"

이곳은 소운의 방이 아니었다. 낯선 풍경에 소운은 잠시 주위를 둘러보았다.

"명이 형 방인가?"

아니었다. 강명의 방이라고 보기에는 너무도 깔끔하게 정리되어 있었다.

"어! 이건?"

소운은 자신의 몸에 입혀진 옷을 보았다. 이것은 분명히 모용신지가 입고 다니던 장삼이었다. 그러고 보니 이 방은 모용신지가 묵고 있는 숙소 같아 보였다.

"내가 어지간히 취했었나 보구나. 이곳에 온 기억도 없으니."

소운이 죽엽청 한 잔에 쓰러지자 강명 등은 소운이 토한 것을 치우고 옷을 갈아입혀 모용신지의 방에다 눕혀놓은 것이다. 그리고 천향혜의 기분을 풀어준다며 강명이 다들 데리고 무림맹 밖의 주점으로 향했다.

술로 빚어진 일은 술로 풀어야 한다나? 어쨌든 기분이 안 좋은 상태였던 천향혜로서는 강명의 제의가 싫지는 않았고, 강명이 가자 마진과 금초도 따라 나섰다. 나머지들도 하릴없이 따라갔다. 단지 소운만이 취해서 인사불성이 된 죄로 이렇게 방 안에 버려졌던 것이다.

소운은 어지러워 비틀거리는 몸을 추스르며 정신을 차렸다.

"그럼 우물가로 가자."

소운이 비틀거리며 방문을 열었다. 그런데…….

"으아악!"

순간 소운은 온몸에 전율을 느끼며 자신의 눈을 의심했다. 그리고 눈앞에 펼쳐진, 생전 처음 보는 험악한 광경이 그대로 뇌리에 박혀들었다.

"습격이다!"

"피해라! 크윽!"

혈의인 한 명이 무림맹의 무사 두 명을 도륙하는 장면이었다. 소운은 그 자리에 굳어진 듯 몸을 움직이지 못했다. 사람이 죽은 것이다. 그것도 바로 눈앞에서…….

콰광—!

소운이 그렇게 경악해 있을 때, 무림맹의 한쪽에서 불길이 솟아올렸다. 이내 고함 소리가 함께 병장기 부딪치는 소리가 들렸다.

"백호단! 전부 무기를 들고 어서 나와!"

무림맹 안에 주둔하면서 호위를 맡고 있는 백호단의 단장인 위진병은 혈의인들의 난데없는 기습에 백호단을 깨웠다. 승천 입관생들의 일주년이라고 술에 취해 있던 백호단의 단원들은 그 소리에 정신이 번쩍 들었다.

"큰일이다. 도대체 어떤 놈들이길래 무림맹의 총단을 기습하는 거지?"

위진병은 혈의인들이 나타난 곳을 향해 뛰어가며 생각했다.

위진병의 고함 소리에 백호단원 백여 명은 각자의 무기를 챙겨 들고 밖으로 뛰쳐나왔다. 좀 전에 성벽을 넘어왔던 혈의인은 삼십여 명으로, 그중 열 명 정도가 무림맹의 동쪽 지역에서 건물에 불을 지르고 마구 사람들을 죽이고 있었다. 그리고 서쪽 지역에도 십여 명 정도가 소란을 피우고 있었다. 그리고 나머지 열 명은 어디로 갔는지 보이지 않았다.

"모두 저놈들을 막아라!"

위진병은 자신의 독문무공인 오심투뢰장을 펼치며 혈의인 중 하나를 공격해 들어갔다. 혈의인은 보이는 대로 사람을 공격하다가 백호단주 위진병의 분노가 담긴 일격에 잠시 주춤했다. 위진병의 공격을 받은 혈의인은 혼자서 위진병을 상대하기 힘들었던지 전음을 보내 옆에 있던 혈의인을 불러 상대했다.

"불을 꺼라!"

"혈의인들을 잡아!"

여기저기서 고함 소리에 비명 소리가 들리며 무림맹 안이 아수라장이 되어갔다.

　소운은 혈의인 한 명이 사람을 죽이는 것을 보고 너무도 놀라서 아무 말도 하지 못했다. 다행히 혈의인은 소운을 보지 못하고 몸을 날려 전각 위로 사라졌다. 소운은 그 혈의인이 사라지자 자신의 허리에 있는 목검을 빼어 들었다.

　'무슨 일이지?'

　처음 보는 살인의 충격에 소운은 몸이 떨려오는 것을 느꼈다.

　"아악!"

　소운이 있던 숙소 옆의 연무장에서 비명 소리가 들려왔다. 소운은 그 소리를 듣고 정신없이 그곳으로 뛰어갔다.

　"맹주의 여식인 고연진이 어디 있는지 말해라."

　혈의인 한 명이 어떤 소녀의 목에 검을 들이대고 있었다. 그 소녀는 바닥에 쓰러진 채 사시나무 떨듯 벌벌 떨며 뒷걸음질치고 있었다.

　그녀는 남궁혜린으로 전에 쌍아가 소운에게 소개시켜 준 소녀였다. 소운은 그녀의 얼굴에 핀 보조개가 인상적이어서 그녀를 기억하고 있었다. 그녀는 지금 보조개가 피어 미소 짓는 얼굴이 아닌 겁에 질린 표정이었다.

　"모, 몰라요."

　남궁혜린은 고연진이 어디 있는지 정말 모르기에 이런 말을 했다. 그녀는 혈의인이 주는 두려움에 얼굴이 사색이 되었던 터라 만약에 고연진이 있는 곳을 알았다면 바로 말했을 것이다.

　"크크… 몰라? 그러면 죽여줘야겠다."

　혈의인의 검이 남궁혜린의 목을 치려는 찰나 남궁혜린이 말했다.

　"그녀는… 혹시 여자 숙소에 있을지 몰라요."

"호오~ 그래? 여자 숙소라, 그곳에 한번 가봐야겠군."

혈의인이 떠난다는 말에 남궁혜린은 안도의 한숨을 쉬었다. 그런데…….

"일단 너부터 죽여놓고 말이야. 크큭."

혈의인의 말에 남궁혜린은 울상이 되었다. 혈의인은 이번에야말로 정말 남궁혜린의 목을 치려고 검을 움직였다.

"멈춰!"

소운은 소리를 지르며 혈의인에게 달려들었다. 속보를 운용해 달려왔기 때문에 속도가 상당히 빨랐다. 혈의인은 난데없이 날아오는 검에 몸을 피해야 했다. 그런데 혈의인은 자신을 피하게 한 이가 열여섯 살 정도의 소년인데다 목검을 들고 있자 실소했다.

"괜찮아요?"

소운은 눈물을 흘리며 떨고 있는 남궁혜린을 일으켰다. 남궁혜린은 갑자기 나타나 자신을 구해준 이가 소운임을 알자 안도했다. 그녀는 쌍아에게 소운에 관한 이야기를 많이 들었기 때문에 소운이 나쁜 사람이 아님을 알고 있었다.

"어서 일어나요."

"크크, 영웅 행세는 끝나셨나?"

혈의인은 소운을 보며 말했다. 소운은 남궁혜린을 뒤에 세운 뒤 혈의인을 쏘아보았다.

"사람을 죽이다니……!"

"아직 안 죽였는데? 크크크, 너는 혹시 고연진이 어디 있는 줄 알고 있느냐?"

소운은 혈의인의 말에 놀랐다.

'저 사람은 왜 고연진을 찾는 거지?'

"그건 왜 묻지?"

"그건 알 필요 없다. 너는 알고 있느냐, 모르고 있느냐?"

소운은 자신의 뒤에서 자신의 옷자락을 쥐고 있는 남궁혜린의 손에서 떨림이 전해져 오는 것을 느꼈다. 혈의인은 자신의 일격을 간단히 피해냈다. 거기다가 저렇게 여유까지 부리며 자신에게 질문을 하고 있었다. 소운은 혈의인과 상대하기가 만만치 않다는 걸 직감했다.

'일단 그녀를 보내놓아야겠는걸.'

"알고 있다!"

"그래?"

"내가 안내할 테니 이 사람을 보내줘."

"훗! 그럼 가라. 어차피 젖비린내 나는 애송이 년을 죽이기엔 내 검이 너무 아까우니까. 큭큭큭, 얼굴도 반반해 시간만 충분했다면 좀 즐겨보는 것인데 아쉽군."

남궁혜린은 소운을 바라보았다. 소운은 괜찮다는 표정을 지으며 어서 가라고 했다. 남궁혜린은 가지 않으려고 하다가 소운의 간곡한 눈초리를 보자 어쩔 수 없이 연무장 밖으로 뛰어갔다. 그녀는 달려가면서 빨리 다른 사람을 불러와야겠다고 생각했다.

"그럼 고연진이 있는 곳으로 안내해라."

소운은 어떻게든 시간을 벌어 혈의인에게서 빠져나가야 했기에 일단은 고연진에게 안내하는 척했다.

"따라와라."

"잠깐!"

소운은 몸을 움직이려다가 그 소리에 가슴이 덜컥했다.

"만약에 속이는 것이라면 곱게 죽지 못할 것이다. 각오해라."

소운은 고개를 끄덕이고는 연무장 밖으로 걸어나갔다.

'어디로 가지?'

소운은 재빨리 머리를 굴렸다.

'목검자 스승님이 있는 곳으로 가봐야겠다.'

목검자라면 지금의 이 상황을 모면할 수 있을 것 같기에 이렇게 생각한 것이었다.

"이봐, 빨리 움직여!"

혈의인은 소운을 재촉했다. 소운은 목검자에게 가기로 결심하고 그 쪽으로 걸어갔다. 그곳으로 가는 중에 호시탐탐 빠져나갈 기회를 엿보았지만 혈의인은 그렇게 호락호락하지 않았다. 소운이 무언가 이상한 기미만 보이면 검을 들이대는 것이었다. 소운은 마침내 목검자가 수업을 하는 전각까지 오게 되었다.

그런데… 공교롭게도 전각 앞에서 한 소녀와 다른 혈의인 한 명이 검을 맞대며 겨루고 있었다.

"뭐야, 저건?"

소운의 뒤에 있던 혈의인이 그 광경을 보며 말했다. 소운은 혈의인이 저 광경에 정신이 팔려 있는 지금이 기회라 생각하고 속보를 펼쳐 앞으로 뛰어나갔다.

"아니, 저놈이!"

혈의인은 바로 신법을 펼쳐 소운을 뒤쫓았다. 소운은 전각 앞에서 싸우고 있는 소녀와 혈의인을 스쳐 지나갔다. 소운은 저쪽에 있을 때는 어두워서 잘 보이지 않았지만 가까이 가자 그 소녀의 얼굴을 확인할 수 있었다.

"고연……."

그녀는 고연진이었다.

고연진은 대청에서 연회가 끝나고 무공 수련을 하기 위해 연무장으로 향하고 있었다. 그런데 난데없이 혈의인이 나타나 자신이 맹주의 딸인 고연진이냐고 묻자 그녀는 그렇다고 대답했다. 그러자 다짜고짜 공격해 오는 혈의인 때문에 그녀는 곤욕을 치르고 있는 중이었다.

소운은 고연진의 이름을 말하려다 자신의 뒤에 따라오는 혈의인이 그녀를 찾고 있다는 것을 생각해 내곤 급히 말을 멈추었다. 그러나 그런 소운의 노력에도 불구하고 그녀의 정체는 곧 탄로났다.

"이봐, 이년이 고연진이야. 빨리 잡자구."

고연진을 공격하고 있던 혈의인이 말한 것이다. 소운의 뒤에 따라오던 혈의인이 그 소리를 듣고 소운을 쫓아가는 것을 멈추었다.

"뭐야? 저 녀석이 제대로 안내했군."

소운은 고연진을 찾으려고 한 것이 아닌데 그녀를 찾게 되자 어이가 없어졌다.

'차라리 호위 무사들이 있는 곳으로 갈 것을.'

혈의인을 고연진에게 확실하게 안내한 꼴이 되어버린 것이다. 고연진은 혈의인의 기괴한 검초를 받아내며 식은땀을 흘렸다. 한 명의 혈의인도 막아내기 힘든데 다른 동료가 도착한 것이다.

소운은 이제 어쩔 수 없다 생각하고 목검을 들었다. 그리고 그의 뒤를 따라오고 있던 혈의인에게 삼재검법을 쓰며 공격해 들어갔다.

'소운이잖아?'

고연진은 혈의인의 기괴한 검초들 틈에서 소운이 다른 혈의인을 맞아 싸우는 것을 알아차렸다.

"이 꼬맹이가!"

 혈의인은 속보를 이용해 빠른 속도로 자신을 공격해 들어오는 소운을 보며 가소롭다고 여겼다. 게다가 쓰는 검초를 보니 삼재검법이었기에 소운이 이제 삶을 포기하는 것으로 생각했다.

"이야앗!"

 소운은 삼재검법의 일초인 삼재선품을 펼치며 혈의인을 찔러 들어갔다. 혈의인은 그 검초를 가볍게 받으며 곧장 소운의 가슴팍을 베어 버리려고 했다. 그런데 거의 다 찔러 들어오던 소운의 목검이 갑자기 회전하더니 강한 검풍을 발휘하며 혈의인을 압박해 들어가는 것이 아닌가?

 혈의인은 방심하고 있다가 갑자기 쏘아진 세 가닥의 검풍에 가슴과 배를 얻어맞고 뒤로 날아갔다. 소운은 자신의 검법이 처음으로 효력을 발휘하자 격전의 와중에도 기쁜 마음이 들었다.

 삼재검법의 수련이 열 달 정도 됐을 무렵 목검자는 소운에게 풍검을 응용한 삼재검법을 펼쳐도 좋다고 이야기했다. 물론 풍검을 시전한 상태로 삼재검법 전부를 펼치기는 힘들었지만 이렇게 검초의 끝부분에 풍검을 넣어서 펼칠 수 있을 정도가 되었다. 공력이 부족한 소운으로 서는 이것이 최대의 무기였던 것이다.

 소운은 혈의인을 완전히 쓰러뜨렸다고 생각하며 고연진을 돕기 위해 몸을 돌렸다. 그런데 쓰러진 것 같던 혈의인이 갑자기 몸을 벌떡 일으키는 것이 아닌가?

"애송이 놈의 검법이 꽤 맵구나. 만약 그것이 진짜 검이었다면 가슴이 뚫렸을지도 모르지. 하지만 이미 늦었다. 이제는 방심하지 않고 공격할 것이니까!"

혈의인은 이렇게 말하고 소운을 보며 음산한 웃음을 흘렸다. 소운은 방금 전 혈의인이 쓰러진 것이 방심한 탓이라는 것을 알자 위기감이 엄습해 들어왔다.

맹주인 고수천을 비롯해 승천관의 선생들과 무림맹의 수뇌부들은 대청에서의 연회가 끝나자 고수천이 기거하는 전각으로 몸을 옮겨 또 다른 연회를 즐기고 있었다. 그런데 적이 침입했다는 보고를 받자마자 전각 안의 분위기가 삽시간에 냉각되었다.
"뭣이! 그래서! 피해 상황은?!"
"네. 보초를 서던 호위 무사 스무 명이 사망한 것으로 알고 있고, 지금도 혈의인들이 그들을 죽이고 있다고 합니다. 백호단이 출동했으나 그 혈의인들의 무공이 만만치 않아 쉽게 잡아들이지 못하고 있다 합니다."
"하필이면 이때에……."
무림맹의 다른 단들… 청룡단, 주작단, 현무단 등은 무림맹 밖에서 모종의 임무를 수행하고 있었다. 게다가 비룡단은 경험을 쌓는다고 강호 전역에 퍼져서 각자의 임무를 수행하고 있었다. 무림맹 전력의 구할 이상이 지금 출타 중인 이때에 적이 기습해 들어온 것이다. 게다가 오늘은 연회까지 있는 날이 아닌가? 고수천은 무언가 음모가 있는 일이라 생각됐다.
"맹주, 저희들이 나가보겠습니다."
승천관의 선생 중 한 명이 말했다. 고수천은 그 말에 반색했지만 그럴 수는 없는 일.
"아무리 그렇다고 해도 승천관의 선생들에게는 그런 일을 시킬 순 없습니다."

승천관의 선생들은 대개 강호 각 문파에서 극진히 초빙해 온 분들이라 무림맹의 일을 마음대로 시킬 수는 없는 일이었다.

"시급한 상황 아닙니까? 맹주, 이렇게 대화하고 있을 시간도 없습니다."

고수천은 결정을 내려야 했다. 그런데 이때 밖에서 한 명의 소녀가 뛰어 들어왔다.

"큰일 났어요. 헉헉… 승천관에 혈의인들이 나타나 아이들을……!"

그녀는 남궁혜린이었다. 그녀의 말이 들리자마자 승천관의 선생들은 급히 밖으로 신법을 펼치며 달려갔다. 그들에게 승천관의 아이들은 누구보다도 귀중한 제자들이었다.

소운은 은신보를 펼치며 삼재검법으로 혈의인을 맞아 들어갔다. 혈의인의 검초에 위험해질 때마다 간신히 풍검을 펼쳐 그 순간을 모면했다.

하지만 그것도 임시방편일 뿐 언젠가는 당하게 되어 있었다. 혈의인의 검은 과거 남재주나 화도인이 펼치던 검과는 달리 오로지 살인을 위한 초식을 펼치고 있었다. 노리는 부분이 치명적인 요혈 아니면 목이나 눈이었다. 소운이 만약 목검자와의 대련으로 실전 훈련을 쌓지 않았다면 쉽게 혈의인의 검에 목이 베였을지 모르는 상황이었다.

고연진은 화산파의 절기인 매화검법을 펼쳐 혈의인과 겨루고 있었는데, 그녀의 검법은 이미 상당한 경지였기 때문에 혈의인에게 밀리진 않았다.

"이크!"

소운은 또다시 목을 스쳐 가는 검을 피하며 삼재검법을 펼치면서 거기에 풍검을 운용했다. 검이 회전하면서 검풍을 쏘아내자 혈의인은 소운을 공격하지 못하고 검풍을 막아야 했다.

'이제 내공이 바닥을 드러내는 것 같아.'

소운은 점점 풍검을 펼치기 힘들어짐을 느꼈다. 소운은 지난 일 년 사이에 태현심법을 꾸준히 연마해서 약 십오 개월 정도의 선천진기를 쌓을 수 있었다. 그것은 십오 년의 내공과 맞먹는 것이었다.

"이얏!"

소운은 기합을 지르며 공격해 보았지만 혈의인을 맞추기에는 역부족이었다. 이제는 풍검을 두 번 정도 펼칠 여력밖에 남지 않았다. 혈의인은 소운을 계속 압박해 들어왔다. 이번에는 다리의 견정혈을 노리며 혈의인의 검이 쏘아져 들어왔다. 소운은 얼른 다리를 피하며 풍검을 시전했다.

'한 번 남았어.'

소운은 기진맥진한 상태에서 재차 혈의인의 공격을 받아냈다. 소운은 숨이 차서 숨을 몰아쉬고 있었는데 기색에 변화가 없는 혈의인과는 확실히 차이가 났다.

혈의인은 얼마 안 있으면 제풀에 쓰러질 것 같아 소운의 검을 피하기만 할 뿐 무리한 공격은 감행하지 않았다. 그러나 소운은 그것마저도 막기 벅차서 검이 어지러워졌다. 소운의 목검은 단단한 침향목이었지만 혈의인과 몇 번 부딪치면서 이곳저곳이 잘려져 부러질 지경에 이르렀다.

"크크크! 꼬마 녀석이 꽤 하는구나."

혈의인은 이렇게 말하며 소운의 명문혈을 향해 검을 찔렀다. 소운은 급히 그 검을 피하면서 마지막 힘으로 풍검을 펼쳤다. 가뜩이나 부러질 것 같던 목검은 소운이 풍검을 펼치자 이내 맥없이 부서져 버렸다. 혈의인은 소운의 목검이 부서지면서 파편이 회전을 하며 날아오자 재빨리 자신의 검으로 그 파편들을 쳐냈다.

'끝인가……'

소운은 더 이상 힘이 없어 털썩 주저앉았다. 소운은 이제 죽는 것이라고 생각했다. 혈의인은 소운이 주저앉는 것을 보자 웃음을 흘리며 소운에게 다가왔다.

"잘 가라, 꼬마야."

소운은 눈을 질끈 감았다. 혈의인이 검을 치켜들어 자신을 향해 내려치는 모습을 보았기 때문이다.

"물러서!"

챙—!

소운은 그 소리에 눈을 떴다. 전방을 보니 고연진이 어느새 달려와 혈의인을 공격하고 있었다. 고연진은 아직 자신이 상대하던 혈의인을 어찌하지 못하고 있었는데도 소운의 위기를 보자 막무가내로 달려와 소운을 죽이려고 하던 혈의인을 공격한 것이었다. 그것이 빌미가 되어 고연진은 정신없이 혈의인 두 명을 상대해야 했다. 소운을 공격하던 혈의인은 일단 고연진부터 잡고 보자는 생각으로 소운을 무시한 채 고연진을 공격해 들어갔다.

'이런, 그녀가 위험하잖아.'

소운은 고연진이 혈의인 두 명을 맞아 손발이 어지러워지는 것을 보고 절망했다. 자신이 이렇게 나약한 인간이라는 사실에 너무도 화가 났다.

"으윽!"

고연진은 매화검법을 펼치다가 팔에 검상을 입고는 비명을 질렀다. 그녀가 아파할 새도 없이 혈의인들의 검은 계속 찔러 들어왔다.

"고연진은 찾았나?"

이렇게 위기감이 맴도는 장내에 또 한 명의 혈의인이 나타났다. 그 혈의인은 다른 두 명의 혈의인과는 분위기가 달라 보였는데, 아까 전 성벽 위에서 지시를 하던 혈의인이었다.

"이 여자입니다."

고연진을 공격하던 혈의인 한 명이 말했다.

"그래? 잘됐군. 빨리 제압한 다음에 이곳을 빠져나가자. 승천관의 선생들이 화가 나서 나타나기 시작했다."

소운은 바닥에 주저앉아 있다가 승천관의 선생들이란 소리에 정신이 번쩍 들었다. 그들이 올 때까지만 버티면 되는 것이다.

'하지만 어떻게?'

자신은 지금 몸을 움직이기도 힘든 상황인데다가 혈의인은 세 명이나 되지 않는가?

"이 아이는 뭐지?"

혈의인들 중 수장으로 보이는 혈의인이 소운을 보며 말했다. 그는 소운을 자세히 훑어보더니 무언가 깨달았다는 표정이 되었다.

고연진은 팔에 부상을 입은 채로 계속해서 매화검법을 펼쳤다. 그러나 피를 흘려서인지 몸에서 힘이 빠져나감을 느꼈다.

'이러면 안 되는데……'

이때 장내로 또 다른 인물들이 나타났다. 그중에는 목검자와 적송 도장도 있었다. 바로 승천관의 아이들이 걱정되어 한걸음에 달려온 선생들이었다.

"아니!"

소운이 바닥에 주저앉아 있는 모습을 본 목검자가 소리쳤다. 소운은 자신이 애지중지하며 가르치는 제자가 아닌가? 목검자는 나이가 많은 노인이라는 것이 믿기지 않을 정도의 빠른 속도로 소운에게 다가갔다.

장내의 상황을 보고 있던 혈의인의 안색이 변했다.

"저건 전진파의 목검자가 아닌가? 저 망할 놈의 늙은이가 무림맹에는 왜 있는 거지?"

혈의인은 승천관의 선생들이 나타나자 큰일이라 생각했다. 고연진을 공격하고 있는 혈의인 두 명은 고연진을 제압해 가고는 있지만 금방 결판이 날 것 같지 않았다. 혈의인은 작전을 바꾸어야겠다고 생각했다.

"너희들은 빨리 저 남자 아이를 제압해 몸을 피해라. 내가 목검자를 막을 테니!"

"넵!"

혈의인의 명령에 두 명의 혈의인은 고연진을 공격하던 것을 멈추고 소운에게 다가갔다. 이렇게 명령 한 번에 일사불란하게 움직이는 것은 보통의 강호 문파에서 보기 힘든 것이었다.

소운은 갑자기 목표를 바꾸어 자신에게 달려오는 두 명의 혈의인들을 보고 두려운 마음보다 되려 안심이 되었다. 고연진에게서 손을 뗀 것이니 그녀는 안전할 거란 생각에서였다. 혈의인들은 소운의 마혈을 짚은 뒤 소운을 들쳐 업고는 몸을 날려 사라졌다.

목검자는 소운이 혈의인들에게 끌려가는 것을 보자 큰일이라 생각하며 소운을 구하려고 했다. 그러나 목검자의 앞에는 혈의인이 기다리고 있었다. 혈의인은 목검자와 손속을 겨루면서도 소운을 둘러메고 달아난 혈의인 두 명이 제대로 몸을 피했는지 확인했다. 목검자의 무공은 혈의인을 압도했지만 신출귀몰한 혈의인의 신법 때문에 빠르게 그를 물리칠 수가 없었다. 게다가 목검자의 신경은 온통 소운을 데려간 혈의인들에게 쏠려 있어 자신의 앞에 있는 혈의인을 제대로 처치하지 못했다.

그사이 목검자의 뒤로 적송 도장과 그 밖에 승천관 선생들이 도착했다.

혈의인은 이제 충분히 시간을 끌었다 생각하고는 품속에서 연막탄을 꺼내 들어 터뜨렸다. 하얀 연기가 장내를 덮어 시야 확인이 어려워졌다. 혈의인은 그 틈을 타서 무림맹 안을 탈출하기 시작했다.

"안 돼!"

목검자는 혈의인이 사라지자 소리쳤다. 갑자기 하늘 위로 푸른 신호탄이 터졌는데, 무림맹 안에서 소란을 피우고 있던 혈의인들은 그것을 보자 전부 무림맹 밖으로 달려나가기 시작했다.

고연진은 망연자실해서 힘없이 검을 바닥에 댄 채 소운이 사라진 곳을 바라보고 있었다.

'그는… 나 대신 잡혀갔어.'

삼십여 명의 혈의인들은 채 일각이 안 되는 짧은 시간 동안 무림맹을 온통 헤집고서는 돌아갔다. 이것은 전 강호에 수치로 남을 만한 사건이었다.

"소운아!"

목검자는 신법을 펼쳐 혈의인들의 뒤를 추적했지만 그들의 흔적은 발견되지 않았다. 단지 성벽 위에 보초 두 명의 시체만이 그들이 왔다 갔다는 증거를 남겨주고 있을 뿐이었다.

강명 일행은 무림맹 밖의 마을에서 술을 마시고 있다가 폭발음이 들리며 무림맹 안에서 불기둥이 치솟자 놀라 한달음에 무림맹 안으로 달려왔다. 그러나 이미 상황은 끝나 있었고 잔재만이 무림맹 안에 남아 있을 뿐이었다.

멍하니 서 있는 고연진을 보며 무슨 일이냐고 물었을 때, 소운이 그들에게 잡혀갔다고 하자 강명 등은 그 말을 믿지 않았다. 아니, 믿을 수 없었다. 소운이 잡혀갔다니. 그런 일은 전혀 없을 거라고 말하며 그들은 소운을 눕혀놓은 모용신지의 방으로 가보았다.

그러나 그곳에 소운은 없었다. 단지 그 건물 앞에 목이 잘린 시체 두 구가 처참한 몰골을 한 채 놓여져 있을 뿐. 강명은 울분을 토했다. 그가 여지껏 살아오면서 이렇게 울부짖으며 눈물을 흘린 적은 없었다.

다른 이들도 마찬가지였다.

어린 풍아는 엉엉 울었고 쌍아 역시 눈물을 감추지 못했다. 모용신지는 자신이 제일 처음 사귀어서 이제는 정말 친해진 그가 사라졌다는 소리를 듣자 가슴 한구석이 허전해지는 것을 느꼈다. 이런 마음은 모용신지로서는 느끼지 못했던 감정이었다.

천향혜는 자신의 옷에 토했던 소운이 사라졌다는 것이 장난이라고만 느껴졌다. 금초와 마진은 시무룩해진 얼굴을 한 채로 자신들 역시 강명처럼 울고 싶다는 생각을 했다.
  그들의 마음속에는 상실감이라는 커다란 감정이 자리 잡았다. 소운의 자리가 그들에게 그만큼 컸던 탓이었다.

〈2권으로 이어집니다〉